ZHONGGUO XIAOSHUO
100 QIANG

中国小说100强（1978—2022）

模范青年

阿乙 著

北京联合出版公司
Beijing United Publishing Co.,Ltd.

图书在版编目（CIP）数据

模范青年 / 阿乙著. -- 北京：北京联合出版公司，2023.9
（中国小说100强）
ISBN 978-7-5596-7079-3

Ⅰ.①模… Ⅱ.①阿… Ⅲ.①长篇小说－中国－当代 Ⅳ.①I247.5

中国国家版本馆CIP数据核字(2023)第129579号

模范青年

作　　者：	阿　乙
出 品 人：	赵红仕
出版监制：	张晓冬　范晓潮
责任编辑：	龚　将
特约编辑：	和庚方　张　颖
封面设计：	武　一

北京联合出版公司出版
（北京市西城区德外大街83号楼9层　100088）
北京兴星伟业印刷有限公司印刷　新华书店经销
字数205千字　650毫米×920毫米　1/16　21印张
2023年9月第1版　2023年9月第1次印刷
ISBN 978-7-5596-7079-3
定价：68.00元

版权所有，侵权必究
未经书面许可，不得以任何方式转载、复制、翻印本书部分或全部内容。
本书若有质量问题，请与本公司图书销售中心联系调换。
电话：010-65868687

中国小说100强（1978—2022）丛书

编委会

丛书总策划

张　明　　著名出版人
张　英　　资深媒体人

编委主任

吴义勤　　中国作协副主席
　　　　　中国小说学会会长

编　委

吴义勤　　中国作协副主席、中国小说学会会长
宗仁发　　《作家》杂志主编
谢有顺　　中山大学教授、中国小说学会副会长
顾建平　　《小说选刊》副主编
张　英　　资深媒体人
文　欢　　作家、出版人

总　序

"中国小说100强"（1978—2022）是资深出版人张明先生和腾讯读书知名记者张英先生共同策划发起的一套大型文学丛书。他们邀请我和宗仁发、谢有顺、顾建平、文欢一起组成编委会，并特邀徐晨亮参与，经过认真研讨和多轮投票最终评定了100人的入选小说家目录。由于编委们大多都是长期在中国文学现场与中国文学一路同行的一线编辑、出版家、评论家和文学记者，可以说都是最专业的文学读者，因此，本套书对专业性的追求是理所当然的，编委们的个人趣味、审美爱好虽有不同，但对作家和文学本身的尊重、对小说艺术的尊重、对文学史和阅读史的尊重，决定了丛书编选的原则、方向和基本逻辑。

从文学史的角度来说，1978年以后开启的新时期文学是中国当代文学的黄金时代，不仅涌现了一批至今享誉世界的优秀作家，而且创造了许多脍炙人口的文学经典，并某种程度上改写了20世纪中国文学史的版图。而在中国新时期文学的经典家族中，小说和小说家无疑是艺术成就最高、影响力最大的部分。"中国小说100强"（1978—2022）就是试图将这个时期的具有经典性的小说家和中国小说的经典之作完整、系统地筛选和呈现出来，并以此构成对新时期文学史的某种回顾与重读、观察与评判。呈现在读者面前的这套丛书是对1978—2022年间中国当代小说发展历程的一次全面、系统的整体性回顾与检阅，是中国当代文学经典化的重要成果，从特定的角度集中展示了中国新时期文学在小说创作方面的巨大成就。需要说明的是，与1978—2022年新时期文学繁荣兴盛的局面相比，100位作家和100本书还远远不能涵盖中国当代小说的全貌，很多堪称经典的小说也许因为各种原因并未能进入。莫言、苏童、余华等作家本来都在编委投票评定的名单里，但因为他们已与某些出版社签下了专有出版合同，不允许其他出版社另出小说集，因而只能因不可抗原因而割爱，遗珠之憾实难避免，而且文学的审美本身也是多元的，我们的判断、评价、选择也许与有些读者的认知和判断是冲突的，但我们绝无把自己的标准强加于别人的意思。我们呈现的只是我们观察中国这个时期当代小说的一个角度、一种标准，我们坚持文学性、学术性、专业性、民间性，注重作家个体的生活体验、叙事能力和艺术功力，我们突破代际局限，老、中、青小说家都平等对待，王蒙、冯骥才、梁晓声、铁凝、阿来等名家名作蔚为大观，徐则臣、阿乙、弋舟、鲁敏、林森等新人新作也是目不暇接，我们特别关注文学的新生力量，尤其是近10年作品多次获国家大奖、市场人气爆棚的新生代小说家，我们禀持包容、开放、多元的审美立场，无论是专注用现实题材传达个人迥异驳杂人生经验、用心用情书写和表现时代精神的现实主义作家，还是执着于艺术探索和个体风格的实验性作家，在丛书里都是一视同仁。我们坚信我们是忠实于自己的艺术理想、艺术原则和艺术良心的，但我们并不认为自己的角度和标准是唯一的，我们期待并尊重各种各样的观察角度和文学判断。

当然，编选和出版"中国小说100强"（1978—2022）这套大型丛书，除了上述对文学史、小说史成就的整体呈现这一追求之外，我们还有更深远、更宏大的学术目标，那就是全力推进中国当代文学"经典化"的历程和"全民阅读·书香中国"建设。

从1949年发端的中国当代文学已经有了70多年的发展历程，但对这70多年文学的评价一直存在巨大的分歧，"极端的否定"与"极端的肯定"常常让我们看不到当代文学的真相。有人认为中国当代文学达到了前所未有的高度和水平。王蒙先生在法兰克福书展上就说：中国当代文学现在是有史以来最繁荣的时期。余秋雨、刘再复甚至认为中国当代文学的成就远远超过了现代文学。也有人极端否定中国当代文学，认为中国当代文学都是垃圾。他们认为现代文学要远远超过当代文学，中国当代文学连与现代文学比较的资格都没有。比如说，相对于鲁（迅）、郭（沫若）、茅（盾）、巴（金）、老（舍）、曹（禺）这样大师级的人物，中国当代作家都是渺小的侏儒，根本不能相提并论，两者比较就是对大师的亵渎。应该说，与对中国当代文学的肯定之声相比，对当代文学的否定和轻视显然更成气候、更为普遍也更有市场。尽管否定者各自的角度和出发点不同，但中国当代作家、作品与中外文学大师、文学经典之间不可比拟的巨大距离却是唱衰中国当代文学者的主要论据。这种判断通常沿着两个逻辑展开：一是对中外文学大师精神价值、道德价值和人格价值的夸大与拔高，对文学大师的不证自明的宗教化、神性化的崇拜。二是对文学经典的神秘化、神圣化、绝对化、空洞化的理解与阐释。在此，我们看到了一个非常有趣的悖论：当谈论经典作家和文学大师时我们总是仰视而崇拜，他们的局限我们要么视而不见要么宽容原谅，但当我们谈论身边作家和身边作品时，我们总是专注于其弱点和局限，反而对其优点视而不见。问题还不在于这种姿态本身的厚此薄彼与伦理偏见，而是这种姿态背后所蕴含的"当代虚无主义"。这种"虚无主义"的最大后果就是对当代作家作品"经典化"的阻滞，对当代文学经典化历程的阻隔与拖延。一方面，我们视当下作家作品为"无物",拒绝对其进行"经典化"的工作,另一方面又以早就完全"经典化"了的大师和经典来作为贬低当下泥沙俱下的文学现实的依据。这种不在同一个层面上的比较,不仅毫无意义,而且只能使得文学评价上的不公正以及各种偏激的怪论愈演愈烈。

其实,说中国当代文学如何不堪或如何优秀都没有说服力。关键是要进行"经典化"的工作,只有"经典化"的工作完成了才有可能比较客观地对当代的作家作品形成文学史的判断。对当代的"经典化"不是对过往经典、大师的否定,也不是对当代文学唱赞歌,而是要建立一个既立足文学史又与时俱进并与当代文学发展同步的认识评价体系和筛选体系。当然,我们也要承认,"经典化"问题是一个非常复杂的问题,并不是凭热情和冲动一下子就能完成的,但我们至少应该完成认识论上的"转变"并真正启动这样一个"过程"。

现在媒体上流行一些对于中国当代文学经典化冷嘲热讽的稀奇古怪的言论,其核心一是否定中国当代文学有经典、有大师,其二是否定批评界、学术界有关"经典化"的主张,认为在一个无经典的时代,"经典"是怎么"化"也"化"不出来的,"经典化"是一个实实在在的"伪命题"。其实,对于文学,每个人有不同的判断、不同的理解这很正常,每一种观点也都值得尊重。但是,在"经典"和"经典化"这个问题上,我却不能不说,上述观点存在对"经典"和"经典化"的双重误解,因而具有严重的误导性和危害性。

首先,就"经典"而言,否定中国当代文学早就不是什么新鲜事,对当代文学的虚无主义态度在很多人那里早已根深蒂固。我不想争论这背后的是与非,也不想分析这种观点背后的社会基础与人性基础。我只想指出,这种观点单从学理层面上看就已陷入了三个巨大误区:

第一个误区,是对经典的神圣化和神秘化的误区。很多人把经典想象为一个绝对的、神圣的、遥远的文学存在,觉得文学经典就是一个绝对的、乌托邦化的、十全十美的、所有人都喜欢的东西。这其实是为了阻隔当代文学和"经典"这个词发生关系。因为经典既然是绝对的、神圣的、乌托邦的、十全十美的,那我们今天哪一部作品会有这样的特性呢?如果回顾一下人类文学史,有这样特性的作品好像也没有。事实上,没有一部作品可以十全十美,也没有一部作品能让所有人喜欢。在这个问题上,我们应该明确的是,"经典"不是十全十美、无可挑剔的代名词,在人类文学史上似乎并不存在毫无缺点并能被任何人所认同的"经典"。因此,对每一个时代来说,"经典"并不是指那些高不可攀的神圣的、神秘的存在,只不过是那些比较优秀、能被比较多的人喜爱的作品而已。从这个意义上说,当今中国文坛谈论"经典"时那种神圣化、莫测高深的乌托邦姿态,不过是遮蔽和否定当代文学的一种不自觉的方式,他们假定了一种遥远、神秘、绝对、完美的"经典形象",并以对此一本正经的信仰、崇拜和无限拔高,建立了一整套关于中国当代文学的伦理话语体系与道德话语体系,从而充满正义感地宣判着中国当代文学的死刑。

第二个误区,是经典会自动呈现的误区。很多人会说,是金子总是会发光的。但对文学来说,文学经典的产生有着特殊性,即,它不是一个"标签",它一定是在阅读的意义上才会产生意义和价值的,也只有在阅读的意义上才能够实现价值,没有被阅读的作品没有被发现的作品就没有价值,就不会发光。而且经典的价值本身也不是固定不变的。如果一个作品的价值一开始就是固定不变的,那这个作品的价值就一定是有限的。经典一定会在不同的时代面对不同的读者呈现出完全不同的价值。这也是所谓文学永恒性的来源。也就是说,文学的永恒性不是指它的某一个意义、某一个价值的永恒,而是指它具有意义、价值的永恒再生性,它可以不断地延伸价值,可以不断地被创造、不断地被发现,这才是经典价值的根本。所以说,经典不但不会自动呈现,而且一定要在读者的阅读或者阐释、评价中才会呈现其价值。

第三个误区，是经典命名权的误区。很多人把经典的命名视为一种特殊权力。这有两个层面的问题：一，是现代人还是后代人具有命名权；二，是权威还是普通人具有命名权。说一个时代的作品是经典，是当代人说了算还是后代人说了算？从理论上来说当然是后代人说了算。我们宁愿把一切交给时间。但是，时间本身是不可信的，它不是客观的，是意识形态化的。某种意义上，时间确会消除文学的很多污染包括意识形态的污染，时间会让我们更清楚地看清模糊的、被掩盖的真相，但是时间同时也会使文学的现场感和鲜活性受到磨损与侵蚀，甚至时间本身也难逃意识形态的污染。此外，如果把一切交给时间，还有一个前提，那就是对后代的读者要有足够的信任，要相信他们能够完成对我们这个时代文学的经典化使命。但我们对后代的读者，其实是没有信心的。我们今天已经陷入了严重的阅读危机，我们怎么能寄希望后代人有更大的阅读热情呢？幻想后代的人用考古的方式对我们这个时代的文学进行经典命名，这现实吗？我不相信后人对我们身处时代"考古"式的阐释会比我们亲历的"经验"更可靠，也不相信，后人对我们身处时代文学的理解会比我们亲历者更准确。我觉得，一部被后代命名为"经典"的作品，在它所处的时代也一定会是被认可为"经典"的作品，我不相信，在当代默默无闻的作品在后代会被"考古"挖掘为"经典"。也许有人会举张爱玲、钱钟书、沈从文的例子，但我要说的是，他们的文学价值早在他们生活的时代就已被认可了，只不过很长时间由于意识形态的原因我们的文学史不谈及他们罢了。此外，在经典命名的问题上，我们还要回答的是当代作家究竟为谁写作的问题。当代作家是为同代人写作还是为后代人写作？幻想同代人不阅读、不接受的作品后代人会接受，这本身就是非常乌托邦的。更何况，当代作家所表现的经验以及对世界的认识，是当代人更能理解还是后代人更能理解？当然是当代人更能理解当代作家所表达的生活和经验，更能够产生共鸣。因此，从这个角度来说，当代人对一个时代经典的命名显然比后代人更重要。第二个层面,就是普通人、普通读者和权威的关系。理论上,我们都相信文学权威对一个时代文学经典命名的重要性,权威当然更有价值。但我们又不能够迷信文学权威。如果把一个时代文学经典的命名权仅仅交给几个权威,那也是非常危险的。这个危险表现在什么地方呢?就是几个人的错误会放大为整个时代的错误,几个人的偏见会放大为整个时代的偏见。我们有很多这样的文学史教训。在这个问题上,我们既要相信权威又不能迷信权威,我们要追求文学经典评价的民主化、民主性。对一个时代文学的判断应该是全体阅读者共同参与的民主化的过程,各种文学声音都应该能够有效地发出。这个时代的文学阅读,最理想的状态应该是一种互补性的阅读。为什么叫"互补性的阅读"?因为一个批评家再敬业,再劳动模范,一个人也读不过来所有的作品。举个例子:现在我们一年有5000部以上的长篇小说,一个批评家如果很敬业,每天在家读二十四小时,他能读多少部?一天读一部,一年也只能读三百部。但他一个人读不完,不等于我们整个时代的读者都读不完。这就需要互补性阅读。所有的读者互补性地读完所有作品。在所有作品都被阅读过的情况下,所有的声音都能发出来的情况下,各种声音的碰撞、妥协、对话,就会形成对这个时代文学比较客观、科学的判断。因此,文学的经典不是由某一个"权威"命名的,而是由一个时代所有的阅读者共同命名的,可以说,每一个阅读者都是一个命名者,他都有对经典进行命名的使命、责任和"权力"。而作为一个文学研究者或一个文学出版者,参与当代文学的进程,参与当代文学经典的筛选、淘洗和确立过程,更是一种义不容辞的责任和使命。说到底,"经典"是主观的,"经典"的确立是一个持续不断的"过程","经典"的价值是逐步呈现的,对于一部经典作品来说,它的当代认可、当代评价是不可或缺的。尽管这种认可和评价也许有偏颇,但是没有这种认可和评价,它就无法从浩如烟海的文本世界中突围而出,它就会永久地被埋没。从这个意义上说,在当代任何一部能够被阅读、谈论的文本都是幸运的，这是它变成"经典"的必要洗礼和必然路径。

总之，我们所提倡的"经典化"不是要简单地呈现一种结果，不是要简单地对一个时代的文学作品排座次，不是要武断地指出某部作品是"经典"，某部作品不是"经典"，不是要颁发一个"谁是经典"的荣誉证书，而是要进入一个发现文学价值、感受文学价值、呈现文学价值的过程。所谓"经典化"的"化"实际上就是文学价值影响人的精神生活的过程，就是通过文学阅读发现和呈现文学价值的过程。可以说，文学的经典化过程，既是一个历史化的过程，更是一个当代化的过程。文学的经典化时时刻刻都在进行着，它需要当代人的积极参与和实践。因此，哪怕你是一个对当代文学的虚无主义者，你可以不承认当代文学有经典，但只要你还承认有文学，你还需要和相信文学，还承认当代文学对人的精神生活具有影响力，你就不应该否定当代文学经典化的重要性。没有这个"经典化"，当代文学就不会进入和影响当代人的生活，就失去了存在的意义。每一个人，哪怕你是权威，你也不能以自己的好恶剥夺他人阅读文学和享受文学的权利。

从这个意义上说，当代文学的经典化当然是一个真命题而不是一个伪命题。在一个资讯泛滥的时代，给读者以经典的指引是文学界、出版界共同的责任，而这也是我们编辑出版这套书的意义所在。

最后，感谢张明和张英先生为本套书付出的辛劳，感谢北京立丰天文化传播有限公司、北京金圣典文化有限公司的资金支持，感谢全体编委和北京联合出版公司各位编辑，感谢所有对本套丛书的出版给予大力支持的作家和他们的家人。

是为序。

吴义勤
2022年冬于北京

目 录
Contents

模范青年____1

情人节爆炸案____63

小　　人____145

隐　　士____158

肥　　鸭____172

乡村派出所系列____192

作家的敌人____227

剧本：李伟____247

模范青年

一

我第一次见到周琪源是在警校外的餐馆。在青云谱这条窄街,开着几十家商店、理发店、餐厅、游戏厅、录像厅、台球厅以及卡拉OK厅,黄昏时,老板们走出来,亲切地看着穿草绿色制服、到处游荡的我们,仿佛彼此相识已久。这是让人生疑的地方,我们的父亲毫无疑问表示出忧虑,可他们刚一转身离去,我们便拿着他们给的钱包阔绰地消费。

每个月父亲会汇来四百元,这在当时相当于一个普通公务员的工资,我有办法解释都用到哪里去了。我曾报名本科自考和驾照考试,要来几千元,但在招生办收钱时,我说:"我想清楚了,还是不报了。"有天,父亲来南昌进货,顺道来警校,在寝室没找到我,便按室友指点来到游戏厅。"你拿我的钱都干了些什么?"他咆哮道。我面红耳赤,无地自容。来往的同学停下来,看一位穿着大披风的父亲训斥他那已长大成人的儿子。这大披风深蓝色,薄而经磨,一直盖住膝盖,搬运工在搬运化肥时喜欢穿,肩膀处往往留有白渍。我想说:"玩怎么了?玩也是做警察,不玩也是,几年后给你做一个警察就是了。"但最终一声不吭。

学习毫无意义。开学第一堂课老师便说,拿出你们高考时百分之七十的精力就可以了。我们问老生,他们说最多只要百分之五十。最终我们有的考试是开卷考的,老师会提前告诉哪里要考,让我们留意。

因此,当循规蹈矩的周琪源走进那间地下室在放录像的餐厅时,我们感到诧异。我们敞开外衣,解下领带,将一只脚踩在凳上,松松垮垮,而他仪容整齐,还在用一根绛红色的大腰带扎紧腰身。他坐下时,双腿并拢,上身笔挺。这是听话的好孩子,也许睡觉时也是笔挺的。"对不起,来晚了。"他说,牙齿像医生一样洁白、齐整。就是这口音让我们明白以后彼此可能的关系——他说普通话,而我们这些来自瑞昌市的老乡则习惯用江淮官话和赣语。这两种方言在不停的融合中变得越来越靠近,最终变成内心相视一笑的东西,我们用它说瑞昌市公安局的可笑事情。他的到来使交谈成本增加,我们觉得身边坐着一只让人不安的猫。

他来自江州造船厂(又名六二一四厂)。在我们那个县级市,这样的三线厂还有新民厂、人民厂、四五九厂,像是上帝投放来的几座孤岛。他们上学、买菜、看病、做爱、制冰棍都在围墙之内,过着北京上海人的生活,让我们觉得是天潢贵胄。有时我们也会为他们被钉死在此地而幸灾乐祸。

我们像是被迫被划到一个科目的两种动物,根本不能算是老乡。

他的长相也会轻微灼伤我们。我们会从他细嫩的皮肤、倒三角的肩背想到我们很少涉及的牛肉和牛奶。他有一管高挺的鼻子,灯光在鼻尖和唇角一块制造出美术般神秘的阴影,使他看起来像古希腊雕塑。他既不抽烟,也不喝酒,无论怎么撩拨,都保持一种不会得罪人的微笑。我们决定以后再不找他了。

二

现在想起来,警校三年,周琪源就像雾中的影子,或者一个刚结束的梦,存在过,却想不起来。很多孤独、喜欢自我消化的人都这样。他们是写作者的难题。

学校有两位来自江州造船厂的教师,一个教军事体育,一个教普通体育。因为有打分权,我们喜欢走动,有时还会买些菜去教师宿舍做饭,就像是真的老乡。我从来没在那里见着周琪源,也许他们更亲近点,无须走动。散打考试时,我对着抽签过来对打的人使眼色,我想只需点到为止彼此便可通过,他点头同意,却将我打趴,还像个真正的拳手那样斜着眼仁看我。同样文弱的周琪源在台上跌跌撞撞,努力执行教师教的技术动作,得到足够有效的分数。他没有向考官投去可怜兮兮的目光。

有时,当夕阳消失于远处树梢,透过寝室外的栏杆,我能看到周琪源走在通往食堂的过道上。他像个修士般低着头,提着开水瓶,以一种急促的节奏走过去。他的表情像石尖一样坚硬,脑子沉浸进一种思考。对面的人会为他让路。他符合我对求知者的想象:有一天也许会将糍粑蘸着墨汁吃掉,或者撞到树上。对他来说,走路、吃饭、打开水、如厕都是不得不应付的事情。要是在中学,我会嫉恨这种人,他们总让别人不好活。

因为想找可能的爱情,我会去一下图书馆。在那里,周琪源争分夺秒地抄写笔记,面前摆着一堆专业杂志和参考书——就像贪婪的孩子在面前垒上最多的食物。他是他们中队的学习委员,混到这里帮忙,可以将书尽量多地带走。

每逢假期,我们都会感到兴奋。我们迫切想测试制服带来的威力,跑到高速公路拦车,并恶狠狠地搭乘它们回家。有人因此被撞死,或者因拦到省领导的车被开除,但这并不能阻止我们。有一次我们老乡集体上了一辆卡车,风吹拂发丝,我们像坐着冲锋舟在河流里自由穿梭。每当路过一辆车,我都会伸出右手食指,假装它是一根枪管,对着司机瞄准。一位老生打我手:"万一对方当真了怎么办?"我觉得在理。后来我们看到一辆中巴车里有周琪源。这些中巴车车顶用粗绳绑着一米宽高的货物,塞满各种受生存之苦的人,行驶极其缓慢。周琪源单手展书,念念有词。我想那些乘客会感到十分不安。

他有些辱没这身制服。

老生说,在九江市,只要你穿制服上公交车,就会有人让座,你买票,售票员会微笑拒绝。我们或许应该教给周琪源点什么,但一想到他迟早会走上不同的道路,便懒得兜售这些粗鄙的经验。在学校有一位老师,总是喜欢展示自己原本可当一名武夫的魁梧身材,告诉我们如何通过自我克制成为一名文化精英。

"在这所学校里,每个人都存在两种可能性。"他说,"一种是平平淡淡地混过三年,毕业后成为三级警司,到一定年限晋升为二级警司,三十岁左右变成一级警司,最后混到局长的(那意味着整个生涯差不多结束),会是一级警督或者二级警督。现在你们看看我这里,这是另一种,"我们看着这个年轻教师肩上的警衔,"没有人说你是专科生你就是专科生，我就是通过自学有了本科和硕士文凭。你们即使不同意知识对自身的好处，也应该看看知识所带来的工资和职务上的收益。知识它迟早会散发出它的力量的。"

许多人信誓旦旦，试图走后一条道路，不久便万蚁噬身，半途而废。我们其实每天都盼望放假，好早早去派出所实习，领一把手铐，逮人。

因为一次凶狠的吵架，我猜测周琪源想留校。在一次实地课上，教师骑着黄绿色三轮摩托绕着跑道示范，那些已在实习时玩过摩托的人指指点点，言辞颇不恭。"你们说谁呢？"周琪源忽然说。大家面面相觑，看着原本脾气很好的他眼露凶光。因为不能习惯这过于认真的表情，同学们和他推推搡搡，差点干起来。这事使周琪源更加孤僻。摩托老师是他的亲叔叔——明白这层关系后，我们觉得他留校应该没什么问题。

三

忽然一天，我们毕业了。在忙乱中，一位熟人问我愿不愿去医学院保卫科，我摇头，那是事业编，不能穿警服。几天之后便后悔不迭，此时学校已空如废寺，满道的黄叶无人打扫，青云谱街的店铺也已关门，偶尔只有一辆公交车疾驰而去。穿白背心的门卫带着他的痴呆儿子将铁门推上，我再也回不去。

我坐着豪华大巴通过南昌八一大桥，看到高耸的双塔像一扇放逐的门；下午换乘破旧中巴离开九江市西二路时，大道两边矗立的两栋大楼也像一扇门。我回到潮湿、矮小、灰暗的县城瑞昌。九月份，公安局分配毕业生，我接通知去洪一派出所。我一直不知瑞昌还有洪一这地方，父亲说："很大，人口很多。"

我在局大院一堆小巧的富奇吉普里找到那辆庞大的仪征车。司机脸上长着红色胎记，正咬着腮帮用起子旋车门螺丝，尔后不停关它，试图关死。当天我们朝县城西边出发，每经过一段油菜花地来到一座小镇，我都以为到了，司机却只是加水。后来它翻上一座海拔千米的大山，汽车马力不够时，我跳下去寻找岩石，将后胎顶死。

一共用了两个半小时，我们抵达洪一。相当于从省城到县城。它没有一寸柏油路，因为下雨被车碾过，地面隆起一道道刀子般的土棱。乡政府所在地只有两排不足五十米长的矮屋、一家由农业户口经手的邮政代办所、一个由汽油桶充当的加油点（每当有人加油，老板便将胶管插进油桶，将汽油吮吸出来，接进油箱）、一家理发店、一张台呢严重缺损的台球桌以及一间由民居改建的餐馆。据说派出所初创时就在餐馆二楼办公，现在用的是信用社老房，过去办贷款的地方变成户证窗口，银白色的栏杆有时铐一两个低着头的人。

省——市——县——镇——乡——村

晚上九点土街漆黑一团，我躺在床上静听河流哗响，会想到这样的结局。不可能有比村更往下的地方，世界尽头。我在这里谈了两段恋爱，说起来可能只是为了找点事做。其中一次爱上的只是一件来自北京的风衣，她不穿它，她便不再神圣。

一天下午，我独自走向一座山峰。在山顶，我看见远处绵延的还是山，洼地里生长着和这边一样的房子，一些农民拉着牛从路上沉默地回家。时光暗沉，黑夜像两只巨臂将要箍向我，我啊，就要和温柔的姑娘在这里生儿育女，生活一辈子了。我因此泪流满面，赌气似的发誓，现在就出发，去镇，去县。仿佛不过瘾，还要去市，去省城，去沿海，去直辖市，去首都，去纽约。在纽约，高架桥车来车往，街道清澈得可以照见人像，飞机的影子像鱼儿游过夕阳照射之下的摩天大楼玻璃墙。

此时，周琪源一定待在省城警校，晚上定点睡觉，早上准时醒，精神振作地走向放着各类文件夹的办公室，完成各项指派的任务，闲暇时跷二郎腿，喝好茶，看报。他和所有同事说普通话，就是点头也有这种话才有的生分与庄重——他们在没日没夜地说普通话，而我在没日没夜地喝酒。我和那些在洪一的县城人组成默契的群体，每到傍晚，不用招呼，走向那没有招牌的餐馆。老板早准备好菜肴，他知道我们喜欢吃什么。

"我要去纽约。"我说。随即出现放浪形骸的笑声。是我在笑，他们跟着笑，最后笑声遥远，像是久远的事。我们低头，坚忍地喝着当地酿造的谷酒。这种酒后劲大，我们回去，即使躺下睡着，也会被一种欲望催动，找到月光下的菜地，将食指探进咽喉，不停呕吐。我们吃下的全都丑陋，散发着农药那样的腥气。

你们终究会看到自己的遭遇。在警校时，那位老师说。他像上帝掌握太多成败的数据，并依此宣讲真理。现在我们这些糟糕的毕业生再次成为他的证据之一。

四

在洪一待了一年半后,我对爱情表现出不耐烦,而她向一个人告解,后者说:"男人最看重的是面子,你应该让他吃吃醋。"有几天工夫,土街上出现一辆太子摩托,电子打火,无级变速,一个皮肤白净的年轻人骑着它在派出所门口来回奔驰。我坐在门口阴沉地看《参考消息》。女人紧抱着他的腰,头依偎着他背部,看不出来有多幸福,也看不出只是演戏。没几天,我便搭乘仪征车回了县城。

我再没回到洪一。她费劲地解释:"那真的只是我的表弟。"甚至哭起来。我咕哝着一堆自己也听不懂的话,等着挂电话。后来我爱上在县城条管单位上班的一位姑娘,我爱上的不是明亮的眼睛或者性感的嘴唇(她没有),而是她脸上长满我的前途。人们说:"脾气不好你忍着,等结婚后,就听你了。"他们真是过虑。导致这事黄掉的是一场牌局。在那个由她组织的局里,四个追求者(包括我)每张牌都打得钩心斗角。我忍受不下这个。这事让一家人反复嗟叹,直到在外地的哥哥回来,说:"假如有一天你去了九江市,她算得了什么?"

"问题是他怎么去九江?"姐姐反驳道。

公安局大院在明理巷尽头,有一个圆形操场,靠南是栋三层老楼,一科、二科、三科、户政等科室盘踞于此,靠西是栋三层新楼,行政、财务、纪检等在此办公。指挥室(也就是局办)在西楼一层,一共有三间办公室,我被安排进最小一间。它只有几平米,即使白天也开日光灯。窗外有一堵围墙以及一块粘着垃圾的空地,门外则是阴暗的走廊。房中间摆着两张老办公桌,地上泛着拖把拖过的腥气。

一个人已坐在那里,背靠门,面朝窗(后来我想这个位置的好处是不必总是抬头看走廊上走动的人),低头看红色账本,上边用蓝黑墨水抄写着密密麻麻的英语单词。他在背诵它们。"琪源,你怎么也在这里?"我诧异地说。他笑嘻嘻地,眼睛眯着,跟我一样亲热:"可能他们觉得我文笔还可以。"

"我还以为你留校了。"

"没有没有。"

他略微有些愧疚,但并不哀伤。然后他从一卷卫生纸扯下一段,擦拭鼻孔,就像擦拭一件金贵的机器零件。他擦得那么细致、认真,爱惜鼻子啊。后来每天我都会在纸篓看见一堆像花骨朵的纸团。

一九九七年他就和我们一起分回瑞昌,只不过因为一些事分得晚些,去的是黄金乡。那地方就像它的名字,充满矿产资源,时常引发江西、湖北两省群众纠纷。现在我们都调进局里,并一起待了两年多。我们写通知、简报、信息、通讯、报道、先进事迹、领导讲话以及年终总结,写写写,有时被领导画个大叉,有时还得去会议室倒开水。每天下班,我都像被刮过一遍,遍体鳞伤,躺在沙发上发呆。

"今天如何?"父亲会问。我取出县报,指出发表位置。他戴上眼镜,走到灯泡下,一行行往下读,然后面无表情地递还过来。他不会给哪怕一丁点夸赞。他只喜欢命令我。有一天他说:"出去转下嗒。"我知道这意味着什么,便说自己下乡时看见路边一个姑娘长得好看。我是随口说的,并不奢望这沉默的际遇会带来什么,几天后却被叫到一个神秘的远亲家。她已坐在那里,穿着她单位的制服,个子高而匀称,脸色红扑扑,头发茂密乌黑,扎着马尾辫。我们从此算是恋爱了。

一天,家里闯进一群砌匠,将三楼全面占领了。

"要刷什么漆？"母亲急匆匆地请示我。

"你想刷成什么样就刷成什么样。"

"这种事怎么能随便呢？"

"那就刷成白色的。"

他们用最好的白漆将白墙再刷一遍，装上华贵的窗帘，买来席梦思。我是真喜欢她，甚至是恶狠狠地喜欢，就像喜欢是一种寄托。没完没了地喜欢一个人就像没完没了地喝酒。

在赤乌中路一家储蓄所门口（那里后来出现县城第一台ATM机），每至黄昏，便会摆出许多夜宵摊，卖炒粉、螺蛳、小菜。我在县城结识下一帮弃民，抽烟，喝酒，醉伏于桌沿。我们时常口齿不清地谈论着北京、上海，彼此打气，因此到现在我还记得这样一些警句：一、长风破浪会有时，直挂云帆济沧海。二、有志者事竟成，破釜沉舟，百二秦关终属楚；苦心人天不负，卧薪尝胆，三千越甲可吞吴。三、当我们对一件事表现得犹豫不决时，不妨问自己一个永恒的问题：我还可以活多久呢？

有时我也讲我哥。我哥在县城矿产局上班，忽然失踪，半年后才从杭州打电话来，说已是一名程序员了。"此前呢，他一直在捡垃圾。"我添油加醋地说。他们低下头，啧啧有声。这样的英雄很难做。我们只有大专文凭，不怎么会外语、计算机和驾驶，而这是盛传的二十一世纪三大通行证。我哥曾说："等你什么都学会了再出去，就老了。"但我还是气短。

我没有说我两次出门的事。一次是天津（北方干燥的空气使我出了很多鼻血），一次是南昌。楼有入云高，人们戴眼镜，我像老鼠沿街边走，不敢按电梯按钮。其中一次面试，对方排出十几人阵势，轮番鄙夷地看我的简历。在回家路上，中巴车发出松垮的声音，朝着夕阳爬行，大城市在背后越来越远，我不属于它。而父亲总是站在家门口看我归来，几乎是控制不住地笑。他的眼神既慈悲又嘲讽。

我紧抱着女人，而她像个木鱼。也许只是她妈妈认为我有个体面工作，家庭条件不错，她才跟了我。有时饭局上他们会讲到对她不利的消息，比如BP机可能是别人送的，我不在乎。直到弟弟郑重地说："哥，有件事不知道该不该说？"

"你说。"

"你女人跟一个男人游泳去了。"

"游泳不算什么。"

没多久我却愤怒地对她吼："分手。"

"好，是你说要分的，不是我。"

我愣在那里，许久才知回击："那好，把我送你的八百元还过来。"此后这笔钱通过邮局汇来汇去，就像谁都不要的脏东西。有一天我在电话里说："别再汇了，这样下去光手续费都上百块了。我只为跟你说最后一句，以后就是你找我，我也不要你了。"

那时我眼泪储得太多，快管不住。但是我看到偷听电话的妈妈。她眼里闪着欣喜的光，一定是觉得我顺利走出噩梦了。"天下女人多的是。"她说。

"是啊，多的是。"

作为完败的人，我常去人工湖西岸独坐。湖面墨黑、深邃，一颗细石丢下，涟漪慢慢扩大，来往走过的人有时光凭脚步声就知道是谁。都认识——没一个不认识——没有概率——也没有奇迹——死气沉沉。我慢慢出点眼泪。不一会儿，湖面起波，整个地皮像被什么耕了起来，隆隆作响。一列火车声势浩大地开过对岸，通红的车窗倒映在水中时，辉煌得像只巨大的红泥鳅。然后它就没了，远处剩下一动不动的青黑色山脉。

我合该在麻将桌上老死。有时，我们组成的麻将局是这样的：

退居二线的老同志（北）

主任（西）……………………………… 科员（东）

副主任（南）

总因为某人手气不好，大家按顺时针方向换位。这样，二十多岁的科员变成三十多岁的副主任，三十多岁的副主任变成四十多岁的主任，四十多岁的主任退居二线，变成五十多岁的老同志。牙齿变黄，皮肉松弛，头顶秃掉，一生走尽，从种子到坟墓。

我变得善于嘲笑自己和他人。在契诃夫的话剧《三姊妹》中，向往莫斯科的玛霞说：在这个城里学会三种语言是一种不必要的奢侈。甚至还不能算是奢侈，而是一种不必要的累赘，好比第六个手指头一样。我也会夺过周琪源手中的《英语辅导报》，说："难道我们这里会出现外国犯罪嫌疑人？"

他嘿嘿直笑。"有什么用？"我承认我有攻击性。这句总是由我父亲判定我的话，被反复用在周琪源身上，"有什么用？告诉我有什么用？难道有一天我们要用英语写材料？"

"个人爱好而已。"

他努力笑着。真是好脾气。高考前一个混混曾扯着我的衣服说："考大学有个屁用。"当时我又气又急，恨不能踢死他。但现在我喝多了，我对着周琪源说："你说你是不是傻？"

"是啊，我傻。"他说。

我愣在那里，被一种语言的魔力统治。我忽而想，自出生以来有很多事我本可以不去做的，只因不知道用这个方式回答。

"琪源你不傻，只是不值得。"

"是傻。"

下班时，他诡黠说："不要说我在学英语。"

"好。"我回答得干脆利落，却是早将它讲出去。在一些人那里，我看见一种微微上斜的眼神，那是一种深刻的嘲讽。他们见过太多类似的悲剧："总有一些怪人。"

应该说是我们这些本地人将说普通话的周琪源孤立起来，也可以说是他将我们孤立起来。总之，他像一个游魂在大院飘游了很久。如不是要到小吃店吃四元一顿的快餐，他甚至可以不出大院。后来巡警大队在大院建起来，他改去大队食堂吃（只消两元一顿，一荤两素），果真就不怎么出院子了。下班后，他总待在南楼二楼一间凸出的杂物房内。大概七八个平方，过去是打字室，冬冷夏凉。他弄了一张床、一只台灯和两只木箱。他将木箱垒起来当书桌，对着墙上的计划表（想起来上中学时我每个学期也会列这样一个表），研习英语、论文以及考研材料。旁边是一只因为洗衣粉泡久冒出死鼠气味的洗衣盆。

起先，总会有同龄人找他聚餐。他一两周会出来一趟。后来去的人便少了。有一次我说："这一次你非得去，师兄回来了。"他脸皱起来。"去吧，去吧，"我强扯着他，"不去不合适。"

"我有事。"

"什么事？"

"材料没写完，明天就要交九江市局了。"

"真的啊？"

"真的。"

"真什么啊？"我拖起他就走，"人家还专门念叨你呢。"他似乎也懊悔这个谎编得差劲，失魂落魄地跟着走。我感觉拉着的是一件没有知觉的物体，我在用力拖着他走。停过的雨又下起来，我们站在马路边等。

"你看也拦不到车。"他说。

"再等等吧。"

过了会儿，我们走到一间超市屋檐下。他眉头紧皱，脸相扭曲，焦灼得像正在热恋，肉身却要被解送至西伯利亚。而我则沉浸在对完成一件罕见任务的期待中，我已成功一半，甚至可说成功一大半了。一辆面的劈波斩浪而来，急刹车。我拉开车门钻进去，坐在里头等待。风雨刮进来，他像驹子跑进雨雾深处。"琪源，琪源。"我徒劳地喊，接着咬牙切齿地骂娘。

在我所见之内，他没有喝一次酒、抽一次烟、泡一次妞、开一次车、打一次牌、唱一次歌（连哼一句也不会）。他跟我们管作"生趣"或者"男人娱乐"的东西绝缘，甚至连制服以外的衣服也不穿。他躲在灰暗的杂物房偷偷经营自己，就像是要发明飞机大炮，或者在那里修一条通往智慧之巅的隧道。

有段时间，他脸色憔悴，瘦得明显，本不茂盛的头发显得凌乱，平时挺括的衣服也有了褶皱，而嘴角要么挂着牙膏残渍，要么飘出一些不好闻的气味。他坐在我对面，就像我不存在。一会儿将稿纸揉成团扔进纸篓，一会儿手撑在腮边沉思（食指和中指间夹着一支笔），一会儿呕出一股气，一会儿张开手指让它们像耙子耙着头皮——他们这些该死的思想者总是这样。有时一整天写不出一字，有时能写十几页，看得出来那样写时，他就像冲浪选手在轻盈的浪潮间跳跃，或者像纵火犯，就是将自己烧进去也在所不惜。最后，他用额头敲着桌沿。

"怎么了，琪源？"

"走题了，他妈的写走题了。"他说。说实在的我有点怕。还好总有风平浪静的一天。他恢复原来状态，一身整洁、步履稳重地来上班，说话、做事甚至打盹都显得有条不紊，就像一台控制良好的机器。有天他扔下一个黄纸包裹（上边印有"印刷品"三个红字），甚至有心情去隔壁办公室煲一个电话粥。

我撕开包裹边沿，从那十几本一模一样的杂志里抽出一本。《预审探索》，创刊于一九八七年，审讯领域唯一的理论刊物，处于警校图书馆的醒目位置，老师谈论、引用和试图攻占的对象。现在，一个县级公安机关的小职员在上边发表了署名论文。相比之下，我在《瑞昌报》和《九江日报》发表的零星侦破通讯算什么？一个盗牛团伙覆灭了，一件骗保案还在进一步审理之中。我不得不接受一个事实：在我们当中出了一个罕见的人物。但这是我不想告诉别人的事情之一。我宁愿相信，第二天，瑞昌这个县级市，路面仍然跑着车辆，街边仍然摆着摊点，好色之徒仍要扒灰，天亮又天黑，没人会在乎一篇让远方学刊编辑部兴奋的文章。虽然从某种意义上说，我是他的一个隐秘朋友，没人比我更理解他。

五

他发表的论文越多，周围便越沉默。说起来他终归是无关的人，未来走了也就走了，没走也形同走了。我被借调去瑞昌市委组织部，有次，见多识广的司机说："你四十岁时或许能混到副处级。"我掐指一算，感觉人生寡淡，不过如此。

夏日的某天，我陷入一种兴奋与惶恐交织的情绪，抱着一肚子话，走向公安局指挥室。原来的位置坐了一位更年轻的人，他打烟，说你是艾哥吧，我说是。然后他坐下继续写材料。离开大院时我才看到周琪源。他的头发又乱了，脸色苍白，一脚踩脚踏，一脚跕在地上，正准备去邮局。是辆生锈的赛车，后座夹着一份《人民公安报》。

"你在上边发表了？"

"是啊。"

"为什么还夹着它？"

"我想小偷看到时，知道是警察的自行车，不敢偷了。"

"是吗？"

"是啊。"

然后他无声地骑走了，我眼前只剩一片空无而光明的水泥地。整个瑞昌市，几十万的人口，没一人可与我分享当下。我可能要永远告别此地，也可能永远地成为一个笑话。几天前，我在网上看到招聘启事，将简历和几篇文章发过去——从来便没什么希望，偶尔的回音是，"你过来，让我们看下。"而这次，有一个粗暴的声音通过电话命令我：

"过来！马上上班。"

我从未想到机会会这样降临，我刚在报上读到"小心招聘陷阱"的文章，而且对传说中的河南人也不信任。一个警察被骗了，会是一件怎样丢人的事！

父亲说："明明骗你的，你还去干什么？"

"骗我什么？将我拐卖了？"

"也不是没可能,你对这个社会根本不了解。"姐姐说。父亲接下来说:"我倒不怕别的,就怕你丢掉在公安局的工作。你在那边没上到班也就罢了,要是这边工作也丢了,几可惜。"

"我就想去看看。"

"有什么好看的,来回不知道糟蹋多少钱。"

就是这话让我生了非去不可的心。我喝一大口白酒,沉默地离家。父亲坐着,身躯颤抖,眼冒怒火,母亲则深情款款、充满怜惜又欲言又止地看着我。在一楼门口,奶奶抱着被子坐在地上。"不能出去啊,你要出去就带我一起走。"她说。

我仰着头,让她用糊满涕泪的手捉住我的脚。眼看她就要依偎着我的脚睡着,我拔出走了,身后传来一阵撕心裂肺的号哭声。我转过身,跺着脚,像对一条狗那样喊道:"别哭啦,别哭啦,我又不是不回来。"而她仰起下巴,像拉小提琴那样拉着自己的脑袋哭。我看到她盘根错节的手指在徒劳地捏着棉被,一会儿又疯狂扑打起来:"我要死了,就要死了。"我赶紧跳进面的,一溜烟去了火车站。

次日上午我抵达郑州,面对鳞次栉比的高楼展开双臂,低喊道:"啊!"这是一个仪式,我来了。心里却虚弱,在走向陇海西路时感到腿发飘。

我在郑州晚报大楼门前等了五个小时。它装着茶色玻璃,有二十层高,像冷漠的雕像或上帝,审判着下边渺小的我。我提着难看的包,在金属滚动门外焦灼地游荡,不时偷眼看穿着淡灰制服的保安——他也不时看一眼我。

我尽量表现得像是在等一个熟人。每当有人走来,我便满怀期待地迎上(又不敢表露出期待的表情)。他们斜眼打量,毫无表情地走进去,我极其失落。中午妈妈打电话来,问:"怎样了?"

"还在等,快了。"

"家里在吃饭。不好就快回来。"

她这样说我心里便起了深重的悲哀。一直到下午三点我才敢拨通招聘人电话,他像不记得这事,嗯啊很久,才说:"你等着,等我刷完牙过去。"夕阳将尽时,他拖着拖板走来,说:"你是艾国柱吧?"

"是。"

我的体力顷刻耗尽。不过当他将手搭在我肩膀,带我走进大楼时,我又陷入进一种巨大的温暖和由这温暖带来的羞涩中。他将脚丫踩在茶几上,说:"小伙子,以后就在这里做。"

"就这样?"

"是啊,就这样。"

"怎么做呢?"

他像土寨主那样宽宏大量地笑起来。不一会儿,他喊来一位穿白衬衫、戴眼镜的年轻人,说:"这就是你的老师。"那人点头哈腰,带我去了编辑大厅。后来我知道这老师其实是实习生,叫郑江波。当夜,我被安排进报社宿舍,铁栏杆,上下铺,地潮,里边已住进一人。我请他吃酥糖,并看着他吃完。他沉默寡言,像根木头,倒头就睡,不久打起鼾。我睡不着,走到窗前,外边黑魆魆一团,连风也是陌生的。我没事干,出了一堆眼泪。

原定只是向组织部请假三天,我却一直待在郑州。家里总是叹息。有天,公安局政治处打电话来,问是什么意思,我支支吾吾。"小艾啊,赶紧回来,不是什么好事。"他们交代道。我苦于报社迟迟不与我签合同,以至每接过故乡电话,便大醉一场。他们不同意停薪留职,不同意保留编制,也不同意请假,就像是我的奶奶,只想着我回去。有段时间他们又不打电话了,我拨过去,他们说:"已给你办成自动离职了。"

就像有什么东西掉下深渊。一个地方永远回不去了。我失魂落魄。但他们其实很仁慈，在我离开后还发了半年的工资。

一直等到在报社转正，我才请假回瑞昌。那是冬天，说话时口冒白气。过去在瑞昌工资只有八百，酒席需两百，一般公家报销，这次衣锦还乡我已月薪二千八，便在宾馆请了一桌。我叫周琪源，他不来。他好像已调到政治处，从一楼调到二楼，从公安局调到公安厅，还是写材料。开席后，一个欢欣鼓舞的老同学将他逮了过来。

我口若悬河，讲了很久，听到赞唱"国柱，还是你有勇气"，便醉醺醺摆手，假意叹息："说白了我现在只是一个打工的。"他们不干，虽然他们对我没什么羡慕的，却还是一定要隆重地赞美。其中一位变换普通话，说："琪源，我怕是你也会出去哦。"

他猛然一惊，尴尬地说："我不出去。"

他一直坐在角落，眉角下压，看着油腻的小块桌面，有时悄悄夹一两粒花生，夹不住的话，就放下筷子，将双手插在大腿间。恍恍惚惚间，他一直存在，后来定睛看位置却空了。外边很黑，他应该像鬼魂融了进去。我有个三表姐，高考八年不中，而我哥应届就考上本科，办酒时一位亲戚说："老三，既然你学文科的，理当会些祝词，不如你来开个头。"当时我看到红色的血像闪电在她脸上闪了一下，心想这般羞辱还不如一刀刺死她。

我在郑州待得并不舒服，始终没分到工位。每当我正在使用电脑而又不得不站起来将它让给别人时，总是羞愤不堪。我发誓在工位与电脑施舍下来时，离开报社。我总是赌气发这些誓，不知为什么它们总能应验。前一个誓言——"以后就是你找我，我也不要你了"——也应验了。一天，当我和一帮全国各地的网友在湖南聚会，当我正努力追求一位喜欢旅游的外地姑娘时,那梳着马尾辫和别的男人游泳的家乡女人出现了。神情破败,眼窝深陷,还没找到我眼泪便流了一脸。她是从我的一个网友那里探听到活动地点的。我坐立不安,想钻进地缝消失。这个当初爱过、后来恨过、现在又跑来揭示我县城背景的姑娘,让我难堪死了。

"我说过不要你了。"

"不行,我赖着你要,就赖着你。"

在路上她惊惶地跟着我,只要我稍微心软,她便破涕为笑。我觉得她是想讨好,也许盼望我揍她一顿吧。我将她强行塞进开往故乡的中巴车,一再祈祷那些殉情的事不要因我发生。我搞不懂她为什么如此转变。

在工位终于要确定时,一个过去用过我稿子的武汉编辑说:"以前想去上海时没机会,现在有机会了又结婚了,你说我该不该去?"

"你介绍我去呀。"

不久我去上海见青年报体育部主任,敲定加盟。我也能跳槽了。我很兴奋。据说在我离开后,一位女孩说:"我要是去火车站送的话,他可能会留下。"我有些难过。这个姑娘我不知道能不能算好过,总之将她带到过租住房。只有几平方米,洗衣盆泡着几天前的衣服,地面潮湿,被子冒湿气,一张空心榻榻米是房东从按摩房搞来的,中间塌陷,像一口锅。我陷入爱情的神圣里,以为她的挣扎只是处女的不安。直到她侧过头,鼻子清晰地嗅了一下,我才悲凉起来。在她头也不回走掉后,我猛下一脚,将榻榻米踩穿。

六

我:"你说招聘邮箱是你看的,那当年招聘时,我是淘汰多少人才被选中的?"

郑江波:"招聘启事挂了十几天,只收到你一份简历。"

七

从二〇〇二年夏二十六岁出门起,我先后游历郑州、上海、广州。这是三个寂寞的城市,我要么租住郊区,要么租住城中村,吃快餐,坐公交,泡澡堂。每离开一个城市,我都会责怪一个女人。现在我对她们的记忆只剩一两个细节:白嫩得能看见底下绿色静脉的皮肤、挂在窗台拳头大的内裤或者见面时被强光灯照射的淅沥夜雨。

有一个在同居三周后,绝尘而去。我给她打电话,前一小时可怜分分地恳求,后一小时恶狠狠地威胁——我将要干什么,将怎样,我会办到的。后来我在读阿兰·德波顿的《爱情笔记》时,知道这是"爱情恐怖主义"。她说对不起,最终不耐烦地挂掉电话。我提着凳子晕晕乎乎走向阳台,踩着它看着楼下,不一会儿腿脚打抖。楼下沉默走着的一人仿佛预感到什么,抬起头,嘴巴张得老大,飘出无声的呼喊,然后像受惊的羚羊跑了。当然我没死成。

二〇〇四年，朋友阿丁召唤我进京。当时北京这家报纸提供的条件是：实习然后再确定是否转正。而广州原单位的领导许诺让我做主笔。我提着一皮箱书、一皮箱碟搭火车进京，住进阿丁的租住房，每天在光滑的水泥地睡到中午，腰酸背痛地听许巍的《故乡》，然后跟着阿丁穿过南横街，吃驴肉火烧，进报社。

有时的周末，我会去王府井逛，手指像鸡毛掸子拂过一件件红色、黑色、白色、灰色甚至彩色的中国外国风衣，像主人那样看来自全国各地、说各种方言的游客。然后去新东安市场看电影——在故乡，电影院已成会议室，有时会招徕一些草台班子跳艳舞，最终悄无声息地拆了。

我不再热衷回乡展示什么。他们说的话千篇一律，"佩服你的勇气"，但有一天一位朋友告诉的是另一种说法，"大家其实觉得你很傻"。我被触怒，心想再不认这破败故乡了。此后回乡，我都将它视为不得不完成的任务，克服、忍耐、住几天就走。父亲说："出去转下喏，那么多老同学，就是体验生活也好啊。"我便出门到游戏厅玩几小时。县城人的眼光是审判的，它们根据衣着和手机推测我在外拥有的财富及地位。他们判断得很清楚，却还是要问：

买房没、买车没、结婚没？

没、没、没。

他们便抚摸我的肩窝，说："弟啊，年纪也不小了。"

有天，我做了噩梦：在一种难以违逆的催促下，我答应回县城生活。父亲露出孩童般的笑容，说："你总算回来了。"我晦暗下去，好像北京永远地关上大门。那些过去的同事朋友都来探望，说要得要得你回来要得。

"这次不跑吧？"

"不会了。"

我说得眼泪出来了。

很快我在家里的床铺和单位的办公桌都安排好,我看到它们,就像看到僵硬而憋屈的一生。我把那个送我回县城的北京姑娘带到雨地泥泞里,干了半天,她就是平静看我,说别急别急。我说都什么时候了还不急。后来送她走,火车站冷,大雪覆盖铁轨,一列火车喷着气,扑哧扑哧。我一只脚站在踏板,一只脚站在站台,犹豫不决,直到火车拉响鼻子。

仓促醒来后,很久我不知身在何处,直到确信这是北京,才安下心来。对故乡而言,我已经野了,或者说忘本了。但我仍旧是周琪源的隐秘朋友。我们属于霄汉,懂得穿州过府对人生的意义。

我最后一次见到周琪源是去公安局找熟人,为弟弟办个事。那熟人是外县的,比我们晚进公安局,已娶妻生子,跟我说"服恩邹"。在瑞昌话里,这三个字有打情骂俏的味道,意思是"服了你了"。这么重的土话就是我们瑞昌人也难掌握,他却轻易说了。我毛骨悚然。

周琪源也说瑞昌话,只不过别扭,碰到不会说的就用普通话补过去。就像一些出过国的人,说着说着,话里冒出外语单词(比如"我有一个 idea")。我觉得他在妥协,哪怕只是短暂的妥协。他穿着带绒毛肩的蓝黑色大衣,脸色白皙憔悴,打着哈欠,指着我的厚羽绒服说:"不错哦。"

"朋友送的,我买不起。"

然后像历史上的任何时刻一样,我们无话可说。他拿着红色账本,仍准备背诵英语单词。我微笑地看着他,但他不再像过去那样以同样的亲密回望我,他在躲闪。我想起出生地下沅村一间历史悠久的商店,八十年代初我姐与另一位当地姑娘在那儿站柜台,都很美。但是在姐姐将生意做到县城,并从一个批发商、小作坊业主变成超市经营者后,她仍旧在村里站柜台,过去卖火柴,现在卖打火机。最近一次回乡祭祖,我去买鞭炮,发现她已瘦得不成样子,皱纹满是,白发丛生。

她以一种疲乏的亲热说:"你是老柱啊?"

"是啊。"

"长这么大了。"

她仍在用当年的茶缸喝茶,喝一口,光线就暗了。她像时光之水里的桩子,周琪源也是。我凄惶地向他道别,听到他说:"还是你可以。"我转过身,看见他青蛙一般楚楚可怜、哀怨痴愣的眼神,那眼神既有无尽的渴望,也有无尽的绝望。他大概想和我手拉手、载歌载舞地走,却被一双坚决、无形的手推阻着胸脯。

"有事吗,琪源?"

"没事。"

他捂着鼻子走进办公楼。很久后,我都在想这谜一般的眼神,总觉得那是另一个我在看我。有时,我会想人生的可能性。因为偶然的旨意,我既可能成为生意人、赌棍、清贫的笔杆子、自杀者、车祸受害人,也可能去当温柔的爸爸或遥远地方的一个上门女婿。现在的我不过是所有的我之一。所有的我在所有的时空、所有的维度里一同出发(就像百米赛跑),最终开出完全不同的花朵。但最终成立的只有两个我:

一个是艾国柱,自由放荡、随波逐流、无君无父,受尽老天宠爱;一个是周琪源,勤奋克己、卧薪尝胆、与人为善,胸藏血泪十斗。

我当不起他看着我时所泄露出的深意:我没有资格和你在一起。我觉得这是壮志难酬、黄钟长弃的悲伤,但多年后当我知道另一层隐情时,这眼神再度将我割伤。

八

我听到一些周琪源沉沦的消息，比如早已结婚、生子，后来还买了房。对多数人而言，这是水到渠成的事，但对一名理想主义者来说，它意味着辎重。他本在悬崖之壁爬行艰难，如今越滑越深。他开始炒股、买基金，并升职为公安局政治处副主任。

他交上了一个坏朋友。

很长时间内我是他的隐秘朋友，与他竞争，但现在这个密友带他堕落。说起来这是可惜的事。在初中时，我们班成绩很好的学习委员被朋友带去打游戏，最终成为县城家电商场员工，而他的朋友则顶职去了油水单位；在距高考只有几个月的时间内，一名正义凛然、刻苦用功、只需正常发挥便可考取大学的女同学，谈了恋爱，最终落榜。而影响周琪源的这个人，超越一切丑陋与无耻。他像一条豺狗，毫无尊严，寡廉鲜耻，始终默然地跟在人后头，等待你犯错，只要你出现哪怕一点衰竭，他便凑近慢条斯理地舔你还活着的尸身。关于这种偏执，波兰作家维托尔德·贡布罗维奇也形容过，仅仅因为插队被呵斥，一个人针对检察官克雷考斯基进行了无休止的纠缠与折磨，直至后者陷入疯狂。

没人见过他，却都清楚他的存在。传说他穿白袍，走路不留脚印，像风一样尾随周琪源。每当周琪源以为已经摆脱他时，他又猛然闪出来。人们听到周琪源愤怒的呵斥声，以及越来越低沉的哀告。无论怎样，无论你诅咒还是讨好，这个坏人都等待在角落，静默地吃苹果。

他咔哧咔哧，极有节奏，无休无止地吃一只怎么吃也吃不完的苹果，眼睛像鹰盯着地面。

人们争相劝周琪源——心态要健康，要抵抗，你不怕他，他就怕你，你一怕他，他就欺负你。可当他们闻到他身上那个坏人的味道时，便撤退了。说起来，人们都无法战胜这坏朋友，摊到自己身上，说不定比周琪源还绝望。最终周琪源与他拥抱在一起，眼神有种绝望已久的空洞与平静。他喜欢将手搭在周琪源肩膀上，慵懒地行走，就像一个瞎子将手搭在一个不是瞎子的人肩膀上。有天，他将周琪源的鼻子狠狠揍了一通。周琪源开始咳嗽、驼背、遗忘单词，也不再写论文，偶尔兴致来了，只给报刊写写读者来信。

周琪源废了。以前就不怎么热闹，如今更寂寥，就像空掉的糖果盒放在橱柜上头，蒙了灰尘。直到有天周琪源悄然失踪，周围人才意识到什么，出现短暂骚动。但很快大家又觉得这是一件合理的事情。有次周琪源跑回来，试图看自己还能不能工作，被仁慈地拒绝。另一次跑回时（也是最后一次），他稀疏的眉毛、塌陷的鼻子、抖索的嘴唇以及起着疙瘩的皮肤上挂满霜，像吸过毒一样。他瘦得只剩一把骨头，颈上却套着巨大的颈托，也许颈椎被严重揍过。他取出一堆发票，焦灼地递给财会人员，试图马上兑换为钞票，仿佛这钱十万火急，晚一分钟就可能家破人亡。大家很清楚，他要钱是去填补那个坏朋友填不满的欲壑。

二〇〇九年七月八日，世上再无一人能联系到周琪源。一位警校同学，也是曾经的同事给我报信：周起源走了。名字拼错了，但并不重要。一个人不见了，就是不见了，他带来一阵空泛的唏嘘。我整天陷在头昏的折磨里，想找把左轮枪结束自己。

我对这事很冷漠。

我曾经跟人说，当我的爷爷辞世时，我罕见地冷静。仅仅为着表演出哀伤，我采取警校军训时学到的办法，撑大眼球，长久盯着一个物体看——这样，因为酸胀，眼泪就会啪嗒掉下来。我继续行走在北京的路上，越来越觉得世界光明，就像原有的光明还不够，往光明里又过滤出一层光明——美女胸部和腰部露出的皮肤、汽车漆过的车身、大楼的墙体甚至植物的叶面，都像冬阳照耀的白雪，放射出失真的光。当我在街道停下，好像看到自己与街面之间横亘着一层薄薄的水镜，我像是在镜湖中蹚着走。对比之下，有一天我意识到有人正永远地行走在漆黑的下水道，黑得不能再黑。

我变得愈加放荡，醒着时像睡觉，很少为具体的事激动。一天，在已上班三年的杂志社，一位兄弟被宣布解职。我像是一个和自己无关的人站起来，指责这种卸磨杀驴的行为极其猥琐，并痛骂空降下来的主编。他说："你也可以走了。"

我就走了。

坐在街头，我用了很久才搞清楚自己已离职。是啊，离开一个单位了。这并不重要。略感意外的是，一条命运轨迹也跟着掐断了。二十一岁时我在洪一乡的山野发恶誓，要去纽约，十二年过去，我竟然差点沿着洪一（乡）——瑞昌（县）——郑州（省城）——上海（直辖市）——广州（沿海）——北京（首都）的轨迹去了那地方。这家杂志是时代华纳集团旗下一本刊物的中文版，每年派人去纽约学习。他们买回 POLO 牌子的 T 恤或别的免税品。我已做到主笔，熬下去或许也有机会。现在老子被开了。可这样牵强附会地去兑现一段理想有意思吗？我准备点钱，不是随时可以跟旅行团去曼哈顿吗？

更重要的是，我再也感受不到内心的那种力量了。我那蠢蠢欲动的柴油机早就锈迹斑斑、不堪运转。眼下的一切看起来还辉煌，还属于我，却早成记忆的沉渣。

> 若干个城市
> 若干家单位
> 若干间租住房
> 若干任女朋友
> 始终保持在一万元左右的存款
> 毫无意义的累加
> 生之疲乏

二〇一〇年六月，奶奶去世。我返回瑞昌，一直没怎么哭，好像是旁观一场别家的葬礼。直到姑妈指挥着子女抬着毛毯从桥那边走来，我才泪花滚动。我意识到奶奶死后，她留下的这支血脉将越飘越远。奶奶只生育一子一女，姑妈年近七十，爸爸六十五。爸爸初中毕业后游走乡野，画画、写诗、吹笛子，后娶妈妈，生三子二女。因为工资不能养活我们，开始做生意，在县城有两套房子。他曾打算去九江做生意，临行时英雄气短。一天，他从医院回家，洗热水澡，中风。姑妈没读书，姑父本是上门女婿，后举家迁至岳华村，生下大表姐二表姐三表姐四表姐五表姐六表姐，到第七个才是儿子，唤李新金，与我同年。往下再生，又是一个女儿。姑妈身形巨大，从不曾吃饱，儿子终于到省建设厅上班时，她可以放开大吃，却罹患直肠癌。现在，爸爸拖着一条萎缩的腿，蜷缩一只不能伸展的手掌，抱着灵牌，不时艰难作揖，姑妈则像革命烈士那样在风中让白发飘扬。他们认真地活，却是已站到死亡门槛。

葬礼结束后，我接过灵牌，沿原路返回，前边有人敲钹打锣。钹敲两下，锣打一下，然后寂静。铁，铁，噌。声音像蛇溜进山岗。我说："好累，以后将我葬回到岗上。"他们爽快地应了，就像我爽快地答应他们马上结婚一样。

九

二〇一一年，我每天下午起床，看光阴如巨轮缓沉。有时一天只喝一杯牛奶，溶化不了的奶粉在杯底结成块。有时不刷牙。朋友说这是精神深渊。四月时，我对自己呼喊：你去寻找周琪源，就现在。

我将钥匙丢给睡在床上的女友，去了机场。从地图看，北京和南昌相距一千三百九十八公里。拉我出昌北机场的司机是女的，过去做公务员，因超生去职，现在儿子快高考，想让他读警校。

"说不定你儿子的理想是去纽约。"

"纽约有什么好，离那么远。"

车经省府大院时，我有些心惊。站岗的武警站得笔直，招牌上的每个字都有篮球大。也许这是周琪源理想的终点，也许公安部才是。

我在省肿瘤医院门口等候。这里只有两种人：一种是脚步匆匆、忧心忡忡的亲属；一种是行走缓慢、皮肤灰如草纸的病人，他们的脸瘦得只剩眼睛，直勾勾的，抬起时极其无力。医院旁边是一片水红的招牌，卖水果、鲜花和日用品。他们看见时想必已当作天边遥处的斜阳，心下在算还有多少日子。街道尽头有块蓝色牌匾，写着"寿衣花圈"四字。

我不知周琪源的父亲周水生为什么约定在这里见面。

不一会儿，他走过来。额头冒出的汗及脸上的表情在说明他想走得快，但是快不起来。"一般看不出来，但还是有些障碍。"他指指腿。他身高一米六，剑眉，戴眼镜，穿红色外套和黑色旅游鞋，有着黝黑的面孔以及与这肤色匹配的表情。我在想，是不是精神上的强悍最终也会加重这种肤色。他不容分说带我上出租车以及早早支付车费的举动，都让我熟悉。我记起来，他去过公安局，当他推开门，周琪源条件反射地站起来，颤巍巍地叫爸。

我们去了教育学院附属实验学校，大门比警校还宽阔气派，一块铜牌显示它是省重点。周琪源的儿子周正阳在小学部读四年级，一二年级时考满分，三四年级也保持在每门九十分以上，最近因为获评"三好学生"，奖了一套《十万个为什么》。铃响后，周水生站进潮水般往外涌的人群，一连叫出五六个孩子的名字，"看见周正阳没有？"

他们摇头。周水生等不及，走进纵横交错、被花丛隔挡的校道。我担心他会与孙子错过，但最终他捉住一伙小孩中的一个，"正阳。"

"爷爷。"

适才还翘着嘴笑的那个小孩，沉下脸来，眼神躲闪，颇为不安地回应。此后他一直低头跟着爷爷走，被提问时，简洁、明了地回答。吃饭时亦如此，叫吃什么，才会吃什么。很乖，眼睛像围棋子一般明亮。我很久没见过这么亮的眼睛了。

周水生帮我找到一间只有两层的小旅社，对服务员说都是老客户，因此要到很便宜的价。进房后他说这样的天气不需要空调，服务员又乖乖剔掉空调费。当房间只剩我一人时，一种空寂感捉紧我——所有旅社的床铺都很白，心里却觉得脏，墙壁像巨大的永远闭上的眼。我和这座城市完全不熟，虽然在这里上过三年学。和女友的通话也草草结束，我们像是要凑够三分钟，才勉力说了些话。我们总共才处了一天，不怎么记得名字。

不会有人来敲门，就像坐牢。没有声音输入，也不能输出，剥夺的是一个人交流的欲望与功能。有信仰的人也许好点，可以与上帝说说话，但我没有。我将行李倒腾于床上，洗了两次澡，然后拉屎。我双手抓水管，蹲在便池上，两股战战，面红耳赤，哼叫着。我想马桶是一项多么伟大的发明啊，可在离开县城之前，我不是一直习惯蹲坑吗？

傍晚吃饭时，顺手看报纸，说广场有位失去双臂的乞丐抽出手来点烟。我便走七八里路去那里，发现他还在卖唱，两袖空空，双手果然藏在衣服里。

第二天，我步行数百米，找到一个小区，被周水生领进他家。两室一厅，不足九十平，阳光越过窗户和阳台，照向一尘不染的红木地板。电视、茶几、沙发、立柜、餐桌规整地摆好（就像事先在地上画过线），没有任何奢侈品，却被擦得干干净净。我想到初恋情人家一台用绒布盖着的两尺宽的收音机，立在房中间，让人感觉到萧条以及努力保持住的自尊。

周琪源的照片挂在壁橱一侧。书柜摆放着他曾看过的《现代英语活用会话词典》《水浒传》《二十四史》《求医不如求己》以及几本外国名著。在卧室墙角有一台喑哑的方正电脑，显示屏、主机、路由器以及蓝色的网线仍然连着，就像他还存在于此，正低声咳嗽。只有当他的父亲对我讲述时，他才成为一个疏离的对象。

我在主妇黄武建脸上看到一切周琪源诞生的痕迹：桃花般的眼、高挺的鼻子、线条分明的嘴唇、细嫩的皮肤以及洁白而长的牙齿。她烫头，穿牛仔裤，举手投足有一种深远的生根于大城市的气质。有时她会在丈夫的讲述中插进自己的看法，但并不坚持。

讲述整体还算平静。不过每当有触目惊心的细节冒出来，他们便像无声的抽水机，悲不自胜。好像周琪源也就是刚刚才离开。

十

你因何至此。四十年前，当退伍军人周水生循着广播声来到我们瑞昌县下巢湖，会想到自己步行二十余里回家去吃一只苹果的往事。当时，他整天待在南城县株良公社一间阴郁的铁匠铺内，机械地活着。很多人类的东西面临消失，包括上衣、洗澡的欲望以及少得可怜的文化——但他认得一切可以食用的东西。这将是他第一次看见苹果，他觉得早就见过。

"你们一人吃一口。"母亲在他回到县城那间糊着黄泥的矮屋后，对着他和另外两个兄弟说。他们等待的身躯爆发出难以遏制的颤动，但还是知道分寸。一只无法用菜刀切成三份的苹果，被恰到好处地分三次吃完。味道前所未有，又稍纵即逝。

苹果是艰难岁月难得的温存。

他听说，在老六——那个号啕大哭的弟弟只有一岁时，父母意外地温情起来，又是喂又是哄，然后像抱出门晒太阳一样，将他一路抱到六十里外的舅舅家。从此姓饶。这是给六弟的结论。母亲回来后甚至替别人喂养孩子，以换取食粮。他们也不讲孩子们的爷爷，一位拥有无数白花花大米的商人。后者在一九四二年试图通过日军防线，被刺杀。

靠我照顾你们终归有限。一九五九年，在搬运公司做推土工的父亲全身浮肿，像是要死了一样躺在床上。他吃多南瓜叶子了。想起这种东西周水生就会作呕。次年，十一岁的周水生便被送到铁匠铺。看起来会待很久——当钉锤钉下去，手自动抬起，然后又钉下去。一秒钟捶打一次，一分钟六十次——要捶打到一个庞大的数字后，才会得到一点食粮。有时觉得一天就过掉了一生。

周水生也会想起三哥寄到铁匠铺的信。邮资免付，厚厚一层。三哥一定是穿过绿草如茵的营地，用干净的毛巾洗脸，然后回到桌前，用闪光的钢笔蘸好看的墨水，一笔一画认真地写。三哥已在部队提干。有一天他想起来故乡的铁匠兄弟，写信过来。

周水生时常觉得没什么可写，他只读过四年书。"你必须回信，这是一项任务"——当三哥的信再度到来时，他看到自己的信被一起寄回，上边充满对错别字的修订。靠这点积累，周水生在一九六八年入伍，服役于省军区司令部工程处汽车队。他积极参加文化补习班，终因根底浅，未能提干。

一九七一年，周水生退伍。此时六机部正在赣北实施二一四工程，需吸纳大批专家、大学毕业生、工程兵、工人。周水生分到位于瑞昌县下巢湖的六二一四厂。他踌躇满志，以一种国家人的身份走到四十年前我们瑞昌县的江边，看平整的荒野，以及插到很远的红旗——巨大的疆界已经画好——未来这里将矗立起一个占地和占湖均超百万平方米的船业帝国与一座没有任何历史沿革的城市。所有人吃国家的饭，领国家的工资，为国家工作。

因为做过卫生员，他被分到厂医院。不久，领导觉得一个皮肤黝黑、个子矮小的男人还是应该拿钳子而不是针筒，他被重新安排至交运大队汽车修理连。在那里他看见一位扎着两条短辫的姑娘，太阳照到她脸上，像照耀一堆白雪。

三年之后，一九七四年，作为汽车修理工的他和作为洗工的她举行婚礼。她的父亲买来蚊帐、枕头,送了一只樟木箱子,姐姐则留下五十元,而他什么也不能提供。在阿兰·德波顿的《爱情笔记》里,男主人公说:"自我们降临凡尘,宇宙中就有一位伟大的神灵在微妙地改变我们的运行轨道,终使我们能于这一天邂逅。"我们似乎也可以这么来解释周水生与黄武建的际遇。一九六九年,黄武建在兄弟姐妹中被选中,下放至荆门县农村。按正常逻辑,她应该考取工农兵大学、返回原籍或者入籍当地。但她父亲,武昌造船厂运输科时任科长恰被指派到六二一四厂支援,按照政策可以解决一个子女进厂。她被召来。

武汉市姑娘　黄武建
↓
....
↑
南城县青年　周水生

这就是他们的基本背景。

我们很少听说城市人与县里人联姻,市和县是不同的世界,天上地下,泾渭分明,不可逾越,同时充满绝望。但是三线厂提供了融合的可能,它像是城市建到乡下的一座卫星城,对无数积极向上的小镇青年构成诱惑,也让不少城市人觉得尚可将就。最终很多人在这里不知不觉度过一生,混合、同化、通婚,演变为一种区别于世外的单独人种:厂矿人。

一九七五年,因工厂从基建转入生产,周水生无法照应,怀孕的黄武建坐船回到二百一十九公里外的武汉。这是她最后一次长久地待在家乡。在武泰闸武昌造船厂那间三十来平方米的宿舍里，生活着已经遥远的母亲和兄弟姐妹。同年五月二十四日，在武汉一家医院，她生下儿子。未及满月，便携子返回瑞昌。武汉在身后永远关上大门。而不久后当周水生将儿子送回南城县时，则有了衣锦还乡的意思。

"我儿子出生时有三千五百克。"今天的黄武建仍颇为娇弱，说话带武汉口音。

十一

七十年代末，他们二度将孩子从南城县接回，取名周琪源。"琪"意为珍异，因为计划生育，他们只能有一个孩子；"源"意为饮水思源，虽然周水生的母亲摔断腿，父亲亦最终病逝，但孩子在故乡还是受到二哥、二嫂、八弟以及一些侄子侄女的细心照料。

这是个野孩子。他在南城老家因为躁动摔倒在柴禾上，划破嘴唇。在厂托儿所，他将拉尿的痰盂扣向别人脑袋，后来又和同学埋伏在坡后，将碎石棉瓦投掷到动力车间主任妻子头上——看到血时，他们像是快没命了那样跑。直到初一，他还忍受不住诱惑，和同学翻过高墙，溜进医院，试图得到一些废弃的针筒。

他面临一个课题：成为。

周水生负责"怎么成为"——这是他教育的核心，告诉孩子想什么，不想什么，做什么，不做什么。他是按照这种方法论成为一个国家职工的，因此觉得有必要灌输下去。在施与一只苹果时，他告诉对方在历史上它曾由三个兄弟平分；在添置一件衣服时，他告诉对方它应该穿多少年；在进行一次搀扶时，他告诉对方这是最后一次，一个人最终可以相信、挖掘、依托的只能是他自己。一个不懂得自我鞭策的人，最终会成为一个流浪汉、一个打铁匠或者一个濒临死亡的人。

"我没条件读书，你看我现在臭烘烘的；你不好好读，将来就麻烦了。"或者，"家里没有任何背景，也没什么钱。"或者，"只要努力做好自己，这世上就总会有识货的人。"

这是一种斯巴达式的教育。

很小时周琪源的脖子上便挂上钥匙，自己从小学回家，取出保温瓶内父母留下的午饭，吃完，然后做作业再去学校。他不敢违逆，因为有时原本应待在遥远处的周水生会悄无声息地坐在家中，掐着表等他。这样的突然袭击一直进行，直到周水生确信儿子完全听话。

一天，当周水生满身油污、疲倦地下班，发现儿子待在家不敢动。地上是不慎摔碎的保温瓶，米饭和碎玻璃混在一起。

"你吃了吗？"他焦急地问。

"没有。"

看得出儿子正准备挨揍，但他只留下一句话："没吃就好，没吃是对的。"这让儿子多少有点奇怪。而儿子此后的表现也让父亲又喜又忧——每当有同学前来敲门，他便说："就说我不在家。"或者在父母主动带他出门散步时，表现得毫无兴致。除开看《铁臂阿童木》，他从不打开电视机，即便是一个人在家。

他成为书呆子。

周水生觉得孩子这样下去也成问题，因此跑到学校（他从来没少去）专程找班主任，与对方协商："从今，你尽量表扬他，让他建立自信，他有什么问题你告诉我，我来教育。"

周水生始终认为，自己做好什么，什么就会到来——具体到来的是什么不清楚，但它一定准时到来。这就是他全部的自负。他想让儿子当科学家，也曾尝试让他从理科跳到文科，但这都不能算是他坚持的东西。"成为什么"——这重大使命由一言不发的母亲完成。

她总是束手无策地看着周水生像老兵训练新兵那样训练年幼的儿子，等待在一旁，直到事情结束，才将委屈的儿子纳入怀中。她打开窗户，看长江之上喑哑而浩瀚的天空，她就像断了线的风筝，挂在永远的异乡。江水上游，千里之外，那花花世界有着钟楼和宽阔的马路，人人穿皮鞋，喧哗而繁盛。周琪源很早便感受到这种流放的抑怨，此后他的肉身便在不停尝试离开这牢牢生根的客居地，抵达那原本属于他和母亲的地方。

他终生迷恋母亲做的两样菜，豆腐丸子和红心菜薹。这是武汉人的嗜好。他是两条不同河流交汇的结果，他是他们的继承人和综合体。

十二

周水生仅仅凭借对自我的严苛约束，从一名汽车修理工变成轧钢场副场长、场长，基建处材料股股长。一九八七年下半年，基建处一名副处长调任房产处处长，第一个带去的便是周水生，职位是房产管理股股长。一九九一年厂里实施分房，他做人变得艰难——每个人都很敏感，脸上随时准备着欣喜和愤怒两种表情。

四月的一个傍晚，他既困倦又满足地躺在家里，想：二十年了，我跋涉至此，而四个附近村庄的青年只用半小时不到便走到他家。他们有两人分别守住一楼和三楼楼梯，另两人则不停敲这间二楼房屋的铁门。当当当当，当当当当。声音让人惶恐，像乌鸦昭示着不幸，又让人不由自主地走向它，迎接它。

周琪源扔下作业，打开门。他们像塔，仰着头颅，俯视他，强烈的陌生人味道像风刮上脸，令他连退数步。"这是不是周水生的家？"还没等回答，他们便打了两拳。他大脑空白，瑟瑟发抖，直到父亲举着菜刀冲过来。他们跑得如此慌张，以至当守在三楼的都知道朝楼下跑时，一个人还在朝楼顶跑。周水生守住四楼楼梯口，将走投无路的对方喊下来，扣住裤带。一会儿楼下冲来一帮人，说："让我们带走。"

"为什么？"

"我们带他去保卫科。"

周水生看见有一个保卫科的人，便将人推过去，谁料他们一拥而上，夺下菜刀，将周水生结结实实揍了一顿。后来当周水生躺在医院，听说这四人是受雇于一名因工龄短而无法分到房的干部时（他对他们说"你们负责进去，我负责捞出来"），差点呕血。周琪源在病床前长久发呆，眼神直勾勾，脸就像火山到临前的地表，因为压抑不住愤怒而战栗。他极其认真地说："我一定不会让这帮人在这里猖狂。"

当事人受到处分，而周水生因病情需要至南昌复检。他将周琪源也带去，因为这孩子感觉鼻子像塞着棉球，呼吸不畅。而当他们走进耳鼻喉科，一个长达十九年的圈套也随之展开。取结果时，一位医生看看病历又看看他，说："是你儿子吗？"

"是。"

"可能有肿瘤。"

"什么？"

"我说可能有肿瘤。"

"怎么办？"

"去做深一步的检查。"

周水生像哑巴，嘴巴开开合合，充满询问的欲望，却说不出来。我们知道很多医生，穿白大褂，戴眼镜，上衣口袋插着体温计和钢笔，脖子上挂听诊器。他们很少有肥硕臃肿的身材，要么清癯要么略微发福，脸就像一只输液瓶，光滑、沉稳，处于零的状态。他们从不大喜大悲，甚至也不小喜小悲，对所有病患来说可能是一生中最重要的结论，对他们而言，只是无数数据中的一个。他们绝非薄情寡义，只因处在生老病死的风口浪尖，每天得经历三四宗甚至上十宗人间悲剧，已无心力再悲。

因为一直替死神发布消息，又一直代表无知病患与死神谈判，他们不知不觉有了法官的权力与威仪，随便展现出的一点表情（一个浅笑，或者拿手摸摸鼻尖），都会被病患从心理上无限放大。因此他们索性什么也不展露，像谜一样站在高处。

周水生在部队当过卫生员，现在那点知识与经验被完全吓跑了。他像呆鹅走回去，跟儿子说，事情不大。所幸在这个群体中还有六弟——他就是当年被父母送给舅舅的同胞兄弟，在那竹子有碗口大的乡村，他砍柴，去二十里外的集镇贩卖，后考中工农兵大学，入江西医学院，毕业后分配至南城县人民医院，现在已是江西医学院二附院一名医生。他拿着医学院病理教研室做的切片结果，说："他们怀疑是恶性肿瘤。"

他觉得这样会增加兄嫂的不安，又说："仅仅只是怀疑，还存在其他很多可能性。"不久，另一家医院检查显示，不排除只是息肉出问题。周水生如坠迷雾,可能、怀疑、不排除——这就是那些去死神宫殿探访的巫师,所带回的完全不同又模棱两可的答案。有时他真想喊:"我需要清晰的结论,给我结论。"可这有什么用。根据六弟的建议和安排,切片被送到省肿瘤医院——这是省内这个领域的最高权威(就像省高级人民法院,有权驳回、改判一些已经定性的案件)。他们一送呈,便守候在那儿,如坐针毡,走又怕走远了。他们不吃不喝,希望早些有结果,又害怕结果到来。

当医生的门打开,他们扑了进去。

对面的医生在一行行往下看,他们跟着一行行往下猜。医生嗯了几声,一直寻找着合适的词语,最终他看着这两只可怜的羔羊,清晰地说:"癌。"周水生像被狠敲一棍,意识尽丧,僵立住。说起这种父亲的悲伤我见过。二〇〇〇年当我站在县城人工湖岸边,曾看见一个溺毙两小时的孩童被打捞上来——在马路那头,他的父亲,一个中年男人,围着理发用的白袍,眼睛水汪汪,鼻涕挂了一脸,嘴巴无声地呼喊,张牙舞爪,像被飓风刮来刮去的醉汉,极其滑稽地奔跑,直到将自己绊倒,重重地摔到地面。

不久周水生变回为那个理性而蛮横的人。他命令六弟,你是我弟,是周琪源六叔,无论如何必须帮忙。后者动用不轻易动用的关系,在挤满预判死刑者的肿瘤医院弄到一张珍贵的急救室加床。周琪源被安排放疗。他们隐瞒可怕的结论,时常不得不展露一些貌似轻松的表情。起先周琪源很乖,坚持学习,并在规定时间(晚十点)催促他们回去。他们借住在亲戚家地板,天热,洒点水就睡,泪流满面。一天,周水生带着周琪源去做气功锻炼,中途上厕所,回来听到他说:"爸,你当时怎么不再生一个呢?"周水生心里咯噔一落,知道刚放在椅上的衣服被动了(里边藏着放疗卡片)。这几乎是世上最难藏的秘密。后来周琪源将买好的甲鱼汤残酷无情地倒洒在地上。

"源源,你怎么了?"

"不吃。"

"为什么不吃,孩儿啊,吃了对身体好。"

"知道我为什么倒吗?第一次吃了就跟你们说不要买,你们还买。这次不倒,你们一定还会买第三次。我们根本就不是吃这种东西的人家。"这十六岁的人愤怒地喊。

放疗数月,他们一家返回六二一四厂休整,准备日后再去化疗。周琪源的鼻子没有半点好转,这令周水生生疑。他和妻子两家几代都没人得癌。那些过去存在的推论——可能、怀疑、不排除——越来越强烈地烧灼他。他通过厂里熟人联系到我们瑞昌市粮食局一名司机,后者给在武汉医学院二附院病理教研室当主任教授的哥哥打电话,他答应看一下。周水生听说他是全国性权威,但是切片已入江西省肿瘤医院库房,按规定不能调取,周水生通过六弟想办法,几乎是盗,将三份切片取出。

在武汉,那教授说:"不是。"

"您再说一遍。"

"不是。"

会不会拿错切片了?他仔细看着那些证据上的三个字,那是他命名的三个字,一路念叨着,回到儿子身边,"周琪源。"

"怎么了,爸?"

"没事了,周琪源,什么事也没有了。"

他涕泪横流。儿子在研究和判断他表情的真假,最终确信,也流出眼泪,一边流一边像花一样笑开。他们一时觉得世上欢乐都不像现在这么多,就像站在苦难尽头,看见无边无际的冰川被太阳照射,已经消融、远去，就像天上在下密密麻麻的光明的雨。

只是坏死性息肉须切除。手术在六弟所在的江西医学院二附院进行。因为对麻醉药过敏，最终是在无麻醉情况下从鼻下进行的。周琪源一声不吭，主刀医生大赞其勇。手术结束后，周琪源说："我的鼻子通了，我从来没这样舒服过。"他那仿若精雕细琢的鼻子未留明显疤痕，完好如初。未过多久，三个骨瘦如柴的人返回厂里，他们像取得巨大胜利，挨家挨户打招呼。后来他们意犹未尽，听从建议，准备将省肿瘤医院告到卫生厅，但很快偃旗息鼓，他们想到六弟会很难做人。重要的是判死刑的人终被释放，不论他是否无罪，是否冤屈，不论事情是否荒唐，重要的是已被释放。

十三

因为这场意外，周琪源高一复读一年。就像是上帝让他等我一年。一九九四年秋，我们坐着不同的中巴车，在省警校会合。他毕业于六二四厂子弟学校理科班，我毕业于瑞昌二中文科班。若干年后，当我拿着这张省专文凭去找工作时，人们既惊诧又鄙夷。我脸色微红，说："当时不太努力。"

而其实陪伴我终生的神经衰弱就来自高考前。我们是历史所牺牲的少数人。高一时我们接到通知，说高考考四门（语数外＋自选科目），我选了地理。高二时政策更改，仍实施文理分科，考五门（语数外＋政治历史或物理化学）。最终我们高考的成绩被乘以一个系数，与考六门的复读生竞争——我听说文科这块，复读生多考的地理那年非常好考。最终，我们二中应届文科两个班只有四人过大专线。而次年，那些去复读的同学很多都考上重点和本科。我们是游得最快的精子，莫名其妙做了多年警察。

周琪源的分数是五百三十五。选择读警校，原因很多：周估分在五百二十左右，预测上不了本科线，而警校作为提前录取学校，是省专档最好选择；周的八叔在警校做老师，说过："若分数不高，可报考警校。"后来，本科分数线下降，周琪源可读本科，但父亲还是主张读警校。保险，铁饭碗。周水生认为，一九九一家里遭遇四个陌生人攻击，也是促使周琪源最终答应读警校的原因之一。他的班主任听说这个选择后长叹："搞这个太可惜了。你的正路一是进研究所，二是搞文字工作。"

一九九四夏，周琪源最后一次去外婆家。是搭厂里运输车去的，在湖北阳新两辆车停下吃饭，同搭车的一对父女充满憧憬，那女儿就要去武汉长居一段时间。随后车辆沿省道狂奔，在经过无数竹林、油菜花地和刷白漆的树木后，它像摩托艇劈波斩浪，扎入海洋一样宽大的武汉。在那里，房子无限繁殖，没有边界，街道连着街道，公交车像蛆虫在巨大胎腹里蠕动。周琪源找到外婆家——外公已去世，一个舅舅和两个姨妈陪着外婆（另一个姨妈和舅舅则长居上海、汉中）。他们的话他每句都听得懂，却无法讲出来。他们审视他时，也带着城市人的怜惜与生分。渺小的母亲早就被清洗出来，没有任何痕迹，这座城市已不记得她。

此后我们看见的便是一个隐秘人。他所在中队的中队长（相当于班级班主任）多年后的回忆极其简单：烟酒不沾，从不打牌，也甚少参加聚会，二〇〇七年中队毕业十年聚会他没去。他的父母记得他从不要钱，问他要吗，他说不要。放假回家也是将自己锁起来。那时总有认识的女生来串门,他早早打好招呼,不要开门。后来她们中的一个凄婉地说:"周琪源是不是好讨厌我?"他们跟儿子说:"你回来一趟,多少也要见见人的。"

"我哪里有时间。"

他指着一大包从学校图书馆借回的书说。

而我们所见也只是他在沉默地吃饭、寄信、打水,就像一个完全不认识的人在替他吃饭、寄信、打水。他自己则在思考。冰山表面只这么多——他每天剩下的多数时间在干什么,是什么让他如此痴迷,像秘而不宣的谜。我是他隐秘的朋友,我知道他为什么体验不到或者不愿体验我们普罗大众所喜闻乐见的东西,就像我知道僧侣在面对嘲笑时为何不为所动。

警校毕业时,他遭遇滑铁卢。设想中的公安类学报或者媒体没有将他招走,拥有理论研究空间的省厅、市局也未曾留意他。我们原以为会在留校一事上助一臂之力的周家八叔,最终也无能为力。周水生的八弟出生于一九五九年,初中肄业后在南城县打石头,照应送回老家的周琪源(他们毕生的亲热开始于此),后下放至龙湖公社,从当地当兵,退伍分至南城县生资公司卖碗,不久考入公安局,最终调至警校。他在学校当摩托教练,有时也管后勤,搞房屋装修。一九九二年他曾赴海南下海,这导致他在学校的影响力更低。

一九九七年夏,周琪源和我们一起仓皇回到瑞昌。九月,我被分至洪一派出所,而在码头分局实习的他被通知,不能再来上班了。我们也没办法。很喜欢他文笔的领导表情尴尬,语气柔和。周琪源痴若木偶,许久才像个陌生人嗒丧而去。

周水生后来讲,他去找瑞昌市计委,一位主任说,按照今年大专生分配文件要求,周琪源不符合,他只能去六二一四厂,由厂里安排,事情就是这样,"你找谁都没用"。周琪源听闻,好像要瘫掉了。后来他通过八叔,查到由公安部、人事部联合发布的《关于做好全国警察院校毕业生分配工作的通知》,其中提到,各级公安、人事部门要"优先保证接收警察院校的毕业生","基本上按照哪来回哪去的原则",而"不接收警察院校毕业生的地方,今后若干年内不予增加国家编制"。周琪源愤恨时想拿复印的文件去省政府门口静坐,最终写信至分管文教的副省长。一周后,计委通知周琪源前去报到,后其被分配至黄金派出所。

这件事加重了周琪源"我来自哪里与我是谁"的意识。

在我们瑞昌的土地上,这个本就格格不入的厂矿子弟从此更加孤僻,读书写作变成更深的依靠。几个曾被黄金派出所抓去的厂矿赌徒事后跟周水生说,你儿子真好,偷偷给我们每人买了几只包子。而在调入公安局后,也只有偶尔几个厂矿人才能敲开他的房门。

在靠南老楼二楼那间七八平方的杂物室,周琪源生活了数年。桌子和台灯是周水生从厂里送过去的,本来还要送电饭煲和煤气灶,怕给木地板建筑招来火灾,最终作罢,"他学习起来可是什么都不管"。

周琪源吃方便面、饼干,有时去小吃店或食堂买快餐,像虫子一样缓慢而坚决地啃书本,脸色越来苍白。有时身体实在不好,便去附近法院打乒乓球。他洗冷水澡——即使已结婚生子,很长一段时间内他仍住在这里——深夜,他独自穿越昏黄的走廊,去幽暗厕所方便,然后用冷水洗脸。这繁星点点时,正是这些民间科学家、哲学家、文学家起床的时间。无数孤艳的创造,像细嫩的芽,不停生长、缠绕、伸展、开放,发出神秘的低响,而我们已酣然入睡。

十四

"一个人总是要结婚的。"二〇〇〇年三月,在周琪源二十五岁时,他的父亲周水生说。他举出很多例子,占多数的走上幸福美满的道路,少数则成为鳏夫、怪人。

"我没说不结。"

"可到现在你连个恋爱也不谈,你都这么大了。"

"我还不算很大吧?"

这次周水生决心不再迁就——那些媒婆带来无数姑娘的信息,说是能匹配工作单位好、长得帅气的周琪源,这些拒绝也就罢了,这次相中的姑娘可是周水生自己留意很久的。他觉得她反应快,处事小心,能照应人,他儿子所需要的不就是一个能照应自己的女人吗?

她是分厂的技术员。一九九九年,因全厂实行房改,已是房产处处长的周水生感觉手下无法应付六千余户人口的数据统计工作,申请借调来十八人,她恰好在列。他了解到她家与分厂工会主席关系不错,便请主席安排相亲。

"我已经观察半年了。"在去主席家前,周水生说。

"好吧。"周琪源回答道。

那天带她去的是她的母亲。她皮肤白嫩,脸圆圆的,梳马尾辫,爱笑。而他一言不发。当所有大人都离开后,他显得更加不安。倒是她说:"我早就认识你。"

"什么时候?"

"六年前。"

"在什么地方?"

"当时厂里有两辆车开往武汉,我坐第一辆,去读船校。因为路远,中间停下在阳新吃路边店,我看见你从第二辆车走下来。"

归来后,周水生急切地问:"怎么样?"周琪源沉吟再三,说:"从表面上看我没有意见,就看人家怎么想。"周水生便打工会主席电话,对方说有希望。不久,她便在主席带领下来到周家做客。半年后他们订婚。二〇〇一年国庆节——这时我已借调到瑞昌市委组织部——他们悄然结婚,在码头镇摆了几桌酒。二〇〇二年七月二十五日中午,他们的儿子周正阳诞生,取意"如日中天"。每到周末,周琪源便从公安局返回厂里,与妻儿团聚。有时妻子也去公安局,帮着收拾打扫那间杂物房。

二〇〇三年,周家大事频仍。因厂里精简机构,基建处、房产处、总务处、液化气公司合并为物业管理公司,周水生担任经理;同时周水生在南昌北京东路一间小区买下一套不足九十平的房子,总价十五万,八弟借八万,从银行按揭七万。而周琪源有去读研究生的机会——也许只能用"久旱逢甘霖"或"苦尽甘来"来形容他当时的心情,但和过往很多例子一样,它带来无尽烦恼。去读的话,工作可能便难保证。周水生说:"几可惜。"他就像我的父亲一样,我的父亲对我说:"这里几好的工作条件,你就抛弃了?去做一个打工仔?"

"你读完还不是得找工作,现在有工作了,还去读干什么?你二十八了,读研究生两三年,出来都三十好几了,"周水生说,"你现在不单是一个父亲的儿子,也是一个儿子的父亲。"

周琪源终生极少忤逆父亲的旨意。实际我们七十年代生的人都很少忤逆,父子之间存在深刻而天然的秩序,父亲像是残暴而仁慈的君主,统治、安排、照应我们的一切。两者待在一起时,自有一种惴惴不安的礼节,时常不能像生人那样自然而然地沉默,也不能像夫妻那样毫无忌惮地取闹。所有语言都是命令与对命令的接受。二〇〇二年,我因为一个河南的电话离开家庭,我走得那么轻松,从来没想到父亲会连手也不伸出来拦一下,他只是像失势的狮王眼冒怒火,死死盯着地面。我就那样超越界限,从此无君无父,浪荡江湖。

这就是我和周琪源的不同。

我可以为诱惑粉身碎骨,抛家弃业。诱惑能击败我的责任,使我的父亲成为纸老虎,而一切细小的责任与命令却能管理住他宏大的理想。他没有和父亲再说什么,收起考研材料,塞进纸箱,从此不复过问。就是这时,那个隐秘的坏朋友——那个叫病魔或者死神的东西找上门来,捏着他的鼻子,拖着他悲惨地走。

二〇〇四年底,当我在北京永安路的夜宵摊与阿丁举着酒瓶豪饮开始做一个作家梦时,周琪源陷入到惶恐中,他的鼻子时常不明原因地流血。他想休息几天便好,可是症状却持续一个月,而且鼻腔不通气,脑袋也涨痛起来。他去医院检查,被宣判为"嗅神经母细胞瘤"。资料显示,这是一种罕见的神经源性恶性肿瘤,占所有鼻腔肿瘤的百分之三至六,自一九二四年Berger和Luc首次报道该病以来,至一九九七年全世界文献报道仅有一千余例,目前尚未形成规范化诊断及治疗办法。

周水生到今天也无法形容这种病。他更愿意采用另外检查时给出的一个说法:鼻咽癌。他认为这次病因诞生于一九九一年,那次手术也许不成功,在切除坏死性息肉后,也破坏了鼻腔黏膜,导致鼻屎结痂,时常抠得出血。这也许就是我在公安局办公室老看见周琪源用卫生纸擦拭鼻腔的缘故。

这件事带来比一九九一年更多的悲伤，但再没有破涕为笑的一刻。因为放疗，周琪源体重从六十五公斤锐减至四十五公斤，脸部发黑，而鼻子也在做手术时被严重破坏，像只肥肿的耳朵焊在脸上。他的妻子曾在手术前哭泣，但一切走向不可逆。一个美男消失，一个拒绝认为自己患癌的倔强人诞生，他总是说："你又不是医生，你又不懂。"

二〇〇四年，为着照应周琪源，周水生将在厂里的房子卖掉，通过瑞昌市房产局熟人介绍，以七万元的低价在瑞昌县城兵马垄买到一套三房两厅的二手房。一家都搬过来，周水生在他人生奋斗的舞台，在那船业帝国只剩下一床被子。因为房子很大，他们将一间小卧室改造为工作室，供周琪源写作用——但他已失其孤勇。他不敢再疯狂用脑，也不敢持续读书。总是得吃药和锻炼，一个念头刚刚开始便被中止。

二〇〇五年八月一日，经复查，周琪源病情告稳定。一位教授说："你还可以存活很长。"

十五

二〇〇五年，江州造船厂（即六二一四厂）破产改制，变身为江州联合造船有限责任公司，五十六岁的周水生办理内退，退休工资五百余元。十一月二十六日上午，周水生出门找人修理地面，在商店，放着整排地板砖的货架突然倒塌，碎了一地。他张皇失措跑出来，赶至兵马垄的家，发现亲人已在楼下。他急切地问："源源你有事吗？"

"我人没事。"

"你莫上班。"

但儿子不久还是去了,直到第二天傍晚才回来,据说住在超市门口搭建的棚子。"吃饭吧。"周水生说。

"不吃了,昨晚没睡好。"

"你看你精神很差,今天就莫去。"

但周琪源还是扛着照相机、摄像机走了,整整一周泡在外边,鲜有落屋。这是发生在瑞昌的一场里氏五点七级地震,一度在九江开发区至瑞昌的路上挤满人,县城也万人露宿。地震改变了很多,瑞昌有了一定知名度,国家领导人先后来视察,带领孩子唱歌的帐篷小学老师以后被任命为市招商局副局长,而市委书记也说:"地震给瑞昌造成了重大经济损失,同时也给瑞昌今后的发展提供了无限商机。"地震带给周琪源的则是明显的消瘦和疲倦,他和很多同事一样,身体差了很多。周水生认为,他本来就有大病,这一下更伤筋动骨。

上一次,瑞昌人在室外集体聚集还要追溯至一九八九年,那时县城上空飘满红氢气球,人们在大街小巷挤来挤去,庆祝撤县建市。但是这个市至今也只管辖八乡八镇两街道,人口仅四十二点一万。县城历史最悠久的宾馆名叫苏亭,取意瑞昌八景之一"苏亭墨竹",传说当年苏东坡涉足城西,置身竹林,心潮如涌,于石壁题记:"元丰甲子闰四月二十三日,眉山苏轼过此"。建市几年后,街上流出顺口溜:

  瑞昌市不如瑞昌县
  白天停水晚上停电
  马路中间扎个篱笆
  走路不方便

我曾在此挣扎五年，每见火车穿城便心如刀绞，而周琪源一直在等待。

二〇〇六年春，周水生办完交接，至南昌生活，一年后周琪源的儿子周正阳被接去，就读于南昌桃湖小学。周琪源将父亲介绍至自己常年供稿的《检察风云》杂志社，干办公室主任的活儿，负责接待——后来我想，周琪源其实有不少机会出离县城，但最终总是受困于亲情。当他顺利成为必须对上下辈负责的中年人，留给出走的其实只有一条路，便是来自上级的指令性调动——这意味着一荣俱荣，不像别的道路会带来牺牲和抛弃。二〇〇六年夏，周水生至八弟所在的白云驾校打工，协调安排学员培训。

二〇〇七年五月，夕阳落尽，我透过杂志社玻璃窗俯视车辆像哑子一样在街道奔跑，想着目前的一切并不重要，在一百年前以及一百年后，这里都会站一个忧郁的人，大家最终都会消失。我如此劝服自己，不要参与编辑部的斗争，不要为那点破事受伤。而周琪源在县城买了一只颈椎牵引器，开始自疗。那是一个类似天平的玩意儿，依托双肩支撑，戴在头顶。他的父亲得过骨质增生，曾在家自我牵引，他觉得脖子痛也是因为这个。

他宁可相信是这个。家人将三年前那场重病纳入考虑，忧心忡忡地催他去检查，但他总能证明这只是小事一桩，直到年底他忽然痛得在地上翻滚。

"你必须来南昌检查。"周水生在电话里说。

"没事，歇一阵就好。"

"你不要不当一回事。你可以不替自己负责，但总得对孩子和我负责。"

"要搞年终总结，我确实走不开。"

"不可以交给别人吗？"

"怎么交？"

他们为此发生争吵，最终儿子答应二〇〇八年一月二十八日去南昌检查。二十四日，周水生心急火燎，从驾校请假返回瑞昌，试图将儿子带走。

"你怎么这么不懂理？我不是答应二十八号去吗？"

"我怎么不懂理？你是我儿子，谁叫你是我儿子？现在，儿子，我求你还不行吗？我求你总可以吧？"

也就是这时，周水生看到儿子眼神里终生唯一一次的不屑。"我保准二十八号去还不行吗？"周琪源大声说。二十六日，仅仅为着应付父亲，周琪源去瑞昌市人民医院拍片子。两天后的早上八点半，周水生坐在开往白云驾校的公交车上，接到一个电话，忽然泪流满面。他大声说："别哭，哭也没用，我早说过，没病别惹病，有病别怕病，有病就治，千万不要悲伤，悲伤对病一点好处都没有。"

"已经完了，爸，"在电话里，他的儿子像小时挨打那样，在声嘶力竭、没完没了地抽泣，"已经转移得到处都是。"周水生猜测他是一路走到无人处才打这个电话的，现在既可能在楼宇的顶端，也可能在隆起于地面的铁路坝，因此说："源源，你今天就过来，你过来这儿，爸见不到你一刻也活不了。"

当天下午，大雪弥漫，周琪源已完全是个典型的重症病人，脸色苍白，身体发软，走不动路，几乎是被抬到车子座位上，去了火车站。稍有触碰，他便大声呻吟。医生说颈椎骨头被癌细胞吃完了，不能再坐颠簸的汽车，就是走路也要小心，否则颈椎断掉，会瘫痪。他被直接送进省肿瘤医院，已是这家医院肝肿瘤中心主任教授的六叔焦灼地拿过片子，将五哥周水生扯到一边大声斥责："这么严重，你们怎么就不管呢？"

大家面面相觑，看着周琪源被塞进病房。那些医生、护士像消防队员冲进来冲出去，紧急处置，不时又将他推到别的检查室。最终医生在焦灼的家属面前长叹一声，只剩三个月了。不久，八叔以家族亲人团聚过年的名义，在距医院很近的一家美食城组局，请来周琪源。我是后来通过周水生出示的几十张照片知道这场忧伤的聚会的——他们中一定有谁装得很开心，提议拍照留念，然后一呼百应，就拍了照。他们每个人都带着毫无痕迹的笑容，凑到周琪源身边合影。而戴着颈托，斜靠在沙发上的周琪源，脸已丑陋不堪，却还是露出惯有的笑容（下嘴唇兜着，上嘴唇不动，闪现着知识分子的矜持与真诚）。他看起来很放松，跷着二郎腿，双手插在大衣袖笼内。

他们是伟大的演员，都在心如刀割地向对方提供假象。

四月份，周水生无心再在驾校工作，辞职专门到医院陪护；不久，周琪源的妻子也辞去在厂矿的工作，来南昌陪护；十月份，八叔的驾校也散伙，有更多时间来医院。而周琪源的身躯开始明显变瘦，就像每隔一段时间，它就萎缩一圈一样。他被放疗和化疗弄得不成样子。只有眼神，时常充盈着对人们的仰视与渴望，那就像是一双悲伤的羊的眼睛，或者一双悲伤的被隔离者的眼睛：我没有资格和你们待在一起，我感到羞耻，而窗外鲜花开放如此之盛，孩童的笑声像银铃蹿来蹿去。我们相隔遥远。护士和医生每次走过来都会说正在好转的话，他不再相信。

在这时常会爆发出家属痛哭声的地方，每个重症病人都在紧盯另一个重症病人的面孔，好像是为了在另一个世界很快称兄道弟。每当有一个床铺空掉，都会让病友深深坐进沉默中。那是无法劝解的沉默，不吃不喝，末日将至。就是在这样的时节，一辆轿车开进医院，一个个子高大、五六十岁、一看就很有威信的领导带着一名下属走进病房。

他送了四百元钱,说:"好好养病,很多工作还需要你做。"

这是周琪源梦中所期待遇见的人。

这个在省公安厅宣传处担任处长的男人将要上车离去时,转过身来,对周水生说:"这个小伙子蛮有能力,本来我想动脑筋将他调到省厅的。"

十六

周琪源一直活了很久,这和他拥有强烈的求生意志有关。化疗时人总是呕吐得厉害,但他强迫自己吃东西,始终保持一定的摄入量。他也会做力所能及的锻炼。七月,情况看起来还可以,他要求出院。家人劝阻,因为"反正是医保",他说:"是可以报销,但自己多多少少也要烧钱吧?你们现在有几个钱?"

他坚持回到在北京东路的家,每天从家里走两百米至社区医疗站注射。有次他还气势昂扬,戴着颈托骑电瓶车出门。待在家时,他看订阅的《南昌晚报》,也会一手撑着脖子,一手捉笔,咬牙切齿地写作。这段时间以及之前他参加了大量的征文活动,写了不少读者来信。我在网络搜到这些文字时,诧异不已,这些文章抵消的是一个论文写作者的尊严。他却深谙此道,每击必中。他获得过"我与熊猫的故事""我读《网络妈妈》""我心中的和谐家庭""汾酒传情""跨世纪相伴成长"等无数征文的奖项,甚至还参加过我家超市的广告语征集活动——有时他会署名周水生或黄武建。而在《医师报》发表的《迟到是因为心系生命》,则透露出一定的空洞,他写自己去复诊癌症,挂好号却空等,焦灼不堪,最终医生解释迟到是因为有生命要抢救。

他呼吁社会对医生多些尊重和理解。

现在我知道，这几乎是他唯一赚钱的手段。这些征文因为附带广告要求，发表易，奖金高，见效快。他当然知道二〇〇四年后家里为他治病花费十三万元的事。他总是这样写着，写好了单指敲进电脑。他干一会儿喘一会儿，生不如死地呻吟，直到父亲最终拔掉电源。

他尽力使自己看起来一切正常，坚持要回瑞昌市公安局。最终周水生陪着他返回瑞昌。公安局此时已从老汽车站的临时办公地搬到市府旧楼，周琪源找到政治处，发现已无自己的位置。久别重逢，同事们一个个从座位站起来，不由自主走向他。他们的眼神充满怜惜和痛楚——他们和他早已抹平县城人与厂矿人的沟壑，现在大家都是孤苦的人类——面对他的要求，他们温柔地摇头："先养好身体，工作的事情先不要考虑。"

可能是自己也觉得没意思了，周琪源对父亲说："我们还是回南昌吧。"

这样的好时光没维持多久。八月，周琪源头痛欲裂，至医院检查，发现癌细胞已转移至脑部。经过伽马刀手术，病情缓解数月，至二〇〇九年三月，又不行了，说话声音完全变调，沙哑吃力（这说明肺部正在失守）。家人要他住院，但他无比倔强。周水生急火攻心，却无能为力。一天傍晚五点钟，周水生照例骑自行车去买馒头，回来刚进家门，猛然呆住，馒头还提在手上。妻子黄武建扶他下楼，行至小区外的转盘，他尚且还有意识，说不能再走了，却是刚上出租车便昏倒过去。

高血压，中风，昏迷三天。一个月后，我的父亲也遭遇这灾难，当时他从医院归来，洗了个热水澡，便瘫倒——从此不复健步如飞。因为父亲中风，我忽然知道很多朋友的父亲得了脑血栓、脑梗塞、脑溢血、糖尿病、心脏病、癌症。有时我觉得这是我们所有父亲的遭遇。

周水生醒来时，眼前是戴着颈托、扶着床档、忧心忡忡站着的儿子。周水生口鼻歪斜，说一句话嘴角流一摊口水："你不要来啊，你走不得。我不是因为你才中风的，我早就是高血压。"周琪源什么也没说，只是抽抽搭搭地哭。有几天他果然没来，等到他气喘吁吁、精神极差地再度出现时，周水生捶床痛哭"儿子你要了我的命啊。"他愤怒地责怪妻子，"你们真糊涂啊，你们要了两条命啊。"

"我把票据拿回去报销了，"周琪源说，"我没事。"

周琪源是坐中午十一点的火车返回瑞昌的，下午三点到。他匆匆跑到江州造船厂，将父亲的医疗票据提交上去，又跑到几十里外的瑞昌县城，到公安局报销自己的。他这时脸色灰暗，灰中透着白，白里透着灰，身上散发阴气。他像孤魂野鬼飘到行管科，焦灼万分，就像这钱十万火急，晚一分钟就可能家破人亡。

周水生的入院费是三千元，此后每天花费一千，住院至第九天，他尝试让人扶着上厕所，感觉还行，便大呼出院。六弟观察很久，同意了。此后每天都有一名护士上门为周水生注射。

四月份，周琪源告急，被送入肿瘤医院，开始说些胡话——从此他再没出院，甚至连床也下不得，穿着尿不湿，大小便都在床上。大便仿若苦刑，每当此时，他牙关紧咬，目眦欲裂，整个面部显现出清晰的骷髅形状，一会儿便全身痉挛，昏死过去。家人紧紧抓着他的手，好久以后还能感觉那力道的凶狠。他开始失去肉脂，因为打多了针，手足后来再无针眼可打。医院下病危通知单，像十二道金牌，一道比一道急，到后来便懒得下了。

一天，周琪源嘶嘶有声，父亲凑过去听。

"笔。"

"什么?"

"笔。"

"源源,我们暂时不写了,我们过段时间再写。"

"好,我们过段时间。"

出来后,周水生大为悲怆,一路嘻嘻地自语,到处乱走。肿瘤医院是家大而阔气的医院,天花板上挂着五十八盏大红灯笼,大厅摆八只巨型花盆,地面是光滑的瓷砖(每块都有一张小型餐桌那么大),里边排列着"入院登记""入院缴费""出院结算""分诊服务"等六七个窗口,人们静默地排队。通往三楼的滚梯停运,因此路途阴黑,与天井玻璃所滤下的光明形成剧烈对比。在三楼,前头是鼻咽镜室、纤支镜室、眼科、细胞室,左侧是体检科,后边是一排候诊塑料椅,有指示牌指向心电图室,所有门都半开半掩着——走廊的右侧是一道银白的不锈钢栏杆,下边嵌有一米高的厚玻璃。周水生扶着栏杆,看见二楼左侧某处窗口下坐着一位白发苍苍的医生,正一边饮茶一边看报。楼下的声音像是从溶洞深处发出,在封闭型的建筑物内游来游去,偶尔有清晰的嘀嘀声从院外传来,到处是圣洁又可怖的气味。

周水生看到一大块光滑、平整的地面,它就像一位温柔的母亲,张开手臂,"跳啊,快跳,一了百了。"周水生双手战栗地抚摸着栏杆,他看了那白发苍苍的老医生一眼,他也看了他一眼,那眼神仿佛在说:"别玩这小孩子的游戏了。"我就是想死,我现在就是想死,我从来没有这样想死过。周水生悲不自胜,感觉坚硬的地面近在眼前。

周水生是我见过的最为强悍的男人之一,我父亲也是。说起强悍,我们总容易想到海明威笔下与大马林鱼战斗的老人,或者在战场上展示梯田一般腹肌的史泰龙,充满着津津乐道的英雄主义气息。但在中国,这项品质和荷尔蒙无关,它仅关系到活着。他们最终在上帝剥夺走大部分希望的情况下，依靠极小的条件最大限度地活着。二〇一一年当我见到中风病人周水生时，已经看不出他一条腿长一条腿短，以及嘴角歪斜的形状。他和正常人一样，只是在上楼梯时方显出一个老人的衰败与无能。

周水生没有自杀，最终他急切地走回病房——他的儿子正听着电视上的体育新闻，这是住院后他唯一留心的节目。我从来没听说这个文质彬彬的人谈及什么体育明星，也未见他主动参与什么体育活动（除开因身体不好去打乒乓球）。后来我想到电影里的一句话：体育就是民主。只有体育拥有着完全公平的规则，可以让王公与贫民、年老人与年轻人站在同一起跑线，凭借自身实力说话。而其他领域的竞争机制则不好平衡、量化。我牵强附会地想，也许他羡妒运动员，羡妒那只要球打得好便一定能进国家队的命运。

"源源，你有什么还没交代的？"周水生说，"我现在就去办。"

"没有。"

"你告诉我。"

"没有。"

周琪源什么也不说，眼神却始终挺着，凄苦而焦灼地看着天花板。按照医生判断，他早该死了，却是一直拖到现在。"你说啊，儿子。"周水生号啕大哭。但是周琪源只是轻轻摇头，仿佛那是一件无法完成的任务，说了白说，不如不说。

周水生以其毕生的智慧来猜这个谜语，最终想到两点：一、孙子周正阳目前就读的桃湖小学是村办小学，周琪源以前不放心，时常自己辅导；二、儿媳妇的户口还在江州造船厂，而他痛惜她。他一想到，便去办，就像他是儿子的儿子，要赶紧去执行遗命。

第一件事办得并不艰难，因为周水生的六弟、八弟长年在南昌工作，拥有一定人脉。起先联系的是南昌师范附小，因费用过高作罢，后来联系到江西教育学院附属实验学校，一次性交了四千元，转学成功。而第二件事却根本没办法入手。

他走到附近派出所，说："我想转个户口。"

"材料呢？"

"什么材料？"

"准迁证之类的。"

"没有。"

他好像看到他们脸上流露出的笑容——在这个年头还有人以为想转户口就能转的，要是这样，岂非人人都能转到北京去了？周水生闷闷不乐，根据民警指点，查了相关政策，发现条条道路不通，最接近的是买房落户，却是卡死在九十平方米这个杠杠上。他直接找到公安分局局长，拿出周琪源的警官证和病历，说："我儿子是警察，得鼻咽癌快死了，他儿子只有七岁，有公安血统，在南昌上学，需要人照顾，我想将他妈妈的户口迁到南昌来。"

对方看了看，说："我了解一下情况，你先回吧。"几天后，周水生又上门，因为中风未愈，只能坐在地上。局长将周水生扶到凳子上，端来茶，说："这事有点困难，你等通知，有希望的话我一定会叫人通知你的。"

周水生觉得挺没戏的——局长说的和民警说的差不多，无论周家的情况有多惨烈，现实有多困难，其操作的空间都有限。但是不久，派出所的人便打来电话，嗔怪道："为什么这样的事你要惊动局长？"

"怎么了？"

"你赶紧和我去一趟局里。"

在分局，派出所写的报告被签字盖章，周水生拿到准迁证。他有些不敢相信，忽然涕泪横流，像老农民那样跪伏在地，给局长磕头。"我虽然是厂矿的，但也是正处级，这是我第一次因为求人跪倒在地。他太好了，我实在不知道怎样表达感激。"周水生后来跟我说。

办好这事，周水生心情振奋，打车回医院，"请直接往肿瘤医院开，请快点。"他命令司机。在病床前，他说："正阳的学校落实了，你媳妇的户口也转到南昌来了。"

"很好。"

"终于都办成了。"

"很好。"

儿子的声音像从很远的地方传过来，含含糊糊，但眼神里的焦灼却仍未消除，反而显得更加凄苦和绝望。"源源，你放心，只要我活一天，我便好好照应正阳一天，我一定让他成才。"周水生补充道。周琪源试图抬起手，最终无力地垂下。

最后十天，周琪源食量骤降——过去他会强迫自己吃两个馒头，现在却充满厌倦。八叔来时，问："你怎么样，好一些吗？"

"好一些。"

"我上午来，下午来，明天也来。"

"不要天天来。隔三岔五来就好。"

最后五天，周琪源处于半昏迷状态。

最后两天，完全昏迷。呼吸靠嘴巴张合实现。

最后一夜，氧气管一直插在鼻孔，嘴巴呼吸喀喀有声，至后来越来越弱。心电图最终于二〇〇九年七月八日清晨八时五分变成一条直线。护士焦灼地问："拿一针吗？"医生说："一针有什么用？快去拿两针。"抢救无效。周水生恳请做人工呼吸，他们说："没有用的。"周水生因此昏厥。醒来时，他儿子已完全是一具小得不能再小的尸身，骨头像柴禾撑持着塌陷而透明的皮，全身到处留着针眼，手臂蜷曲，五指摊开，嘴巴张到极限，而眼睛睁着。他就像经历过剧烈挣扎，如今烧焦了——那个骑在他身上的坏朋友，那个任谁也逃脱不了的死神最终掐死了他。

他临终时的这个场景也让我想起吉列尔莫·马丁内斯小说《象棋少年》里描写的天才罗德勒：最后他举起双手，手掌张开，似乎在敲着某扇高悬于空中的大门，他用他已经属于另一个世界的声音喃喃低语：请给我开门，我是第一人。我想在最后一刻，武汉的门，省厅的门，巴黎的门，上流社会的门，全都听见他的呼喊。它们曾经听见青年司汤达的喊叫："伟大的热情能战胜一切……一个人只要强烈、坚持不懈地追求，他就能达到目的。"如今，它们也应该听听周琪源的喊叫。

十七

最终是县城的公安局抚恤了周琪源。住院期间，公安局筹募到五万余元，后来又捐了一万余元，并一次性补贴周家一笔钱（相当于周琪源生前十六个月工资），周琪源的儿子周正阳以后也将享受每月二百六十元的补助。他们问追悼会怎么开，周水生说已添了很多麻烦，不开。但他们坚持要开，费用他们出。追悼会在南昌岭上公墓殡仪馆举行，那天，公安局能出动的警力都来了——他们大清早出发，到达的时间比周家亲属都早。

我在北京接到一个过去同事的短信：周起源走了。错了一字。我心下一闪，好像看见一个人永远地沉入湖底。二〇一一年四月，我从北京飞到南昌，找到周琪源父亲。按照他的指点，我在肿瘤医院附近小巷找到福建千里香馄饨。大碗四元，中碗三元，小碗两元。芝麻和油水漂在汤上，喝起来烫嘴。我吃了一碗又一碗，试图从中揣测我那死去的同学住院期间为何一直迷恋这种小吃。最终一无所获。

周琪源留下的谜语时常让周水生痛苦。我翻阅周琪源留下的三个剪报本，统计出他发表有八百一十七篇报道（包括几十篇论文、外文报道）。周琪源在某篇文章里自述发表超过一千篇。这意味着从一九九九到二〇〇九这十年（包括二〇〇四、二〇〇八、二〇〇九三个住院较多的年份），他平均每年发表一百余篇，每三四天便有一篇发表。瑞昌市公安局的领导感叹，自从周琪源住院后，瑞昌市局的报道成绩便从九江市第一跌至倒数第二。

同时，他英语过六级，自考拿到南昌大学法律本科文凭，考上过研究生，有两枚"中华人民共和国公安部三等功奖章"及多张市县颁发的宣传先进个人证书。

我说："他做这一切，只为着出走。"

周水生猛然一惊，痛哭不止。

后来我问："剩下还有什么吗？"

周水生将我带到柜子前，比画着，说："原本这里还有两米多厚的一堆作品和材料，我们看着实在难受，就叫收破烂的拖走了。"

情人节爆炸案

一

1998 年 2 月 14 日下午

天空浩大，一只鸟儿忽然飞高，我感觉眩晕，便低下头。影子又一次叠在残缺的尸体上，就像我自己躺在那儿。

以前也见过尸体，比如被刺死的，胸口留平整的创口，好让灵魂跑出来；又比如喝药的，也只是嘴唇黑掉一点。但现在我似乎明白肉身应有的真相：他的左手还在，胸部以下却被炸飞，心脏、血管、肉脂、骨节犬牙交错地摆放在一个横截面里。这样的撕裂，大约只有两匹种马往两个方向拉，才拉得出来吧。

五米外，躺着他烧焦的右手；八米外，是不清不楚的肠腹和还算好的下身；更远的桥上，则到处散落着别人的人体组织和衣服碎片，血糊糊，黏糊糊。桥中间的电车和出租车，像两条烧黑的鱼，趴在那里，起先有些烟，现在没了。

上午我往桥上赶时,已看到小跑而回的群众在呕吐,现在风吹过来,我还是支撑不住。我抱头蹲在地上,可是又觉得那尸体自行立了起来,在研究自己可怕的构造。我猛然看了一眼,它还是面目模糊,一动不动地躺着。我被这孤独弄得可怜起来,便拨通媛媛的电话,对她说:"我爱你。"

媛媛说:"你说些什么啊?"

我说:"我要保护你一生一世。"

媛媛说:"你没事吧?没事的话我挂了。"

我真想拉她衣领,告诉她,我庄重地说"我爱你",并不是因为今天是情人节,而是因为一颗很小的炸弹,像撕叠纸,撕了很多人。很多人,虎背熊腰的、侏儒的、天仙的、丑八怪的,说没就没了,说吃不上晚饭就吃不上晚饭了。

可是等我找到合适的词,电话却响起"嘟嘟"的声音。

我叫破喉咙,大喊"操你妈",天空轻易地把声音收走。我又将手机砸向石块,那东西只跳了一下,便找个草丛安静待着了。我慢慢靠上树,跌坐向树根,坐成一尊冷性的雕像。不久,媛媛的电话打过来,我又知自己心间其实埋着汹涌的水。媛媛一说"对不起",我的泪水便冲出眼窝,汩汩有声。

我说:"我只是想见到你。"

媛媛忽然明白了,带着饭盒就往这片距大桥二十七米的树林赶。她气喘吁吁的身影越变越大,我挣扎起来,展开双臂,摇摇晃晃地迎接她,抱她。她的胸脯踏踏实实地顶上我的胸脯,我像走近篝火,身体生起一层层的暖来。

用调羹捞完铝盒里最后一口饭后,我静静看着发怔的媛媛,说:"我吃饱了。"

媛媛的口里冒出蚊子一般的声音:"我背叛你了。"

我说:"你说大声点。"

媛媛摇着头说:"对不起。"

我慢慢走过去,抱紧她,箍紧她,箍得两人都不再抽搐了。

后来,阳具热了起来,我去翻她毛衣,可媛媛泪眼婆娑地拦着。媛媛说:"说你原谅我。"

我说:"我原谅你。"

然后我将毛衣拉下来,却忽见她的上身跟着一起血淋淋地拉了过来。我突然醒过来。眼前哪里有电话,哪里有媛媛。眼前只有肥肿的下午一层一层浮着。

1998 年 2 月 14 日傍晚

远天变成硫黄色时,一个白衣老头一截一截变大,走向这里。我想这就是要等的北京专家,便舞着手迎上去。我想告诉他,远地儿没尸体了,我们一起回去吧,可他却像个收破烂的,走走停停,拿着枝条在地上辛苦地拨来拨去。

我赶到他面前,敬了个礼。

老头抬起吊睛白额大头,说:"会阴很好,臀部也不错。"

我忽然闻到此人嘴里喷出的马粪味,心间晃荡一下,下起暖烘烘的雨来,可是老头又撂下我,在一边蹲下了。他戴好手套捡起那只烧焦的右手,眯眼看了很久,又小心放下。

看到那个躺着的上半身后,老头用枝条指着它说:"你看,胸部以下没了,是什么情况?"

我说:"距离炸弹应该很近。"

老头说:"不,是炸药,你没闻到硝铵的味道吗?你能形容这一路的尸体吗?"

我说:"都是血肉模糊。可能有的伤重点,有的伤轻点。"

老头说:"你长长脑子。车边是不是有两具整尸?他们衣服是不是还在身上?上边是不是还有很多麻点?"

我说:"是,是。"

老头说:"说明什么呢?"

见我没反应,老头又说:"说明不是炸死的,是被冲击波活活冲死的。你想,人飞出来,先和车窗户有接触,出来后又和地面有接触,铁人也报废了。但是他们顶多是个炸裂伤,不像面前这具,明显是炸碎伤。炸碎了,就说明他待在爆炸中心。你看他右手飞了,说明什么呢?你说说看。"

我说:"他身体右边靠近炸药。"

老头说:"准确说,是他用右手点着了炸药。"

老头又说:"他的会阴和臀部保存得不错,又说明什么呢?"

我想到会阴和臀部对位,很难同时完好,支支吾吾起来。

老头点着我的太阳穴,说:"都给你指得这么明。他是蹲着点的。蹲着,炸药就炸不到屁股和鸡巴了。"

老头又说:"在电车西南方向三十米处,我们找到另一具胸腹缺损的尸体,他是两只手都被炸飞了。你说因为什么?"

我说:"可能两只手抱着炸药。"

老头说:"总算对了。你看看,现在我们基本可以画出电车爆炸前的样子了。左边多少位子,右边多少位子,坐什么年纪、什么身高的人,坐哪里,什么坐姿,我相信都可以画出来了。司机的位置在这里,毋庸置疑。我听说司机伤得不重,这就说明他距离爆炸点偏远,这样我们可以判定,爆炸点在后车厢。到目前为止,我们只找到两具胸部以下缺损的尸体，而且分别被抛到西南和东北方向的最远处，这说明是他们引爆了炸药。情况就是这样，他们待在一起，一个面向司机坐着，双手抱炸药；一个背对司机蹲着，点它。至于其他人，复位也容易，损伤重的靠炸药近，损伤轻的靠炸药远，右边受伤说明右边靠着炸药，左边受伤说明左边靠着炸药。这样，我们就可以把几具特点鲜明的尸体请上车了。我感觉那个背部一塌糊涂的男子，当时在歪着身子亲别人，因为距他不远的一具尸体正襟危坐，只是炸掉了手臂。我感觉还有一个小偷，他的手被破损的皮革缠着，像是要抓什么东西，却什么也没抓着，我估计是钱，钱烧掉了。我还听说售票员没事，但是面部一片漆黑，我估计她当时应该发现了情况，想过去看，结果刚抬脚，炸药炸了。"

老头说到梗阻处，忽见我仍是汗如雨下，便没意思地丢下树枝，说："可以收了。"

我郑重其事地戴上橡胶手套，把尸块和物品小心翼翼捡进塑料袋，又塞进编织袋，试图挽回一点好感，可是腰一次次折下，便没气力了。我想歇息下，又不敢，只是默念，事情总会结束的，结束了就回家拉媛媛的手，鞋也不脱，睡死过去。

收拾停当后，我挺了好几下腰，寻思老头会和我一起抬编织袋，可他却傲慢地丢下一个眼神，然后打着手电，跟着一晃一晃的光芒，走前头了。我把编织袋扛上肩膀后，抬头看了眼大桥。那里，一个个人在忽明忽暗的警灯照耀下，像是尸体一具具站起来，像是收割完庄稼，相约回家，像是遥不可及的幸福。像是要抛下我。

1998 年 2 月 14 日晚

下车后，我看见刑侦大队操场好像个屠宰场，堆满大大小小的编织袋，副大队长是算账师爷，在昏灯下点数。不一会儿，他扔掉账本，大步流星地走过来，两只手捏住老头一只手，握起来。

我拉开车后厢，拉出尸袋，小心听着他们聊天。副大队长说："数出了二百零二袋，吓死人。"老头说："没什么没什么。"我怕老头接着说："你们怎么还有这么弱智的警察。"

卸好尸袋后，我过去向副大队长汇报，副大队长只"嗯"了一声，我正要像个屁一样飞走，却不料又被他伸手拉住。副大队长说："你带首长去洗澡。"我好似驴儿跋涉归来，背上忽又被重物压着了，脸上苦起来。

澡堂里，水柱砸向马赛克砖，好像下雨，我拿毛巾狠狠搓洗身体，好似血污永远搓洗不完。未几，我看到老头走回更衣处，在那里用干毛巾搓隆起的腹部和灰茫茫的阴部，像搓一只伤痕累累的皮球。我把头伸进水柱，想：您老快点走啊。

可是老头却坐在那里抽烟。眼见抽完，又接上一根。

我穿好衣服后，老头说："走，一起吃饭。"

我说："我还是不去吧，我去不合适。"

老头呵斥道："让你去，你就去。"

我是在那时理解"绑架"一词的，好似刚和莫斯科的情人度过第一个甜蜜的夜晚，便被差役架着往西伯利亚走了。我每往酒店走一步，便觉媛媛身体往水里没一截，走到门口，亮如白昼的灯光扑来，我心里"咯噔"一下，看到媛媛彻底沉入水中。湖面寂静，世界寂静了，无数亲热讨好的"你好你好"声却纷至沓来。

进包厢后，副市长起立鼓掌，隆重介绍道："这位就是张其翼张老，公安部首批特聘的十大刑侦专家之一。大家欢迎。"

老头也不谦让，落座于上位，然后四顾看去。桌上好似开了个蔬菜园，百合、土豆、苦瓜、茄子、青菜、玉米，百花齐放，百家争鸣。老头冷笑道："你们做西红柿鸡蛋汤是不是连鸡蛋也舍不得放？"

副大队长鞠躬道："主要是怕心情不好。"

张老说："心情不好算什么，心情不好也要吃饭啊。"

副市长忙拍巴掌，把服务员喊来，说："有什么风味特产，尽管上。"

又对张老说："我们地方小，不懂规矩，张老不要怪罪。"

张老说："不怪。就来一瓶二锅头、一盘红烧肉、一盘腔骨、一碗猪肘子。小妹，速去。"

我心里像被杀了一刀。世上拖人事莫过喝酒，敬酒还酒，还了还要敬，不矫情到凌晨不算完。我低下头，从这毫无用处的喧哗声中抽身出来，死盯着手机看，那上边的时间许久不变化一下，那上边一分钟慢似一世纪，那上边只写着永恒的四字：中国移动。我像从上课铃响起便开始憋尿的学生，坐立不安。许久，我又去想媛媛长什么样，却是什么也想不出，心下便有蚂蚁一行行，焦灼地爬。

正迷糊间，忽听副大队长从天上喝下声来："老二，干什么呢？"

我匆忙抬头，见红丝丝的肉片、肥硕硕的肉块和拦腰斩断的骨头，正冒着欢腾的热气，而张老已然夹好一块，要赏给我。一股呛水涌上喉间，可张老还在挑逗："闻一闻，很香的。"

我闭上眼，生生把呛水吞了回去，张老嗤了一句，又去夹了三片，招呼大家："吃，吃。"

大家说好，却只拨弄蔬菜，而张老早已将肉汁从唇间咬飞出来，我看得魂飞魄散，便又低头瞅手机。没有未接来电。我想把它恢复成鸣音，又怕被说不懂规矩。抬头时，张老又从碗内夹出肘子，大家唯恐被点名，埋头扒饭，个个把口腔塞得严严实实。

张老有礼送不出，愤愤地把肘子丢回碗内，那油汤猝然飞出。副市长已然控制不住，吐了，我们受领导启发，个个鼓起嘴巴。张老大嗤："你们干什么公安？"拂袖而去。我们面面相觑，不敢赔罪，不敢挽留，只愿他走快点，他一走，我们就自由了，就欢快地吐起来，有的吐完，觉得不到位，抬头看看腔骨的血盆大口，继续吐起来。

我擦嘴时看到同事揉太阳穴，问："你白天不是收尸吗，怎么也怕？"

同事说："白天收东西，晚上吃人啊。"说完眼泪出来了，我也出了些眼泪。我想这样也好，牢坐完了，解放了，却不料副大队长扔掉餐巾纸，拍巴掌说："今晚统统加班。"

我忽然厌倦起这工作来。我想应该甩掉背上的重担，咬断鼻前的缰绳，离开这永无解脱的轨道，撒开蹄子去过情人节，可是又有声音告诉我，你这是命，而且是条好命。

我想给媛媛说下，可是害怕这样是把自己丢在砧板上，任她劈头盖脸地剁。我想她打过来就好了，我的声音像生病一样，她或许就理解了。

我拖着自己，恍恍惚惚走向大队，冷不丁被门口嘈杂的声音围杀过来。他们揪我衣服，摸我肩膀，给我下跪磕头。我张皇失措地说："往好里想吧。"有个把粉底哭花了的中年妇女冲过来说："什么叫往好里想？我没工作，孩子要读书，怎么往好里想？"

我想快步走进去，却不料她用手箍住我腿，我甩不是，蹬不是，只能干耗着听她嘶喊。她大概说她老公本应加班去了，厂里却说没去，本应上午坐电车回，也一直没回。我听得晕头转向，心想这样也好，就待在这里，陷在这里，老死在这里。

那女子见我只是发愣，便苦苦哀求了："你带我进去看看，就是化成灰也认得。"

我说:"别多想了,明天我们会贴通知。"

1998年2月14日晚—2月15日凌晨

进大队里后,手机总算响了,传来的却是副大队长的声音。他以为张老吃饭带我,就是对我有好感了。他要我去服侍这糟老头儿。

我叫天天不应,叫地地不灵。

来到烟雾缭绕的办公室后,我只是坐着。张老抽烟,喝茶,觉得口里湿了,又抽,完全投入在他自己的世界。有时痰"哗"的一声飞出,我还觉自己是容器。

张老开始拼接一堆草图时,我想我画的现场图也在里边,便走过去说:"这张好像应该拼在这里。"

张老挥手说:"走开。"

我傻掉了,一动不动。张老又说:"求求你走开行不行?"

我这才像得到判决,走开了,但不知是该走到桌边,还是门外,便压着自尊心磨蹭,许久才敢落座于门旁沙发。坐好后,我将手机设为静音,颤巍巍地点上烟,心下则伸出两只巴掌,疯狂抽张老的面颊。

张老的手机响过一次。张老吼道:"你不打电话会死啊。"然后将那东西一把拍到桌上。我战栗起来,接着想这不是我一个人的问题了,这是所有人的问题。所有人都有问题,就说明你张老才有问题,神经病。

后来,张老拿出尺、笔和白纸,画了几笔,揉掉了。如是往复,好似有了点进展,谁料副市长带队,亲自端西瓜来了。副市长说:"不急这会儿,不急这会儿。"

张老起身取了一片,一口吃掉,然后说:"还要吃吗?"

副市长脸煞白下来，找了个台阶，溜了出去。

人走了，张老就倒在椅子上，翻来覆去，唉声叹气，好似大富豪破产。许久，我才听到他说："严丝合缝的东西又破碎了。"

我想我待在此地为何呢。我就是看手机，看来看去，还是"中国移动"。

我想，媛媛自己安排了，媛媛不在乎我了。而我呢？一直是她的囚徒。她说有光，于是就有了光；她不说，天下就黑暗了，我在夜雨中孤苦伶仃地走。

我恍惚觉得自己是暴怒的法官，手上提着皮鞭，围着媛媛走。我说："我给过你很多东西，比如钱、信任，以及任何的秘密，可是却不知道你在想什么，想着谁。"我看到这个嘴角带血的烈士轻蔑地说："我为什么要说，我有什么好说的！"我被这轻蔑侮辱了，想用刀剖开她的心脏大脑，看看里边到底埋了什么真相。但这就是人类永远的遗憾，你永远无法像知道自己想什么一样，知道别人想什么。别人就是城堡，媛媛就是城堡。在冥想的尽头，我扔掉屠刀，眼泪哗哗的跪下来，恳请城堡主人开恩，给我一个判决，要么让我活，要么让我死。

这样悲绝的字句眼见要冲出口时，我吓醒过来。张老像剪影僵立在灯光下，我想媛媛应该是睡了，今天不用多想了。

今天就这样了。

将近一点，张老才完工。他张牙舞爪了好一番，我才知是叫我。匆忙走过去，见桌上已摆好两张精密的电车复位图，火柴人或坐，或立，或躺，或蹲，一目了然，死十五，伤二十三，完全贴合。而且，以前我见过的示意图多是线标外奔，这些却是向里奔，向电车奔的，就好像尸体们沿着抛物线飞回去了。

张老说："怎样？"

我老实巴交地说:"像艺术品。"

张老有些不好意思地笑了。张老说:"两张图之间还是有误差的,爆炸点彼此差了一尺。我们差一个具体物证,有张草图上注明有螺丝钉,我已看过原物。这颗螺丝钉是哪里的,将决定炸点在哪里。现在,你打电话给公交公司,叫他们开辆同样的电车到桥上。"

我说:"现在?"

张老说:"当然现在。"

是夜,一辆同品牌的电车开到被炸车旁边后,我们封锁好大桥,静观张老脚套塑料袋,手提电筒,在两辆车间来回奔波,不厌其烦。弄了有一刻钟,他说:"电车上的螺丝虽然脱离,但基本能找到,就是倒数第二排连车座带螺丝一起飞了,说明爆炸点在那里。你们配钥匙,固定好钥匙,就能配另外一把了。道理一样。"

说完,张老又找了两个刑警上新电车,让他们时而侧坐,时而正坐,时而蹲着,时而抱物,时而头垂,时而头歪,"咔嚓咔嚓",拍下不少照片。我想到美国大片的特技模拟,忽觉事情简单,但就是想不到。

回来后,张老改了改复位图,对着副大队长朗读:"爆炸点距车地板十厘米,左壁五十五厘米,后壁一百零四厘米,即倒数第二排单座右下方;爆炸物系硝铵炸药,炸药应为十公斤,现场未搜到导火索,但可考虑为导火索引爆,你们可查炸药来源;爆炸前乘客动作基本测出,除待在倒数第二排单人座的两位乘客有嫌疑外,其余人处于浑然不知的状态,因此,嫌疑人应基本锁定这二人,就是第十二号和第十三号,你们可重点查访。"

副大队长说:"张老真神仙也。"

张老说:"罢了。"

1998 年 2 月 15 日下午

我迷迷糊糊醒来,已是下午。手机躺在沙发边,像是深藏不露的门房,将告诉我,这十余小时谁关心过我,慰问过我。我想显示屏上或许记载着二十个、五十个、一百个未接来电。都是媛媛打来的,媛媛很焦急,平均十分钟打一次。我得赶紧回个电话去。

但那里空空如也。

我想欠费了,又觉不可能,心下便忽然来了大水。我就是在车上爆炸了,她也不会来看看尸体;就是埋在棺材里了,这婊子也不会来洒一滴泪水。

我想想还是拨过去了,电话"嘟"一下,歇一下,好像公布答案的倒计时。我的嘴唇哆嗦起来,我会跟她说什么呢?我甚至都怕听到自己的声音了。可那声音终于无休无止地漫长起来,到最后又有个普通话很好的女子出来说些客气而冷漠的话:"对不起,您所拨打的电话暂时无法接通,请稍后再拨。"

"对不起,您……请……"

"Sorry, the number you dialed is busy now. Please dial it later."

我咬着腮帮,像石头一般僵坐着。这时,张老走来问:"醒啦?"

我仓皇地笑笑,忽见张老又鬼魅般走远了,嘴上还说:"又说废话了。"

我问:"饿吗?"

张老背对我摆摆手,苍老地说:"不用了,挺麻烦你们的。"

我问:"张老您这是怎么了?"

许久,张老才搬椅子过来,俯身对我说:"孩子,你觉得图纸很精细,像艺术品吧。"

我说:"是。"

张老说:"我每次做时也很兴奋,我总想看到事物回到它应有的状态。现在,我把乘客画回到昨天上午十时八分,我看到他们浑然不知地坐在车上,有的想着上班,有的想着回家,有的想着发财,有的色胆包天。我也看到那两人,一个闭眼,抖索着手抱炸药,一个把头凑到炸药包上看,镇静地把火苗移向导火索。火光一定照过他的脸,一定显现出他兴奋的眼神。我看到了这一切,几乎有射精的快感,可是就是有声音告诉我,你看到有什么用?"

我说:"怎么没用呢?"

张老说:"就是没用。我也测算出了爆炸点,可是测出了又有什么用?你们只要上车,看哪里损坏最大,就知哪里是爆炸点了,你们也很快就知道是路上爆炸还是车上爆炸了。而炸药成分,你们也可化验出来,民间用药都是矿药,矿药都是硝铵,学名叫硝酸铵,有的也叫硝酸钠,都知道。还有,即使你们在现场查不到引爆人,也能通过认尸,排除出好人。关键一点,我记得你第一次见我,就说那具尸体应该靠近爆炸点,你说你都知道了,我论证这么久有什么用?"

我说:"张老千万别这样说,没您我们一筹莫展。"

张老说:"到目前为止,还没有国际组织声称负责,也没人自首。不过,自杀性爆炸,凶手往往留有遗书。你说,人家遗书都留了,我还论证个屁!好像人家留遗书是为了让人炸一样,不可能。写遗书就是为了炸人,炸自己。"

张老说到哀处,猛拍大腿,叹一把老骨头,毁这荒谬的工作上了。

我说:"我就不信善恶没有报。"

张老说:"啊呀,你说到我痛处了。最苦的就是这个,凶手无法起诉,你有气出不了。你判他五马分尸,他先把自己五马分尸了,你判他凌迟，他先把自己凌迟了，你不解恨，再剁几刀，像剁包子肉馅一样，有意义吗？我昨晚去现场复查，也是想推理下，看有没有可起诉的活人。我想还有种微小可能，就是这两人也是无辜的，他们处在炸药中间，导火索却是别人点的。但我在现场找人一模拟，就知道不可能了，光天化日，长距离引爆太难，而且那座位的格局也只许两人互相遮挡，完成此事。"

我说："您肯定抓过那种陷害他人的。"

张老说："前年在501国道上抓过。那次爆炸发生在夜晚，卧铺车的人都睡了，现场表明，一个上铺女子，腹部和双腿被炸严重，损伤超越其余人。当地公安认定是自杀，我说你们还年轻，你们低估了别人的智慧。我这么说，是因为看到一个伤员的腋窝和脚板有炸伤，我的理由很简单，只有点了导火索然后找地方趴下的人，才会暴露腋窝和脚板。后来案件告破，情况就是这样。死者老娘还说，怎么也不会想到是他。但这样让我感到聪明的案件，却很少发生。有些要案奇案，破起来工作量巨大，我多半只出现场，还原一些数据，真正破案的还是你们地方民警。我说白了，就是个前期打杂的，就是个帮手。可有可无。"

我把话题移开，说："您为什么出了现场还能吃喝？"

张老说："你见了一般尸体，也能吃喝。我只不过看多了爆炸案的尸体，就习惯了。其实也吐过，吐是因为那次爆炸程度超出我想象了。那次是在一个破庙，我赶到时，就见一铜钟立在庙前，黑黢黢，开裂了，没什么大不了的，但一撬起钟，一股呛人的味道便冲出来，几乎要放倒我们。我们起先看到里边漆黑一团，什么也没有，擦擦眼，又看到肉末和骨头渣子沾在钟壁上。我马上意识到自己没看到一滴血，因为血被剧烈的高温烘干了。于是哗哗地吐了。我眼泪哗哗地对旁人说，我是公安部的钟馗啊，我都吓坏了。"

我说："是人都要吓坏的。"

张老说："是啊，我从没见过对人这么彻底、这么有创意的玩弄。我感觉那壮汉被五花大绑罩在钟里后，叫了很多次娘，而外边的人则站在安全的田野，对他进行一道道宣判，然后息声，点着导火索，看着它慢慢往前烧。那是天下唯一的声音。那壮汉的肌肉一定鼓满了，眼睛也撑到最大，然后他看到一条红色的虫子钻进来，爬上他的脚，他想跳，跳不起来，想跑，无处可跑，接着爆炸降临，像有一万发子弹射过来，你看不见任何完整的器官，你被彻底消灭了。"

张老接着说："那钟自己大概也受不了，跳了几跳，才闷响着落于地上。"

我说："人为什么会用炸药呢？"

张老说："这问题看起来傻，其实问得好，这问题和吃喝拉撒一样重要。一开始研究爆炸，受现场刺激，老觉得这事应该是人害怕碰上也害怕去做的，想想都是可怕的。可是一离现场，碰到人生不顺，比如女人被拐跑了，就又恨不能把人祖宗八代，活着的死了的，都炸个稀巴烂。"

我说："是呀是呀。"

张老说："仇恨带来的。人有时奇怪，杀人前气势汹汹，杀完了，杀得没呼吸了，又稀稀拉拉地哭起来，知道自己做错了。我想那两人要是能看见爆炸后的自己和人们，一定后悔。"

我说："死了看不见。"

张老说："是呀，生前却做了炸药的奴隶，或者说力量的奴隶。我这么说，你可能不理解。我就问你，你小时候做梦是不是老盼望成为大孩子？你点头，那就是了。成人和小孩的最大区别就是力量，成人可以把小孩一脚踢飞，小孩不能反过来这样。这个世界就是这样，你有力量时，你就会受这个力量诱惑，大孩子打小孩子，不是他要打，是他体内的力量驱使他打。你看你原来的同学，能考上大学的，都是瘦弱不堪的，考不上的，都是身强力壮的。这就说明，个子大的人占有力量，他就会自觉地用这个力量去占有社会资源，已经能占有了就不会努力考大学了。"

我说："是，美女也是这样，美女也不考大学。"

张老说："没有力量的呢？自然就想工具了。工具是肉体的外延，是猴子变成人的原因。我打不过你，还杀不过你？炸药是弱者的砝码，炸药比匕首好用，速度快，不会好事多磨，同时杀伤力大。你想，就那么一下，就能形成大规模的爆炸面，钢都炸瘪了，何况人？而且它还能掩埋罪证，如果设计得足够好，就是谁死了也查不出呢。"

我说："是。"

张老说："弱者的不安心态，很容易转化为对工具的迷恋。我们小时候做木枪，喜滋滋地用它，就是想在里边找英雄气。对炸药也是这样，很多人可以捕鱼，可以捞鱼，但他们就是觉得这种方式太没劲，所以用炸药炸鱼，仿佛一炸，全村都会投来畏惧的目光。我见过不少没手掌的先生，蠢得要死，炸药响了，才知往水里扔。说明什么呢？说明紧张，紧张了想扔，又怕扔水里导火索灭了同伙笑话，就不镇定了。就是这样一个显见的懦弱证据，他们还乐于展露，人家一看，用过炸药的啊，怕了三分，其实狗屁。"

我说："自杀性爆炸，自杀便自杀，为何要带上别人？"

张老说："你这孩子装糊涂吧，你以为纯粹是自杀吗？你以为他们的敌人是那些乘客吗？"

我说："他们是报复社会吗？"

张老说:"是啊。你看《新闻联播》播的那些自杀性爆炸,如果引爆者强大到可以管理别人,就不会采取这种手段。采取这种手段的唯一理由就是,我扳手劲扳不过你,打架打不过你,所以要靠炸弹来突破。就像人和墙,我对墙提要求,墙根本不回答,我殴打墙,墙还手都不会,但是一上火药,墙和你的区别就消失了。对那些人来说,墙也许只缺一个角,但这个角足以让整面墙都意识到。昨天的爆炸案也是这样,全国都知道了,整个社会也知道了。如果凶手有什么遗书,就很明显了,大家就会好好看他写了什么,听他说了什么。而平时,他们说话谁听?"

我说:"会不会有人仅仅为自杀而使用炸药?"

张老说:"一般人不会。我觉得用炸药还是想说出点什么,这炸药就是扩音器,就是讲话前剧烈的干咳。就是提醒大家,注意听我说,我不满。"

1998年2月15日晚

张老晚饭没吃,走了,据说华北有个炸药车间出事,死的人比这边还多。我想找点事情做,忽然又找不到。这样,墙钟的秒针,像是割刀,一刀刀划向我的心脏。

我听到一个声音说:"非问清楚不可了,非如此不可了。"

我又听到"嘟、嘟、嘟"的声音。我觉得这声音好像是在嘲笑我。我知道媛媛是在以故意不接的方式让我误以为她在上厕所、开会。我想你干吗不直接挂断呢?我犟脾气上来了,一次次按重拨,我想,就是吵,也要把你吵死。这样恶狠狠好一番,猛不料媛媛的声音过来了,我措手不及。

媛媛说:"你干什么啊?"

我说:"不干什么,就是想你,担心你。"

媛媛说:"你喝多了吧?"

媛媛又说:"有事吗?没的话我挂了啊。还要开会呢。"

我说:"当然有。"

媛媛说:"什么事?"

我说:"这么久了,你就不能打个电话吗?"

媛媛说:"你还好意思说,有女的给男的打电话吗?"

我说:"是啊,我是男的,我打给你,但是哪次你又和我好好说话呢?"

媛媛说:"什么又是'不好好说话'呢?"

我说:"这样就是。"

媛媛说:"你不知道人家忙吗?"

我本想说"你是不是有了别的男人",说不出口,挂了,老子也还你一个"嘟嘟嘟"。然后我用手捏显示屏,捏到"中国移动"四字变歪,变彩,变没了,便把它丢到地上,用脚踩,踩烂了,又一脚踢到墙角。

我受不了你这现代怪兽的折磨了,你让恋爱变成每三分钟一次的狐疑、求证、拷打,你杀死孟姜女范喜良了。

晚上回家,妈妈见我气色不对,问我,我说不出口,倒在床上翻来覆去。妈妈端来猪心桂圆汤,说:"趁热吃了,别生气,女人有的是。"

我说:"不是那回事。"

妈妈说:"我不管是怎么回事,你是我儿子,你给我吃掉,身体要紧。"

妈妈又说:"我一早就看出不是什么好东西了。"

我说:"别说了。"

妈妈气愤地出门，找张姨、王姨说去了，声音大到一条街都听得到，比如她老娘是卖糕点的，一天没几角钱利润，年终奖都没有，到哪里找这么好的女婿；又比如为了国庆结婚，挺好的房子又装修一遍，花了好几万，好几万不是钱啊；又比如过年过节，又是茅台酒又是铁观音，自家都喝不起，都孝敬给她了，现在好了，孝敬出潘金莲了。

我推开窗户，大喝："妈，别说了。"

王姨、张姨赶紧把我妈推回屋。妈妈好似不服气，又加一句："就是那样，本来就是那样。"

那夜，我看到媛媛挂在衣柜里的拳头大的内裤，便想到她紧窄的腰身和阴部，如今躺在另一个男人身下，扭摆，呻吟，挛缩，便过去扯它，扯不破，又撕，撕不裂，又揉，揉成团，塞垃圾桶去了。然后我斗志昂扬地四处清理媛媛的东西，口红、本子、浴帽，丢了花花绿绿一堆。我好似又看到媛媛在躬身收拾，收拾完了，扬长而去。

我的心像是被刨过，空荡荡的。

夜晚有些清冷的月色泻于床上，我睁着眼，想自己浮游在没着落的半空，为雨淋，为风吹，为雷电穿过，便再也控制不住，滚下泪来。

我想肯定有这样的对话——

我说："我以后再不打电话了。"

媛媛说："好吧。"

我说："再不骚扰你了。"

媛媛说："好吧。"

我说："分手吧。"

媛媛说："好吧。"

我想媛媛一定是在等我，等我忍受不了折磨，先提出分手。

这几乎是她最后的仁慈和良心了。

1998年2月16日

次日上午,我往办公室赶,穿过几十号法医,看到到处是胳膊、大腿、皮块、骨头、内脏、肠子,像半熟的卤制品滴着黑色的血。我觉得自己也死了,是在阴间。

中午开会,墙上贴满了十五张素描遗像。

副大队长说是省厅神笔马良根据拼接好的尸体还原出的,十二号、十三号尸体因爆炸过度,只能还原一点点。我睁大眼睛看了看,那两张面孔好似一大一小两只鸡蛋。副大队长说:"兄弟们,现在你们要做的是把群众放进来,让他们领人,谁领到这两具尸体,谁就是嫌疑犯的家属。"

我踉踉跄跄走到尸体边,点好香烟,忽听四周喧闹起来,好像天上落下一个大海。不一会儿,面孔扭曲、欲哭无泪的男女老少便如急浪驰来,淹过一具尸体,又淹过另一具。不知是谁抢到先手,找准一具,"哇"地哭将起来。哭声和呕吐一样,会很快传染开来。我便想爸爸了,爸爸当年听说我掉到湖里去了,像飓风吹刮的树,像醉汉,跌跌撞撞跑过来,一下没跑好,竟然摔倒在地。我看到了,跑过人群去扯他衣角,他看了一眼我,不相信,又看了一眼,"哇"地大哭起来。

我也要哭了,便不再看他们。

如此喧闹很久,像是有个抽水马桶,把喧闹又抽走了,大家跪在地上默默烧纸,收拾尸骨,只有前天碰到的粉底女人,还在念叨:"他爸你享福了,享大福了。"我知道她老公恰如张老所言,到死还在亲嘴。我知道她现在难以自处。后来,几个浓眉黑眼的发廊妹被带过来,交头接耳指着一具女尸说:"就是她。"粉底女人忽然站起,扑上去掐,掐得个个落荒而逃。粉底女人见手间什么也没有，便跺脚大骂："众人养的，婊子养的，鸡，鸡。"

我跟着默念："鸡，鸡。"

粉底女人消停后，我看了眼天空，忽被惨淡的光线镇压了，忽觉寂寞、寒冷。我闭上眼，想睡过去，仿佛睡过去了事情就会自己过去。等我醒来，也恰是这样，夕阳、群众、十三具尸体都消失了。而十二号、十三号尸体，还在面前一动不动躺着。我打起精神，重新审视他们，像审视没有谜底的谜面。我看到他们躺在飞速流逝的光阴里，急剧萎缩，失去皮肉，然后骨头也风化了，被风吹走。他们飘走时，挑衅地大笑。

媛媛跟着在空中挑衅地大笑。

我想，如果我即刻死掉，一定死不瞑目，便忽然理解起去年那个杀人的精神病来。就因为朋友说了一个关于他前妻的谜语，他逐渐失态，竟然疯了，而后在精神病院遍访高人，仍不得其解，竟又逾墙来找朋友，朋友给了谜底，但他觉得是假的，便砍了朋友两刀。当时听来，心下有五字，"总之很恐怖"，现在却忽然知道他的愤怒了。

回到家后，我干呕了好一会儿，半点不想吃，倒在床上，妈妈过来说："吃点吧。"

我说："说了不吃。"

妈妈手擦围裙讪讪而去，没过多久，又推门进来，我懒得理她，偏头装睡。又过了一阵，妈妈斗胆进来，庄重地说："老二，我也不知该说不该说，你就想到一点，家里什么都好，细水长流，留得青山在，不怕没柴烧。"

我说："你说什么呢？"

妈妈说："媛媛和她科长好了。"

我说:"你说什么呢?"

妈妈说:"我问到了,最近她和她科长去长沙出差了。"

我说:"出差不代表什么。"

妈妈说:"唯愿什么事没有。但是做父母的不喜欢这样的媳妇,你莫跟她来往了,不值得。"

我挥了挥手。

妈妈说:"你答应我,心里想开点。"

我说:"没事的,她也是喝我洗脚水,我早就不喜欢她了,正好。"

可妈妈一走,被压抑的火苗便在心间腾起,顷刻间将皮囊内的一切烧了个遍。我好像被什么推着,跃床而起,走来走去,将妈妈整理好的媛媛的物品一一掀翻。有枚花瓶养着枯萎的玫瑰,掉下时竟然没碎,我提起一砸,它才清脆地碎了。然后,我又被越烧越大的怒火推到客厅里,我敲打着电话上的数字,一连敲错三回,才算敲过去了。

电话一通,我劈头就喊:"别他妈又有事,长沙很好玩吧?出你的差去吧。"

媛媛说:"出差怎么了?"

我说:"你明明说开会。"

媛媛说:"对啊,出差就是为了开会。"

我说:"装什么糊涂,分手吧。"

媛媛说:"好吧。"

我说:"你来把你的东西取走吧。"

媛媛说:"不要了。"

我说:"是你的东西,你自己取走,否则我扔了。"

媛媛说:"扔吧。"

我说:"那你把我的东西还给我。"

媛媛说:"好吧。"

我说:"你还是烧了吧。"

媛媛说:"好吧。"

我说:"别好吧了,你记着,过年时我去你家,给了你两千块。"

媛媛说:"我还给你。"

我说:"当然要还。"

媛媛说:"今天你是不是疯了?"

我说:"你他妈才疯了,自己心知肚明。"

媛媛说:"我没法跟你说。"

然后电话挂了,媛媛消失了,就好似在街头吵架,对面突然蒸发了,我看着自己遍体鳞伤,起起伏伏,大败而归,忽然泪流满面。

那咸东西流过嘴角时,好似导火索一般,把自尊又燃起来了。我重振旗鼓,拿手指敲电话,敲过去一次被挂一次,最后终于接通了,人却衰竭得只剩"嘶嘶"声,什么也喊不出来。

许久,我才听到媛媛说:"早点休息吧。"

我将话筒砸到桌上,转身走了,我想,媛媛你给我记着。走到窗户处时,又听到楼下妈妈和张姨、王姨在大声说话。王姨说:"早看出来了,上次那边亲戚就告诉我了,说是天天坐车,手里还捧着九百九十九朵玫瑰花呢。"张姨说:"我也早知道了,说是当着街就十指紧扣。叫老二莫生气,娶进门才麻烦呢。"

我推开窗疯了似的喊:"张姨、王姨,你们早知道了,怎么不告诉我?"

妈妈恼怒地看了眼我,见我神色不对,马上进屋。妈妈擦了擦我脸上的泪痕,说:"气是生不完的,自己身体要紧。你答应妈,别难过了,别为女人生气。"

妈妈又说:"两个阿姨也是欢喜,你说你娶这样的女人进屋,一街的邻居都不喜欢。以后说话别那么直接了,她们也是怕媛媛以后做你媳妇了,得罪她了,所以过去不说。现在做不成了,不就说了?"

我听不下去,转身进房,妈妈好似要跟进来,我把门反锁了。妈妈敲了几下门,我大声说"没事",敲门声才扭扭捏捏地消停了。

我拉灭灯火,却又幻觉刀枪棍棒都杀到眼前,我便取酒来一口口地喝,喝得热气一截截涌起来。我想媛媛你是堵墙,我是拿你这堵墙没办法了。我要是组织同事或者联防队员去打你们这对狗男女,你们就会掏出创可贴、红药水和云南白药,说自己和小偷带止痛片一样,早知道要挨打的,打完就没事了。我要是说你们真贱,你们就会说,是啊,我们真贱,贱得不行,七八代都很贱。我要是说把你们关起来,你们又会说,我们多少还是懂得点法律的,这样吧,我们是良民,申请个拘留,十五天后咱们算两清了。

我想,我他妈是和自己说相声,什么气也出不了。

我提了枪,勒好裤带,拉开房门,穿过客厅,掏钥匙去开防盗门。转了几圈,晃当当响了,还是没开,我便踢。妈妈急忙穿着睡衣,赤着脚过来了。

妈妈说:"你要去干什么?"

我说:"有点事。"

妈妈说:"你不能出门。"

我说:"你管不了。"

我说:"滚。"

妈妈忽然拉开我,双手张到防盗门上,说:"我不滚,今天你出不了这个门。"

我喷着酒气,把妈妈拉到一边,继续扭钥匙。可是门总算开时,妈妈又喊起来:"老二,你看着。"

我回头一看,她手上抱着我爸爸的遗像。

我说:"你想多了,媛媛不是还在长沙吗?"

妈妈说:"那你做什么去?"

我说:"我去散散心。"

妈妈说:"我陪你去。"

我不耐烦地说:"还是回吧,都回吧。"

我把爸爸的遗像摆好在客厅时,发现他还是很严肃,到死都不会笑。

1998年2月17日

次日,妈妈陪我打车到大队门口。我进门后又出来,看到一辆公交车冒着烟跑了,妈妈不见了,才脚步轻飘,脸色发红,恍如隔世地走向办公室。我想到同事,就好像他们正一个个地在开怀大笑,我想你们给可怜的人积一点德,不要过来意味深长地拍肩膀。可是到了,却发现他们早已掉入自己苦恼的深渊,烟抽几口,就掷地上,用脚踹来踹去。

从医院回来的人说:"医院里二十三个伤者,三个快死了,六个暂时脱离危险,剩余十四个什么也讲不出来。司机伤得不重,头发却白了,病房掉下茶缸,他就尿床,声嘶力竭地要求转院。售票员正面受冲击,毁了容,医生怀疑精神失常,建议不要惊扰。还有些伤员虽然神志清醒,却提供不了什么线索。有一个甚至还说,就是你们坐车,也不会研究别人呀。"

从炸药厂回来的人说:"本省的产销储渠道,说是每笔账都对得上,每件炸药都说得清去处,而且炸药外包装和爆炸案里发现的也不匹配。从做题目角度说，这是灾难，这意味着省里这个可控范围被排除了，嫌疑犯可能来自漠河，也可能来自海南，只要属于广阔的九百六十万平方公里，就都有可能。如果从尸体外观作大胆联想，来自蒙古、东南亚也不是不可能呢。"

从停尸间回来的人说："认尸的群众陆陆续续来了二十好几个，我们像陪领导参观一样，陪他们走到停尸间。他们歪着头，眯着眼，趴下身子，细细参观尸体，参观完了，一会儿说是，一会儿说不是，磨蹭很久，才羞涩地说，有百分之八十的可能不是。其中一位最伤人了，哭得梨花带雨，让我们以为找到尸主了，结果她接到传呼，就笑起来，说，你们看，没死，通了信呢。"

从派出所搞调查回来的人说："社会调查那么容易搞吗？本来是可遇不可求的事，哪个派出所，哪个片区偶然找到线索，就破了，现在你投一百人一千人去做，投一百万人一千万人去做，做回来还是个零，这不是叫人下大海捞冰棍、到珠峰捉泥鳅吗？"

大家都说："妈的个×。"

副大队长脸黑着进来，众人立刻噤声。副大队长一个个看，一个个瞅，瞅得眉毛竖起来，眼睛凸起来，胸腔一起一伏，我们便知道，那股从部长嘴里缓缓生出，又在厅长、局长那里扇了几扇的怒火，终于要通过副大队长的嘴巴发泄到我们身上了。

空气宁静。

副大队长顿了顿，什么也没说，竟然走了。正当大家松弛下来时，他又折回来，让我哈气。我哈了口气，然后看到他整个脸皱成一团，接着伸出两颗大牙齿来。

副大队长喊道："你还好意思花天酒地。"

我犟着头不回答。

副大队长又来揪我衣领，问："喝了多少？跟谁喝的？"

我说："一个人喝的。"

副大队长拍起我脑袋来，说："放你妈的屁。都什么时候了，你他妈是不是不想干了？"

我说："是。"

副大队长说："你再说一遍试试。"

我大声地说："是。"

大家忽然反应到什么，将我拥出门外，问我怎么了。我晃着泪水，什么也说不出来。中队长低声交代："别多想了，回家休息一两天，避避这烟鬼的风头，过几天他手头没烟了，又会到你抽屉里找的。"

我匆忙点头，要走。忽然中队长又来拔我的枪，我说："怎么啦？"

中队长说："我先帮你存起来。"

中队长又说："你别多想，我手下的人谁也开不掉。"

我鞠了一躬，在他们错愕的目光中，头也不回地走了。穿越大门时，好似穿越的是气候分界线，好似整个人忽然扎进茫茫冷水中，竟然想，这就是冗长而惶恐的余生。我不知道要走到哪里去，只是脚要走，左脚走了，右脚就要跟上去。东消失了，西消失了，南消失了，跟着北也消失了，雨开始宽阔而无限制地统治起世间来。

那些男人、女人、老人、小孩，在摇晃的树枝和被雨水浇得滴滴答答的遮阳篷下，迈着大惊小怪、有惊无险的脚步，充满信心地朝前游弋，各回各家。只有我像怪物，在伸手拥抱这密密麻麻的惩罚，好像寒冷、痛苦、病痛和死亡才是快乐的本原。

好像高尔基在说："让暴风雨来得更猛烈些吧。"

我也在说："让暴风雨来得更猛烈些吧。"

我三年追来的女人，三天就报废了。

我不可能再看到像伞一般豁然打开的笑容，不可能再看到像珠玉一般明澈的眼神，不可能再将敬畏的身体置放在她的体香旁边，不可能再从她微皱的眉头和扭摆的身躯体察到自远方而来的挛缩。那挛缩像浪花、像烟火，水乳交融，恩爱偕老。可是现在，她像是提着铲子把她从我体内生生铲走了。

我忽然如赌徒般溃败，忽然像人只剩半边，空荡荡，血淋淋。我晃了好几下脑袋，还是这样，几天前还应有尽有，现在却被剥夺得一干二净。

后来，我勉强朝着电信大楼走去，在路过水淋淋的栅栏后，我看到修车铺旁边有一家没关门的小卖部，小卖部有一部电话。

我拨通了媛媛的电话。

我说："我承受不住了。"

我说："对不起，是我多心。"

我说："原谅我吧。"

媛媛薄薄的嘴唇在我的想象中开启了，锋利而决绝的牙齿像是早已准备好。

媛媛说："分手是你说的，你说分就分，说好就好。你以为我是什么？"

我说："是我不好。"

媛媛说："对不起。我不想再担惊受怕了，钱已汇了，请注意查收。"

我说："我不想要你的钱，我只是生气找不到出气的人。"

媛媛说："是你的钱，不是我的钱，你的钱，我还给你。"

我说："好吧，还吧，我也收不到了。"

我说："我活不下去了。"

媛媛静默了很久。

我说:"我活不下去了。"

媛媛说:"对不起。"

我说:"我想见见你。"

媛媛说:"对不起。"

我说:"我他妈想见见你,我他妈活不下去了。"

可是电话挂了,我说的最后几个字她没听到,这几个字挂在我嘴边,像根冰棍。老板目瞪口呆地看着我,我也看了下自己,雨水将我的绿色制服涂染成黑色。

我凄惶地一笑,说:"没见过警察这样吧?"

老板不安地摇摇头。

我说:"现在见着了。"

我又说:"我爸爸跟我说过了,宁叫天下人负我,不叫我负天下人。"

老板说:"你这是什么话,你工作那么好,又有面子。"

我头也不回地走了,我想他一定对着我的背影深吸凉气,一定叫他的老婆出来看这人间奇迹。他说要报警,他老婆就揪他耳朵说,你真多事,一点记性都不长。

我苦笑着继续往浑噩的方向走,好似泪水从脸庞经过,一颗颗悲壮地砸开在眼前的路面上。我想我的活路就在于你了,我在等待你伸出手,你伸出手轻轻一勾,我就像死狗看到骨头,阳光万道,益寿延年。

可是我的手机呢?我的手机不是早就丢了吗?我刚刚不是还在小卖部打电话吗?

我忽然又在人间多留了些时日。开始时,我准备等半个小时,可是我觉得这样的恐慌还不至于在人的内心生成。我想一小时足够了,一小时,媛媛在不停地说服自己,没事的,没事的,可是终于说服不了自己,她开始拼命打手机,打不通又往我家打,她一听到我妈的声音就说:"阿姨,对不起,阿姨你快点帮我找回老二。阿姨,你快点。"

一个半小时后,我脱下警服,颤抖着走进另一间小卖部。

我对妈妈说:"媛媛来电话了吗?"

妈妈说:"没来。"

我说:"那你查查来电记录吧。"

妈妈说:"没有。你没事吧?不加班的话早点回,外边下了大雨。"

我说:"没事。"

我放下电话,心间一叹,如今是死绝了。

我朝着一栋废弃的大楼走去,楼道黑暗,好似地狱弯弯曲曲的入口。在最后一层,我拉了很久的铁闩,以为拉不开,那冰冷的东西忽往旁边一冲,竟将虎口夹出血来。我惨叫一声,屈辱层层叠叠地涌上来。

拉开门后,狂风斜雨浇杀过来,我咬着牙齿,心想,真是好死的时节。

"啪"的一下,"啪",这个一米七三的身躯就将扑倒于坚硬的地面,雨水像清洗一只开瓢的西瓜一样,清洗着冒着热气的头颅,那本来还有点构造的东西,便很快模糊了,囫囵了,便不成样子了。第一个人看到地上这章鱼似的尸身后,手舞足蹈地大叫,接着来了很多人,他们也不打伞,也不加衣,就那样恐惧而好奇地看着警察拉警戒线,就那样等待媛媛。他们在媛媛跌跌撞撞而来时,让开了一条路。他们心里说,就是这个可怕的女人,狐狸精,害死了这个男汉。他们心里想说的反映到他们的眼睛里,他们火辣辣地盯着媛媛。媛媛哆嗦着瘦弱的背,背上了沉重的十字架。

此后,她的背永远地驼了,她没地方可去了,单位是火辣辣的眼光，街道也是，世间尽是。她从此披头散发，噩梦缠身。

这样想，我好似平衡了很多，便趴在栏杆上静候上天的命令。我看到密集的雨自身边路过，直冲下去，整个世界"哗哗"地响起来，然后又慢慢看到妈妈在下边伸着脖子，往这边望，她找寻了很久，忽然撞上我的眼睛了。我心间忽有闪电，竟是一下看到那眼窝里空洞洞的绝望了，便怔住了，许久又知她是根本看不到我的，她只能无助地俯身，去收拾我的尸骨，像收拾一堆柴火，她对旁边的人说："走开。"

我看到她背起编织袋，对人说："走开。"然后像个疯子消失在路面了。

我便知自己没勇气去死。我原本就怕死。我只是自怜。

可这时我的身躯忽然被大地这块磁铁紧紧拉吸，栏杆好似支撑不住，要翻滚下去。我仓促地推了一把，那上边的一部分便分裂出来，像灭火器一样飞下去。

接下来轮到我了。可是那里边生锈的钢筋又生生把我拽住了，我扑在上边差点掉下楼，直到自己慢慢从死亡的半空退回来。我屏住呼吸把全部身躯退回到楼面后，这才踏实了，才知心脏像惊马般跳起来，才知呼吸像喷气般闯出来。我趴在楼顶，闻了很久，直到确信雨、树、尘土和万物的味道清晰地跑回鼻孔，才安心了。可是不久，我又神经质地爬起来，我害怕这楼面是斜的，我如今又要滑落下去。

我骇然地站了几分钟，又去小心推别的栏杆，竟发现它们慢慢像摇篮一样，晃了起来。我便吓破胆，跳着跑了。

1998年2月18日凌晨及以后的一段日子

我像一条落水狗回来后，看到一个矮小的影子晃荡着，一会儿摸我的脑门，一会儿啧啧叹息，一会儿要去熬姜汤，一会儿又要下去买药。

我定睛看了几眼，总觉得她是另外一个世界的人。

我说："你是我妈吗？"

妈妈说："我是你妈你都不认得了？"

我说："你不是我妈。"

妈妈说："老二，你是怎么了？"

我把"老二"听得真切，便知到家了，忽然放松下来，几乎在倒在沙发上的同时，如释重负地合上眼皮。如是睡了一会儿，觉得身上盖了好厚的被子，脚上盖了好厚的毯子，又被扶起来喝了好大一碗苦药，嘴角流了好些，不管不顾，又沉沉睡去了。这一睡进去，便好似进了一个雾世界，怎么走也走不到尽头，却总是有不长眼睛的恶人，忽然张牙舞爪地撞过来，我惊悚地连退几步，又总是被他们狞笑着撞上。他们撞上，像干枯的纸，碎落一地。后来我又看到半空中挂满脆嫩欲滴的雪梨，我跳起来够，够不着，我想大喊：梨，梨，梨，喉咙却是被掐住了一般，半点声音也吼不出。我感觉自己就要被掐死了，最后一次破口大喊，那封锁忽然就松了，喊声竟如惊雷，将我吓醒过来。

我看了很久，不知道自己在哪里，想起来找水喝，竟是没有丝毫力气了。抬头看了窗户，忽见天色已近微明，雨大概停了，可是风还在用拳头一下下擂着玻璃，偶然的远处，还有玻璃忽然掉下碎掉的声音。我转头看了眼妈妈的卧室，门开着，人却不知去哪里了。我忽然被彻骨的孤独包围起来，便缩紧在被窝，哄自己睡起来。

这样迷迷糊糊睡了一阵，隐隐听到远处有人在喊："老二回来啊。"

另一个人跟着附和道："回来了啊。"

我心想是梦，可是又害怕这声音慢慢走到别的地方去了，便支着耳朵听，听到那声音曲曲折折，忽而东忽而西，没个稳定的方向，心想那是别人家的，便焦躁起来，绞痛起来，两腿竟蹬起被子来。如是伤心，忽又听到那声音猛然在门口大声响了起来，我听到妈妈在开防盗门，在一步步走过来，便觉鬼魅般的世界一寸寸退去，禁不住欢喜起来。

可虽然我的脸皮抽动着，却就是打不开眼皮。直到妈妈的手摸上我的额头，说："老二回来啊。"我才忽然睁开眼皮。一看到妈妈，我便安宁了。

我说："妈，你们去哪里了？"

妈妈和张姨一惊，接着灿烂地笑起来。

妈妈说："老二，我们给你叫魂去了。"

我说："好生生的，搞迷信干什么？"

妈妈说："怎么迷信？你小时候发烧，都是我叫回来的。"

张姨说："你妈想你肯定是看过爆炸案的尸体，丢了魂，就去叫了。"

张姨又说："是一步步走着去叫的啊。"

我心下一算，这大桥到我家，是十里路。

我说："你说你年纪比我大，我不担心你，你倒担心起我来了。"

妈妈说："我就是这样，谁叫你是我儿子呢。你六十岁了，我九十岁了，你还是我儿子。"

此时，忽听防盗门又晃当当响了，却是王姨端着热气腾腾的小米粥和茶叶蛋进来了。

妈妈说："辛苦王姨了。"

王姨说："醒了？醒了就好，快给老范作个揖，老范保佑了。"

妈妈一想正是，便匆匆跑到爸爸遗像那里，鞠了三个大躬，说："多谢范老子了。"

我不顾她们说烫,狼吞虎咽,喝完粥,忽然又说:"妈,我以后再也不理媛媛了,她就是来求我,我也不理了。"

几位妇女听了,欢欣鼓舞,抢着说:"这就好,就应该这样。以后就这样报复她。"

我心想,这只不过是说给你们听听,她怎么可能来理我呢。我又想,她们也就是这么听听,她们就巴不得我平安百岁。

未几日,我休养生息,来到单位,发现桌上果然有张两千元的汇款单,扭捏几下,还是撕了,然后像赌气的工人,投入到工作当中,别人弄好的材料,再弄一遍,别人问过的人,再问一遍,如是几番,才知用力过猛,便慢慢正常了。

我叮嘱自己:"人家是阿紫,你不是游坦之。"

我起先以为副大队长会给我点小鞋穿,可是这烟鬼倒很直接地给我一句话:"快去买条烟来,对了,买了一条,给你自己留一包。"

我问为什么。他说:"送一条就算行贿了。"

后来,我们因为别的案件下郊县,路过大桥,忽然感怀起来,就停在那里看了看。我看到那里蓝天白云,山清水秀,烧黑的车辆已然不见,护栏也像从来没有损坏过一样,立在那里。仔细找了很久,才在路心找到一个锅盖大的坑和众多麻点大的小孔,但它们已然阻挡不住一辆辆车,吼叫着,生机勃勃地爬上来,开过去。

我想,车一辆辆开过去是个好比喻,就像日子一天天开过去,新闻一天天开过去。我们起初不能接受羞辱,习惯就好了,好比一个人被锯了手,起初想自杀,等到学会用一只手吃饭、如厕、做爱了,便知带着缺失生活了。我们从没有实现过破案率百分之百。

老百姓也是这样,第一次看耶路撒冷爆炸案时,心疼得不行,看多了,今天看到三十个人没了,明天看到四十个人没了,就麻木了,就只看到一个数字了,仿佛被炸飞的不是肉,而是数字,是一二三四五。我们这里也这样,这些日子的大规模停水事件,骚扰了半个城市的日常生活,这样,那十几具尸体便被忘记了好些。十几具是什么,是三百万人口的几分之几?是不能复生的他们重要还是活着的我们重要?我们没水,不能喝不能吃不能洗澡,渴死啦,臭死啦。

我更是这样,我原来还咬着牙齿等媛媛和我联系,哭着恳求我原谅,等了一阵子,又觉得还是自己主动去和她见面好,就算了了心愿,可手头总有事。我就盘算,是事情重要,还是媛媛重要,结果是事情重要。后来听到张姨和王姨讲媛媛,是越讲越恶心,比如媛媛租了套房子,怕是被包养了,怕是每天做爱,做得惊天动地,臭名远扬。我问自己,你心里难过吗?我便让张姨再讲一遍。张姨又说了一遍,我还是不生气。等到气候变了,街上女子衣服越穿越少,粉藕般的手和白玉般的胸露着,一晃一晃,我下身竟然说硬就硬,最后硬如一条铁杵。

我忽然忧伤起来。这世上原是没有忠诚的。

二

1998 年 5 月 14 日

光阴荏苒,当媛媛把钱从四公里外重新汇来时,"情人节爆炸案"已像"杨乃武和小白菜",是历史旧案了。我手捏新买的摩托罗拉,把报纸盖脸上,脚架桌上,怀念路上偶遇的女人。当时我从公交车下来，而她恰好袅袅地走上去。我回头一看，她已经消失在一堆俗人中了。

  我想着两只危险的高跟鞋，像支撑一尊即将摔倒的瓷器，支撑着修长的腿、细嫩的腰和呼之欲出的胸脯，心都碎了。这时，我听到门忽被推开，摘下报纸，便看到一个头发乱如鸟窠、脸色酱黄、眼角还有眼屎的男子，举着皮包，叫喊着闯了进来。我拍着桌子问："干吗？"

  来者说："来领奖。"

  我说："领什么奖？"

  来者说："爆炸案啊，我破了爆炸案。"

  我心说民间福尔摩斯比民间科学家还多，便极不情愿地示意他坐，要他把东西给我看，可他却捂死皮包，说一看就露财了。他说："从二月十四日算起，我开展独立调查已有九十天，以一天八个工时计算，我出工七百二十个小时，以一个工时十元计算，你们应支付我七千二百元；另外，我去大桥，一天来回车费是二十元，三个月是一千八百元；还有，为了更好地获取证据，我购买索尼相机一台，价格是三千四百元，购买胶卷六十卷，价格是三千元，都有发票。这样加起来，是一万五千四百元。你们如果要看，除支付五万元的悬赏金，还需支付一万五千四百元的劳务费，总计是六万五千四百元。"

  我想你要说相声，我就捧个哏，便问："你叫什么呀？"

  来者说："周三可。"

  这么一说，我就明白了，嘴角竟压不住笑。周三可原也算本城有名的闲人，人传他从不理胡子头发，从不扣裤扣子，从来都是夹着一个温州产的假皮包，能掏出很多名片。如果你不懂法，他会掏出律师名片，并且真的给你出庭，问被告时，他会像港片律师一样扶着墨镜说："现在我所有问你的问题，你只需回答'yes or no'， understand？"。如果你家有人出车祸，他会掏出调查公司的名片，信誓旦旦地说他握有现场证据，能证明是司机闯红灯还是你家人闯红灯，是车轧死了你家人还是你家人轧死了车；如果你活在某个闹市区，他会掏出报社通讯员的名片，名片上写"家事、国事、风流事，事事关心"，动员你向他举报线索，一经采用，好处费二十元到五十元不等，其实他在向报社记者报料时，至少拿一百。就是这样一人，可笑，可恨，可爱。

我说："谁知是不是宝贝呢？我们的狼狗去几百遍了，也没搜出来。"

周三可急辩道："怎么不是呢？我一块石头一块石头地翻，翻了三个月，你看这里都翻脱皮了，你以为我诳你？跟你说，找到后我那个战栗，我怕被人扒了，被人抢了，就一次次背上边的信息，背好了，记住了，才安心了，才想到要回家休息，冷静冷静。可是在家刚待一分钟，我又怕夜长梦多，便打车来了。我一上车就说，往刑侦大队开，请直接往刑侦大队开。"

我说："说这些做什么呢，看看就知道了。"

周三可说："不能看。"

我说："怎么不能看？"

周三可说："你看了不认账怎么办？"

我说："你把警察当什么了？"

周三可说："我不管，你要看，就立字据。"

我便扯下材料纸，装作要写，周三可说不行，说非要带刑侦大队字头的那种文件纸，我便又扯了一张那纸来。我说："写什么啊？"

周三可说："证明。兹证明，如市民周宏广所提供证据身份证一张，为'情人节爆炸案'破案线索，即支付悬赏金人民币六万五千四百元。"

我说："这事我得请示领导。"

周三可说："好，我就等领导呢，跟你们这些人没法说。"

副大队长过来后，说："好，就这样写，不露财，找人去盖个大队章子。快给我看看。"

周三可大受鼓舞，从包里倒出塑料袋，从塑料袋里又倒出纸包，里三层外三层揭开后，拿出一张残缺的身份证，上边写着：姓名，周力苟。头像和其余部分被烧毁严重，看不出是哪里人，多大年纪。缺损边沿有烧焦后结的黑痕，和爆炸案贴题。

我拿过死伤名单要核对，谁知周三可也从包里抽出一份来。周三可说："我核过了，死伤三十八位，有名有姓的三十六位，这张身份证的名字不在三十六之列，我断定是凶手。"

副大队长说："谁知是不是你随便找张身份证烧的呢？"

周三可抢过身份证，说："我到北京交公安部去。"

副大队长忙说："别啊。老二，快倒茶。"

周三可饮毕茶，又捡桌上的中华抽，抽几口，小心掐灭，夹在耳朵上，然后像主人一样，把刑侦大队前后左右看了看，瞅了瞅，方才兴致很高地走了。

我看他颠儿颠儿的模样，就想他找到身份证时，一定对着江上飞起的鸟儿大喊："发达了，老子发达了。"就想他回去后，一定把字据小心压在箱底下，然后和老婆做三次爱，向居委会表三次功，劝棋友喝三趟酒，不醉不归。半夜又爬起来，撬起木箱，看字据，数六万五千四百的位数，确信不是六千五百四十，才肯去睡了。

如此，便是洞房花烛夜、金榜题名时、他乡遇故知、久旱逢甘霖，也不如了。

1998 年 5 月 17 日

我们在本地查户口，查不出周力苟。通过省厅向下发协查通报，也没有回音。正要向公安部打报告全国协查时，江岸派出所的人打电话来，说在幸福旅社住宿登记簿上找到了这个名字。

我们风驰电掣赶往幸福旅社，吉普车忽然超了 9 路电车，我们想，是了。

在住宿登记簿上看到周力苟的住宿记录，竟是二月十三日登记入住的，又是了。我们对着名字念，苟，一丝不苟的苟，忽觉淤塞的血管被打通，整个人神清气爽起来，风趣多情起来，几乎想电话找到周三可，邀请他过来亲一口。

感谢这可爱的神仙，让我们直达谜底，我们只要按照住宿登记簿上写的，把车开到邻省文宁县吉祥乡周家铺村六组就可以了。享年二十八岁的周力苟，其生前将一览无余地展开在我们面前。

黄昏时，我们饮庆功酒，竞相谈起世间的神奇来。比如周三可如果不笃信河滩上有遗物，不像疯子一样持之以恒地去找，我们便不知道周力苟这个名字；比如服务员要是非常敬业，每天将房间翻来覆去地打扫，我们便不会在三个月后还在床垫夹层找到一根四十二厘米长的导火索——这导火索干什么用？当然是引爆炸药啊；比如老板当时不多句嘴，周力苟便不会把同伙名字也登上去，你也知道，两人住宿旅社一般只登记一个人名字。可是周力苟填好名字、身份证号码和家庭住址后，老板忽然说，你把同住的也登上去，周力苟便又在旁边一笔一画注了"汪庆红同住"五字。

更神奇的是，老板竟对二月十四日凌晨存有记忆。能有记忆，又是因为走肾。平日他走肾，来去孤独，那日却猛见一男子伏墙嗷嗷地哭，好似还不单是嘴巴在哭，胸腔、大腿也在哭，身躯抖得怕人。老板等他尽兴了，问怎么啦，那人便转过满是泪水的脸来，老板看清了，阔阔的，眉眼大，痘痕多，本是个彪悍的种，却又是周力苟了。周力苟看着老板时，好似没看，好似活在另外一个世界，鬼魅般飘回305房间。老板抖完尿回去，恰好路过那房间，又听到里头传出声音："别哭啦，哭什么哭？"老板说，那声音又尖又高，令人印象深刻。

老板说完，便叹息这么大一电视，这么一笔悬赏金，天天播，怎么就视而不见呢。

我说："还好意思说，炸药都住进店了。"

那夜，我假装自己是周力苟，住进幸福旅社305房间，试图感觉出疑犯的心理信息。我看到四壁是柔和的淡黄色，好似篝火的光映在美女皮肤上，温暖而愉悦。天花板中间则挂着一盏画中常见的古式吊灯，而墙壁上还真有幅硕大的画，是安格尔的《泉》，女人在山涧间全裸，坦然露着红色的乳头和有弧度的腰部，因为右臂弯过来扶水罐的缘故，腋窝对着观者，却没有一根扫兴的腋毛。双腿夹着的私处也如此，虽有阴毛少许，也是驯服地收拢于底线，仿佛书法里的一笔斜钩。

我想女人那里都是飞扬跋扈，险象环生，我想旅社都挂安格尔，粗鄙平庸，可这里怎么这么干净这么纯洁呢？我将耳朵贴在墙上，试图听隔壁职业的叫床声，始终没听到。拉开玻璃窗后，也没看见想象中的垃圾场，倒是徐徐扑来的江风让人感怀。如是伫立，我寂寞，竟是想死的心都有了，竟想给世间挂念的人打电话，如此想来想去，竟又只有媛媛一个答案。我想说你不用担心我骚扰了，我想你念你，也只是自己想自己念了，我会好好过的。总之像个总结陈词，像个遗书，可是又不记得媛媛的号码了，绞尽脑汁记了半晌，只记起几个数字，还不确定。

我重新往远处看，远处挂了硕大的月球，照耀着底下一家家淡黄色的度假旅社。这些旅社像昼行夜伏的甲壳虫，排着长长的队伍，排过青翠的龟寿山，一路排到桥边。桥上，元宝作顶的桥堡正对着墨黑色的水，一下下闪着归来的红色光芒。我静心听，又听到水流的慈声和轮船牧牛般的叫唤，一时觉得身在天堂，心下无话可说。

我觉得周力苟、汪庆红也是这样。

二月十三日下午四点，周力苟和汪庆红登记入住，关上门，忧伤了一会儿，痛哭了一会儿，推窗看到这世间的天堂，觉得被告慰了，便安静了。二月十四日上午九点，他们离开旅社，一头扎进最后的人间。我想他们一定好好吃了早饭，附近有几家不错的早餐店，卖热气腾腾的皮蛋瘦肉粥，那粥通过他们饥饿的喉管后，暖了他们的胃，让他们流下幸福的眼泪，他们觉得自己是个饱死鬼。吃完后，他们背着十公斤重的包，走到胜春北路公交站，或者胜春南路公交站，反正都不远，他们挤在一伙哈欠连连的人当中上了9路电车，走啊走，走到倒数第二排，看到一个位子，周力苟坐上去，汪庆红则拉着吊环。然后，他们看到电车路过一栋栋德国风格的房子、一棵棵制造氧气的树木和一阵阵清新的晨风，晃晃悠悠爬上了引桥。引桥长达三百米，电车使着劲，发出老将军式的剧烈呻吟，他们或许自小就崇拜这种大汽车的吼叫，心情豪迈起来，他们又看了眼蓝色的天穹和折射到车窗的晨光，觉得够了，点点头，掩护着拉开拉链，一个抱着包，痛苦地闭上眼，一个反方向蹲下，镇静地点着导火索。在炸药接触火苗的十万分之一秒内，炸药体积变大几万倍，瞬间产生几十万个大气压，好似打翻人间和天堂的界限，穿透不幸与幸福的铁门，将他们炸离了这个世界。跟随他们一起到达天庭的是嫖娼的、扒窃的、上班的、回家的、想事的、做梦的,他们带着愤怒的灵魂,揪着二人的衣领,吵嚷着要回家,但是上帝说不用回去了,这里霞光万道,到处是棉花朵似的云彩,这里不用吃饭不用如厕,不用愤怒不用忧伤,不用担心工资、房子、老婆、孩子、疾病、火灾、欺压和下一顿饭,这里岁岁平安。

我找到张老的电话,拨了过去,张老同意了我这个判断。

张老说,他第一次上大桥,就被美抓住了。他想,引桥让路面形成了好看的弧度,好似上行尽头是虚无,是天堂,是归宿。

张老又说,想不开的人都有一个归宿观。

张老还说,一九八〇年北京站那起爆炸案就是如此,八十九人死伤,不过是因为一个知青要告别人间。这知青去山西万荣插队,想靠当兵回京,不料复员时组织把他分到运城拖拉机厂。从地图上看,万荣和运城距北京差不多远,努力来努力去,一公里便宜没占到,知青便埋下大委屈,等到未婚妻嫁人,他便出离愤怒了,终日只想,所谓北京,所谓天安门,所谓前门豆汁,此生便是他乡了。知青探亲离京时,看到北京站弥勒佛式的身躯,想到他大肚能容天下不能容之事,却容不下他,便觉得被嘲讽了。此时,广播里又冒出中年女子不容置疑的声音,那声音是在催促他抓紧上车。他"哗哗"掉下泪来,像是被驱使着往安检口走去,走了十来步,又觉得这北京站正厅长得像个字,最后他说:"不是个'门'字吗?"前日此门出,昨日此门归,今日又逐出此门了。他便点了炸药。后来,人们看到遗书,说:"地方虽不理想,但终究是个归宿。"

张老说:"其实在引爆时,他可能觉得没有比这更理想的。周力苟他们也一样,可能计划在桥中间炸,或者过了桥再炸,但他们在上坡时猛然看到天堂,便下手了。毛主席不是写过嘛,一桥飞架南北,天堑变通途。"

我说："也有人不择地方的，也有人随便找个楼就要跳的。"

张老说："那当然，急火攻心，就管不了那么多了。"

我说："张老您还好吗？"

张老说："我很好，酒肉穿肠过，佛祖心中留。哈哈。"

1998年5月18日—5月19日

次日一早，我带好牙膏牙刷和换洗内裤，赶到刑侦大队，准备出发去文宁县。车出大门时，那心情好似禁区内出现空门，就等补射一脚了。可是接下来，我就心惊胆战地看到街对面走来一个女鬼，她穿着粗笨的红呢子裙，涂抹着鲜艳的口红，打着浓重的白霜，试图掩盖住丑陋的伤痕，却是掩饰不了。

我好似看到两边的楼一幢幢倒下，灰尘漫天。

这时，同事说："那不是你家媛媛吗？"

我说："瞎说，媛媛穿衣服这么难看吗？"

车辆路过她时，我将身子侧了侧，遮住同事目光。我看到她头发凌乱，眼睛浮肿，鼻子和嘴巴苦皱着，正神情畏惧地望着车内，露出什么也望不到的遗憾来。我想这就是媛媛你吗？我还好跟车出来了，你要是到大队找我，岂非丢死我的人了。我不解，自己怎会追这么丑、这么寒碜、这么没品的女人追了三年，还要死要活的，中了邪吗？你瞧你穿的什么啊，做迎宾小姐啊？

可是车一开远，我又伤感了，究竟是有个地方回不去了，是有个女人回不去了，我俩的关系毕竟毁灭了。

我又想她可能有事找我，便像老师备课一般备起台词来。如是等待，手机竟没有反应，而车已经跃上高速公路，将指示牌一块块弃下，将清澈的路面像履带一样拖起来，我便困了，止不住瞌睡起来。如是行一百里，司机忽拉警报，我睁开眼，看到前方一辆迎面驶来的卧铺车匆促打方向，停到路边了。我们的车"嗖"地飞过时，我好似感觉那扫视过来的乘客，个个是周力苟，个个是汪庆红，他们在艰难等待汽车修好，好去我们省，好去二月十四日，而我们这辆马力十足的三菱吉普，则朝着他们省，朝着二月十四日以前，一路狂奔。

我想到他们二人在卧铺车停下后，担心车顶放着的编织袋被发现。

汪庆红说："路上颠簸，爆炸了怎么办呢？"

周力苟说："炸药这东西文静得很，你用锤子锤它都没事，你点它才麻烦。"

汪庆红说："要是别人扔的烟头吹到车顶呢？"

周力苟说："风会把它吹走。即使吹不走，火也小了，想烧透编织袋，没那么容易。"

汪庆红说："司机和售票员没发现吧？"

周力苟说："发现了还不说？"

汪庆红说："可现在停车了呀。"

周力苟说："停车也没见他们跑啊，他们知道有炸药，还不跑？傻乎乎拿钳子干吗呢？"

汪庆红说："万一发现了呢？要扭送到公安局啊。"

周力苟说："送吧送吧，人总有一死，要死卵朝天。"

汪庆红说："你这么说，我就好受了，我还以为是我逼你死呢。"

我这样想，又觉不妥，因为旅社老板所说的周力苟，原是可怜软弱的。这样想还有个麻烦，就是周力苟有形象，而汪庆红没有。神笔马良根据旅社老板的讲述，补充补充，算是画出了周力苟，而汪庆红作为十三号尸体，始终没画出来。神笔马良说："他的头顶、鼻骨和面颊骨全破坏了，像被牛踩了几十脚。"

后来天逐渐黑下来，路难走。也许我们还走错了，下高速，过省道，竟跑河里去了，跑不动，要我们推。车轮疯狂转圈，甩了我们一身泥浆。我们骂司机，司机说地图上就是这样的啊。爬过河，又是山，那山路似纠缠在山柱上的铁丝，窄而薄，车灯一会儿照向突兀的山壁，一会儿照向虚渺，好像要将我们甩到太空去。我们实在害怕，便让车停在阔地，搬大石头顶住后轮胎，睡车里了。清晨醒来，我发现文宁县城就在眼下，摆着公园、烈士陵园和大大小小的楼房，像个破盒子。

　　我兴奋不已，却不料又走了半个上午。

　　后来去的吉祥乡则索性没有柏油路，有时小心开很久，还得倒车，因为对面装猪的车没有倒车功能。到了民居改建成的吉祥派出所，文宁县公安局副局长勒令吃土鸡，如是酒行三巡，我们着急，副局长说，人都死了，急什么？

　　我们复核派出所户口档案，发现周力苟确有此人，却无照片，内勤说补办身份证时缺相片，撕下了。我想，管他呢，找到周力苟家就可以了，就有数了。这样到了傍晚，我们坐摩托，屁股都抖散了，才走到周家铺村六组，却发现周力苟驼着背在屋内抽烟呢。他又干又瘦，脸上也没痘痘。

　　我说："你是周力苟？"

　　周力苟说："我是周力苟。"

　　我们跑了七百多里，跋山涉水，像哥伦布穿洲过海，费尽千辛万苦，想看死人，结果死人健在。我不死心，问："你说身份证两年前掉了，知道掉给谁吗？"

　　周力苟说："娘啊，我也想知道呢。"

　　我真想抽他。

回来后，那副局长安抚说，还有汪庆红呢，汪庆红可以查嘛。

但是你怎么查？我们原盼以周力苟带出汪庆红，现在却只剩汪庆红这光溜溜的名字了。这名字，一无民族，二无生日，三无住址，往哪里查？而且全国叫汪庆红的多了，你知道是哪个？

此时，手机响了，来电是本省的。我心想是媛媛的，却不料里边喷出的是个急切的男音："我是周三可啊，我是周三可。"

我没好气地回道："干吗？"

周三可说："我问钱，钱是不是可以发了？"

我说："别想了，你那身份证没用。"

周三可说："哦。"

1998年5月19日—5月27日

回文宁县城后，我们用一周时间，查到该县有十二个人叫汪庆红，全部健在。我一个个地召见，一个个地问：去过隔壁省吗？去过长江大桥吗？掉没掉身份证？他们晃着大小不一的头，回答没有。我继续说："这样吧，你发发声，发高点，发尖点。"这些老头、小孩、年轻人，努力配合，学鸡叫，唱《青藏高原》，但我始终听不出有多么高或者多么尖。我糊涂了，糊涂得不行。人都死了，怎么会给你唱歌呢？但大家觉得是大事，唱唱无妨，唱唱就清白了。

更糊涂的是，周力苟的身份证掉在县城，可能是本县人捡了，可是查遍本县，也没听说一个五大三粗的活人失踪。如果是外地人捡到，就要全国协查，或许能查出三五十万的失踪人口。汪庆红更可怕，他要真的是汪庆红，文宁县查不出。以文宁县有十二个估算，全国恐怕得有三万六千个吧。万一是假冒的汪庆红呢，怎么办？又得让这三万六千个汪庆红回忆身份证都借给谁了。万一是掉了，又怎知是掉给谁呢？又或者，那十三号尸体本来就做了个假身份证呢，怎么查？大海里的冰棍看来是要化完了。

我们鞠躬作揖，托付他们帮我们慢慢排查，灰溜溜地上车回家，上路前，问有没有别的路可走，他们说，没有，就只有这条山道，保重。吉普车抬腿上山，蹬腿过河，在省道上撒开腿子跑，跑了半天，好不容易上了高速，我们便去加油站加油。这时，文宁县公安局副局长忽又来电，说又有一个汪庆红来自首了。

我说："你们问清楚了吗？"

副局长说："没仔细问，你们快回吧。"

我心想你们问完了再打电话也好，别让我们又来听大活人唱《青藏高原》了。但是既然有求于人，你能怎样？

我们的吉普疲惫地停进文宁县公安局后，一个穿污秽白工作服的男子跪爬过来。我一下车，他就说："我该死，我真该死。"

我说："你是汪庆红吗？"

那人说："是。我不是那个'红'字，我的'虹'是'气贯长虹'的'虹'。"

我说："你不是嘛。"

汪庆虹说："我从小到大都用这个'虹桥'的'虹'，户口簿上也是这个，但是身份证上又是'祖国河山一片红'的'红'。"

我心想，户口簿上叫"虹"，身份证上又叫"红"，这事情多着，侯耀文侯跃文、闫肃阎肃我也分不清楚了。便又问："你的身份证是不是掉了？"

汪庆虹说："没有，我的借给别人了。"

我忽然一振，说："借给谁了？"

汪庆虹说："吴军。"

我说:"吴军是谁?"

汪庆虹说:"以前我们食品厂的工人。"

我说:"吴军声音尖不尖?"

汪庆虹说:"尖。"

我说:"怎么个尖法?"

汪庆虹说:"像是鸟儿叫。"

我急掏手机拨打幸福旅社的电话,接通后说了些就把手机给汪庆虹,让他和老板单独沟通,两人"嗯啊哦",一会儿学鸟叫,一会儿学"别哭啦,哭什么哭",说是"只可意会不可言传",竟是达成一致了。

我在一旁听得几乎热泪盈眶,心想,果然是山重水复疑无路,柳暗花明又一村,果然是踏破铁鞋无觅处,得来全不费工夫。

我问:"吴军什么时候离开文宁的?"

汪庆虹说:"不知道,他后来去了东街友丰旅社做事。"

我问:"你什么时候借他身份证的?"

汪庆虹说:"去年八月借的,当时我们在食品厂共事,吴军说身份证在澡堂掉了,我便抽他一耳光,说你个婊子样,赔钱。吴军嘴恶,要咬我,可是我们本地人多,硬是要过来他二十元。吴军没过多久就被厂里开除了。"

我问:"怎么开除了?"

汪庆虹说:"原因可以问厂里的每一个人,就是他喜欢唱戏,入了迷,有天以为只有自己一人揉面,偷偷在车间画鬓角,描口红,'咿咿呀呀'地唱起来,唱完又揉面,揉得汗如雨下。当时有工友回来,看一妖怪在揉面,吓坏了,恶心了,跑去报告厂长了。厂长心说这正在搞卫生防疫检查呢,拿出一百元甩他脸上了,滚,滚,滚。吴军便气鼓鼓滚了。"

我说："他是个什么样的人？"

汪庆虹说："脸瘦，眼窝深陷，目珠却吓人，牙齿稍稍凸出。很多人认识他，却不知道他来自何方。人问，就说黄山卖过画，嵩山练过武，庐山写过诗，唐山学过戏，号'四大山人'。"

后来，食品厂的厂长被叫过来，说的情况也差不多。

厂长说："吴军被开除时，抓住我衣袖，说父母早亡，命运多舛，吃饭不容易，你不爱才也要爱人啊。我觉得不是那回事，挥手掸他，他又暴怒，说：'别以为你是厂长就了不起，我犯了什么错啊，你今天说清楚，不说清楚我告你去。'我说：'告去，告去。'他却仍然抓我衣服，不是抓了，是揪，我就叫人把他扔出去了。这人来路不对，进厂也没登记身份证，是我们不对，我检讨。"

1998年5月27日晚

友丰旅社有四层，在文宁县城东街内，原是民房，进去后能见几张木桌子，堂前摆了观音像，掌上托红灯泡，闪一下灭一下。我们拍着巴掌喊人，心想，出来的千万不要是吴军，我们就剩这条线了。

出来的却是个七十来岁的老人，胡子花白，道骨仙风。他一看到我们身上穿制服，便说："你们是找'四大山人'吧，走很久了。"

我说："你怎么知道我们找他？"

老人说："这等人物总会死的，死了就有人找了。"

我心想是了，云开雾散了，可是又奇怪，便问："此话怎讲？"

老人说："'四大山人'是去年十二月初七（一九九八年一月五日）来的，初九那天便和混混闹事情，当时'四大山人'把菜刀斫在桌上，你看这里有痕吧，结果混混把他扔街上了，'四大山人'瘦，一下被扔到街心了，但他站起来和人打，打几回合，变挡，挡几回合，又变挨了。'四大山人'不求饶，嘴里只说打吧打吧，打死拉倒。混混们不打了，'四大山人'又找砖头拍自己了，眼见着拍出汪汪的血了，混混个个拦，却是拦不住，便溜了。后来还是何大智出来救的命，何大智说，力气这么大，掰都掰不开。"

我说："何大智是谁？"

老人说："脸大如盆的东西。"

我急忙拿出十二号尸体画像，老人说，正是，这师傅画得好，和'四大山人'画得一般好。

我欲要问何大智，老人又说吴军去了，便由着他了。

老人说："'四大山人'和我有同好，就是唱戏，我们这里唱黄梅戏，他唱京戏，说是会唱虞姬。我听他摆过一次，他原是带戏服的，也带化妆品的，唱起来还真是那么回事，声音又尖又美，但拖得太长，听不懂唱什么。我问哪里学的，他说是拜名师梅葆玖学的。他还会画画，他走后我收拾，就有一张他的画，画了个女人披头散发，眼神刚烈，很是个人物，旁边还配了诗呢。我问画画又找谁学的呢，他说是拜名师齐白石学的。我说你大小是人物，待在这里可惜了，他说才这东西就是用来可惜的。正月十四（一九九八年二月十日）那天，天没亮他就不打招呼走了，不但他走了，何大智也走了。"

我问："两人关系好吗？"

老人说："好，还当着观音菩萨结义呢，说是不求同生但求同死。那天还摆酒请我做中，说工资不用发了，充酒钱。我后来还是发了。"

我问："何大智你知道是哪里人吗？"

老人说："富强啊，富强是出人的地方，出了几个姓刘的大官，也出了何大智这个假把式。"

我说："怎么个假把式法？"

老人说："'四大山人'打架，他躲到厨房；混混们走了，他才提刀出来。你不知道他长多高，长多壮吧，就是这么一个壮汉，贪生怕死。我就不知道，'四大山人'这等人物怎么交上他。"

我问："他们住哪里呢？"

老人说："'四大山人'是外地人，没地方住，就在四楼杂物间，和何大智搭铺。"

我问："'四大山人'是哪里人？"

老人说："他没说。他写了诗，就是画上配的，说来也无根，去不留痕。"

我说："诗在吗？"

老人起身从观音像下取出一张纸来。我一看，那诗写着：来也无根，去不留痕。就在美丽地结束不美丽的生命。我心下一闪，所谓美丽地，不就是那段上天的引桥吗？

我说："死意早定啊。"

老人说："是啊，当时只当是文字游戏，现在看来是死了。"

我说："是死了。"

老人默然，也不问怎么死的。

我又问："他们还留下什么吗？"

老人跺跺脚，说雨鞋是"四大山人"留下的，他穿着，做个纪念。老人又带我们上杂物间，我们翻了很久，在一张床铺下翻出一个香烟盒，在另一张床铺下翻出两张身份证，一个名叫艾保国，一个名叫涂重航。我问："这是'四大山人'的床铺吗？"老人说是。

我心说，这人到底叫什么呢？

1998 年 5 月 28 日

在友丰旅社调查了半夜，没调查出更多信息。第二日我们在文宁县公安局查到何大智的家庭住址，便往富强乡高坑小组赶了。

过富强乡政府后，上山两小时，到了羊肠小径顶端，方看到高坑小组。那里原是山顶凹下的一块地，蒸汽从湿润的土地升起，聚在屋顶，一动不动。我们进村后，也只听到一两声鸡鸣，家家户户开门，露出阴暗的年画，午饭没人收拾，尿布是湿的，不见人影。

同行的富强乡政法干部摇醒小组长刘遵礼后，整个村落才跟着醒过来。刘遵礼晃了晃大而浑浊的眼球，看清我们的制服，惊慌不已，忙喊媳妇倒茶。那媳妇打开了水瓶，发现没热气，噤若寒蝉地请示要不要烧点，我们说不麻烦了。

去何大智家时，一群小孩跟在后边，刘遵礼斥了一声，他们便像鸟儿飞没了，那些大人则推开窗，敬畏地窥探，我们回头，他们就拉上窗。到达何大智家后，我们发现堂内摆着两张遗像，一个是男老人，一个是女老人，刘遵礼说这是刘春枝的父母，两年前先后故了。刘遵礼喊"春枝春枝"，一个丹凤眼、柳梢眉、颇有些姿色的妇女便从内屋走出来。她也惊慌，不知道出了什么事。

我说："你是何大智的妻子吧？何大智可能不在人世了。"

刘春枝看了眼刘遵礼，又看了眼我们，瘫倒在地。一旁妇女去拉，却是拉不起来。众人意欲拖她上床，她的手指又抠在地上，抠出道道槽印。我们很尴尬，不好追问，便四散去找村里的人。

刘遵礼说："何大智是三年前倒插门的，是外姓，但我们不见外，水库分鱼不短他，祠堂也领他进。何大智人老实，能吃亏，刘春枝父母故了后，他们夫妻越发恩爱和睦，有句黄梅戏怎么唱的？你耕田来我织布,就是这样的。我想不出他有什么想不开的,他在县城打工,或许在那边有问题吧。"

我走到谷场,发现有个妇女在收衣服,便上去问,她羞涩地笑笑,连连跟我说听不懂。我想也是,她说的我也听不大懂呢。我走了,她又喊:"关系很好的,男耕田来女织布。"喊完不好意思地笑了,我也笑了。后来我见一个老头坐在门前,欲要问,老头已转身进屋,只撂下一句:"我不晓得,莫找我。"

我们一行问出的东西差不多,要么是不晓得,要么是夫妻很好,树上的鸟儿成双对。我问,这里人都爱听黄梅戏吗?政法干部说是呀,几十年只作兴严凤英。

刘春枝安顿好后,抽抽搭搭地说了一些情况。何大智是去年底从县城回来的,过年(一九九八年一月二十七日)那日,他们中午在高坑吃饭,拜祠堂,晚上就去何山和父母、弟弟过年了,在那里住到正月初二(一月二十九日),刘春枝回高坑了,何大智去母舅表叔那里拜年,直到正月十一(二月七日)才回来,第二天就走了,说是和义兄打工去了。

刘春枝说:"大智在家时挑粪砍树,打工时送钱回家。我总是说别打工了,在家种地也能活,他不听,说我没好吃的没好穿的。现在他死了,房梁倒了。"

刘春枝擤了下鼻涕,又说:"要说坏肯定是坏在他义兄手上了。我听说他义兄在县城打架,往死里打。肯定不是好人。"

刘春枝给我看了结婚证,我一看那上头的何大智,像被电触了,因为他的眼闭着,只留条小缝,他死时竟也如此。张老当时说,他害怕。

我们离开高坑时,刘遵礼出来送,我记得他握手很用力,都能感

115

受到手窝湿热的气息。走了十几步，我回头望，却发现他不见了，全村人也不见了，只有蒸汽悬浮在屋顶。

1998年5月29日上午

我们从富强乡政府出发，又走到了何山小组。我们看到何大智父母家原是个矮屋，土砖被雨水冲得没有边线，旁边有根黑木顶着，以防倒塌。小组长找了一会儿，便把何父、何母和何弟找回来了。何父皱纹密布，像是蜘蛛在脸上纵横拉网；何母嘴唇下扣，一看就知道嘴恶；何弟则痴呆，老大不小的，挂着口水，以为我们有糖。

我说了情况后，何母大号大叫，何父赶忙推开她。何父眼里既无悲伤，也无诧异，只有麻木，何父鞠躬说："给国家添麻烦了。"

何父说没什么可说的，人都死了，何母则抢辩道："怎么没说的，人不能这样死了。"何父想拦，看她站在我们里边，便失望地拿着小锄头和小篮子出了门。何母说："死东西挖药去了。"

没人阻拦了，何母就说得欢快起来，到最后手都说抖了。

何母说："我儿死，我早知道，刘家人也早知道了，他们装不知道吧？小学订了报纸呢，说长江大桥爆炸了，我儿出门前跟刘春枝说了，他过不下去了，要去炸长江大桥，炸得全国都知道。现在你们来了，谢天谢地，有公理了。"

何母说："都是刘春枝这妖精害的，我儿那么爱她，照顾她，可是她把钱管了，不给他吃好的，好的都给老乌龟刘遵礼吃了。刘遵礼和她偷人呢，偷了好多年，全村都晓得。我们也是穷，穷才娶这样的浪荡货，还倒插门。我们原以为结婚了，大家就收敛了，谁晓得刘遵礼还去，被发现了还打我儿。我儿太老实了，后来刘遵礼竟然不顾廉耻，和刘春枝睡到一张床上，叫我儿去煮面。我心想，你煮就煮啊，放老鼠药毒死他们。我儿每次回来，我都让他掀衣服，我看到背上总是条条紫痕，都是打的，造孽啊。我儿后来被逼着去打工，说是碍着眼睛了。你说我儿有活路没有？没有。他受了委屈，他也有脾气啊。今年过年，刘春枝来了，我们做好肉好菜，她一脸不耐烦，不下筷子，磨到初二就回去了，来拜年的亲戚还说，你们媳妇呢，我不好说，我能说她赶回去和刘遵礼那个老乌龟戳瘪吗？我就不知道，人怎么有那么多瘪要戳？"

何母说："初四（一月三十一日）那天，我儿拜年回来，喝得醉醺醺的，我恼了，揪他耳朵说，你一个七尺男儿，连老婆都管不住，顶卵用。我儿犟，说别说了，别说了，知道了。却是磨到正月十一才回到高坑，十二就打工去了。现在看来不是打工，是炸桥。你说他不炸桥炸什么，他戴那么大一顶绿帽子，就要炸桥。"

我说："他怎么不炸高坑呢？"

何母说："他敢？我们这里谁敢？刘家光一个老三，就能把人吃了。我们这里都怕刘家人，刘家人上头有大官，欺人太甚。你们公安来了，你们是公道，你们管管这些偷人的。你知道刘遵礼这个老乌龟偷出什么名声吗？他跑到人家窗下吹口哨，把人家男人吹出来了。人家男人生气了，趁刘遵礼到乡里开会，把老婆带到会场，说：'你不是喜欢吗？给你。'你知道刘遵礼说什么吗？刘遵礼大手一挥，说：'我得了。'你说这样的人该不该杀？你们拿枪打那个刘遵礼，打那个狐狸精，打死她，我看她求饶不求饶，后悔不后悔，几百年妇道全被她败了。你们要是不干，我去干，我一定拿针扎她，拿火烧她，拿锄头戳她，戳死她这烂瘪。"

1998年5月29日下午至夜

当日下午，我们重回高坑，没见着刘春枝，说去县城了，也没见着刘遵礼，说走亲戚去了，十天半月回不来。同行的政法干部发恶了，问："去哪个亲戚家了，地址告诉我。"刘遵礼老婆支支吾吾，政法干部便揪衣领喊："你倒是说呀。"

刘遵礼老婆挣脱开后，跑到谷场大叫"公安打人了"，然后翻倒在地，抽搐双腿，吐出许多唾沫来。我们跑出来时，人们已像洪水冲出来，他们男女老少，提棍的提棍，持锄的持锄，舞刀的舞刀，弄斧的弄斧，黑压压一片，围了过来。他们问怎样了，刘遵礼老婆便干呕，说不行了。他们大声鼓噪，几个不怕死的老头拿竹棍先来敲我们，未几，刘遵礼单独从一间屋内杀出，他老远就挺着鸡蛋大的眼球喊："谁打我老婆？"然后接过菜刀，看了一眼，剁向政法干部，如是十几刀，政法干部捂着右臂，说痛也痛也，却不见有血冒出。

我脑袋一片空白，任人推来推去，胡乱地说几句"冷静点"，但人们已没法冷静，因为政法干部把菜刀夺走了。政法干部一边跑一边挥舞着菜刀，当地民警说"快跑"，也跑了。这阵势便只剩我了，我想跑，又想人们看着我背影，盯着我警服呢，他们一定说警察屁滚尿流，一定笑岔了气。我只能暗自加快脚步。

那厢，政法干部跑到羊肠小径上，自觉安全了，便大喊："刘遵礼，别猖狂，你的罪证在这里。"

他这么一喊，后头村民便赶几步，将死要面子的我逮住了。

我被抬起后，像睡在摇篮里，看到天穹，很蓝，很深邃，像枚瓷器，辉煌欲碎，接着，我又听到暴雨般的声音，那些声音说要处死我，我便滚下两行泪来。他们抬了几十步后，猛然将我放下，我站在地上，头晕眼花，然后又清晰地看到对面苍翠的山坡、湿黄的石头和清新的树，鸟儿正踩在晃悠悠的树枝上点头。

我不知道身在何方，自己要干什么，说什么。我僵直着身体，等待山脚一汉子取出柴枪，丈量好步子，疯狂地往这边跑来。我看到肌肉在他身上滚动，空气越来越密，越来越紧，像是有大事发生。枪尖在太阳底下闪出光芒，我又知道，那大事原来是刺穿一袋面粉——我的腹部将像面粉一样，发出"噗"的一声。我心里着急，嘴上狂念："妈妈，妈妈。"

我想去摸枪，却发现双臂被架住，挣脱不开。更何况那支枪，在来文宁前我嫌麻烦托公家保管了。我像头即将挨宰的兽，全身抽搐，焦躁不安，忽又见亮光一闪，全身安静下来，粉黛不施的媛媛走到面前，拉住我的手，要我和她一起从隧道走过去。我看到那不远处的洞口闪耀着刺眼的强光，便抓紧了媛媛的手。

我看到她歪过头来，对着我心无芥蒂、灿烂地笑。

眼见宏大的光明将吞没我们，一声嘶喝又将我惊回现实。我睁开眼，看见像列车一样奔行的壮汉正在恐怖地紧急刹车，我想他的脚趾搓在地上，全部扭伤了，脚掌也蹭出大片的皮肉。我看到他把柴枪插到土里，痛苦地说："哥，哥，你这是怎么啦？"

刘遵礼瞪了一眼，说："老三，你是不是想我死啊？"

我的血液好像一下流开了。我死不了了。一时竟觉得世界如此可亲。我觉得我应该大小便失禁了，低头一看，却是没有。暗自缩了缩阳具，也没什么尿意。我其实早该想到，刘遵礼原也是怕事的，否则不会拿着刀背对着政法干部砍十几刀。我"咳"地叹息一声，甚至想去调解他们兄弟，谁料刘遵礼又死死盯着我，好像要恢复一只老虎原有的尊严。

我躲闪开目光，不料他拉住我胳膊，让我看他。我看得心慌，那里只有两只浑浊的眼球。

刘遵礼说："铐上我吧。"

我说："为什么？"

刘遵礼说："我破坏人家夫妻感情，破坏我知道不犯法，但人家把毛主席的长江大桥炸了，我就肯定犯法了。"

我说："你有没有打何大智？"

刘遵礼说："没有，我只偷他老婆。"

我说："没打就没事。"

刘遵礼说："果真没事？"

我说："没事。"

刘遵礼说："不是因为你在我手里，才这样说吧？"

我说："你放了我，我也会说没事。"

我怕他不放心，又说："本来就没事。"

刘遵礼大笑起来，笑完哭，哭完对众人说："以后有人来问，就别说你耕田来我织布了，就说我偷人，偷就偷了，没事。"众人如遭大赦，跟着笑起来，刘遵礼的老婆也幸福地笑了。

那夜，我非得吃刘遵礼家最好的腊肉，饮刘遵礼家最好的谷酒，才得以离开高坑。刘遵礼打电筒把我送过羊肠小路后，说："你说话算数吗？"我说："算数。"他才算是安心地回了。

一个人走到村部后，我才轻松了些。我解开裤扣撒尿，"哗哗"泡松好大一块地，我觉得快完了，那液体仍然往外狂奔，我便想以前追媛媛时从她家回来，都要紧张地在土墙边撒一泡尿。我想媛媛有一天要是问我有多爱她，我就带她到那里，将泡松的墙体推倒。

在村部小卖部，同伙拿菜刀磨柜台，气势汹汹，我忽而也气势汹洶，我想你刘遵礼至少是袭警啊。一个多小时后，十几个当地民警赶来，大家鼓噪着上路，要去重振公安的威风，却不料带头的接了一个电话，又丧气地命令我们不要去。

从山路往下走后，我朝上看了看月亮，月亮就挂在树枝上，硕大无朋，就像要掉下来一样，很恐怖。可是我总是止不住往上看，我怕，就是我还活着。上了车后，听到机器哼叫的声音，我便知路面被一丈丈抛下。

我是再也不来这地方了。

1998年6月2日

在文宁县去了几趟矿山，往高坑刘遵礼那里又打了几个电话后，我们得到一点信息，但得不到更多，便收兵回本省了。六月二日，刑侦大队发出协查吴军的通告，我受命整理破案报告。

我能写出的纲要是：二月七日，原爆破手何大智声称帮高坑水库买炸鱼用品，从文宁县某铜矿保管员处私购硝铵炸药十公斤，当日回家，对妻子刘春枝说，我不和你过了，我要去炸人，春运火车挤，我就炸汽车，我要炸长江大桥的汽车。二月十日，何大智与吴军离开友丰旅社，乘卧铺车抵达本省。二月十四日，两人离开幸福旅社，搭乘9路电车，在长江大桥引爆炸药。

我能推测出的爆炸因由是"爱情恐怖主义"。写报告前，我打通了张老的电话，说了一些情况，张老听说我要请教，不痛不快地说："我是最后一次帮你了。"

我说："一月三十一日，何母对儿子何大智说，你没个卵用。此时何大智的自尊心已被摧毁殆尽，一定想到自己的无能，想到小孩子都说他戴绿帽，阳痿，便受不了，要和心肠狠毒的妻子赌个博，赌注就是炸汽车。为了使一切看来像真的，为了彻底吓倒对方，他特意搞来十公斤炸药。二月七日他向刘春枝摊牌，说了要自杀的意思，不单是自己要死，很多人也要陪着死。这是场情感赌博，赌赢了，刘春枝会害怕，会恳求他不要这么做，老实巴交的他就会原谅她，好好待她，和她一起好好生活；赌输就没想到，赌徒好像从来不会想到输。结果刘春枝恰恰表现得无动于衷，这样何大智就被逼上悬崖了。"

张老说："面子这东西在乡村是这样，对一贯有的人来说，算不得什么，对没有的，却特别重要。"

我说："嗯。刘春枝说，你快点去炸啊。何大智就束手无策了，就傻眼了，就只能昏昏沉沉提着炸药走了。他总不能四肢健全地跑回来，告诉众亲朋，我没炸。可惜刘春枝不懂这个处境，等她懂了，就晚了。二月十一日，刘春枝托人往县城带信，说，我对不起你，你不要做对不起党和社会主义的事情。这信晚来了一天，那边何大智等啊等，等了两三天，已经万念俱灰，已经离开文宁县城了。此时只有桥塌了，或者电车罢工了，才能给何大智台阶下。何大智估计也惶恐，当天凌晨，他伏在厕所墙上哭过。"

张老说："是，两个引爆人中间，有一个是明显害怕的。"

我说："何大智越靠近我们省，人生之路就越少，就越觉得自己是被冲动绑架了。可是他又想到，自己在薄情寡义的美人刘春枝那里什么也得不到，便不如死了，死了爽快。接着，他又会想到，恰恰没有比搞一场爆炸案更能报复刘春枝的了。他想全国潮水般的口水将涌向刘春枝，让她自责、惊慌、恐惧，夜夜做噩梦，终生背十字架。这时，他或许又是快意恩仇的上帝，在主持，在审判，这也许是软弱的他坚持到最后的原因。"

张老说："等等，我觉得自杀也能达到同样效果，自杀照样能把指责引向刘春枝。"

我说："他说出炸桥的话了，收不回了。"

张老说："那他当初为什么不说'我要自杀'呢，我觉得蹊跷。"

我说："您讲过，弱者迷恋爆炸效果。何大智一定权衡过炸十人和炸一人的效果，当然是前者更富于证明性。我想何大智一定渴望扬眉吐气，渴望自己最后一把不输给刘遵礼。事实也是，刘遵礼被他这一举动镇压了。"

张老说："有漏洞。我再假设，为什么不炸他老婆的村子呢？"

我说："何大智起先只想用威胁炸人来赌博。何大智说要炸老婆的本家，怎么挽回？更何况高坑的人凶得不得了，大家听说何大智要炸他们，还不把他打死，何大智不会这么傻。"

张老说："他要死，为何拖个人陪呢？"

我说："您说的是吴军，吴军不知是哪里人，但极度厌世，也是个等死的人。我这里有他的遗书，上面画了女人，写了诗，说，来也无根，去不留痕。就在美丽地结束不美丽的生命。我判断他失恋了，渴望自我毁灭。"

张老说："一首破诗。"

我说："他叫'四大山人'，会画画、写诗、唱戏、武打。他老板说他艺术不错，我觉得至少是有文化的了。一个有文化的人在县城旅社擦桌子洗碗，说明自弃。很多人不就喜欢这样吗？你说我一表人才，前途无量，好，我报废给你看。你不爱我，我就报废，我越报废越超然，越报废越清高。我觉得挑在情人节这天升天，是吴军的主意。何大智没文化，定然想不到。"

张老说："对，有点文化的人就这样，特重视情人节啊圣诞节啊母亲节什么的。"

我说:"我老觉得这是一场由失恋导致的恐怖主义。何大智想对傲慢的刘春枝实施恐吓,吴军想为了心中的女神自毁,两个人凑一起,互相影响,就成行了。何大智可能有点不坚决,早有死意的吴军则裹挟着他前进。"

张老说:"直觉上我感觉不对,你就可能吧,假设吧,编吧,反正这类案件破不破都一样,破了也挽回不了什么。"

我心想,您老怎么这么轻慢,我自己都差点成炮灰了,你还争辩什么,你失恋过吗?

我说:"谢谢张老。"

张老却说:"别和老头见怪了,再见。"

我说:"再见。"

张老说:"再见。"

1998年6月5日—6月10日

整理好材料后,我交给副大队长,副大队长签字"可",又交给大队长,大队长签字"可",大队长从局长那里回来后,叫我们去行管科领点钱,准备赴京汇报。在行管科那里办手续时,我顺便问了下周三可的悬赏金,人家却说他对着镜子把脖子割了,血溅三尺,死了。

我说:"你确定是周三可吗?"

那姑娘说:"是啊,怎么不是?"

我想这六万五千四百元,我们应该再给他添上四千六百元添到七万才是。可是添再多都没用了。

下午我拿着批示去行管科支另外一笔钱,会计姑娘又急忙说,没死呢,周三可中午猴急着赶来了,把悬赏金一文不少地取走了,还一张张地看,怕是有假钱。

我说:"我说呢。"

六月五日,我们坐飞机赴京汇报情况,公安部表达了疑虑,但还是承认了破案结论。我订票准备从北京站回,忽然想到北京站的门,又想到张老,便和副大队长说要不要去探望探望他。副大队长当然同意,我打张老电话,却发现始终只有一个女士在说:"您所拨打的电话暂时无法接通。"我又把电话拨到公安部刑侦局,负责接待我们的人说:"张其翼同志死了。"

怎么可能?

但人家就是这样说的。

我忽觉被一盆水兜头浇下,竟是跌坐在椅子上,半晌不能言语。那边好似知道什么,又说:"试验炸药时不小心牺牲了。"

我回头对副大队长说:"张老弄炸药不小心把自己炸死了。"

副大队长一惊,忽而说:"怪人啊,会划水的被水呛死了。"

次日,我们买好又大又阔的花圈,唏嘘着赶往八宝山,原以为那里哭声震天,可是一走进追悼会现场,却只发现松松散散摆了七八只花圈,稀稀落落站了十几个人。张老待在遗像里,嘴唇紧扣,眼神凌厉,将所有人拒之门外。旁边有惨白的对联一副,写:鞠躬尽瘁死而后已,功勋卓著思无可追。

横批是:烈士千古。

我们向着骨灰盒鞠躬,没有一个家属过来扶接、握手。我们便退到一旁,听一个戴眼镜的警监严肃地念悼词。他面无表情,念了诸如"舍小家顾大家""莫大的损失"等词,正要念"永垂不朽"时,话筒突然没声音了,他拨了拨,声音又刺响起来,他想也差不多说完了,便鞠上一躬,在别人的招呼下走了。然后大家呼啦啦都走了,手机此起彼伏地响个不停。我回头看了眼,张老还是那样拒人千里之外地看着，甚是凄寒。

在外边，我们问了个相熟的部里人，他叹息道："张老是鳏夫，又没朋友，可怜得很。"

那人又说："张老一直住在老宿舍，不开窗帘，深居简出，说是专门研制一种针对人体的炸弹，也研究出来了，很少分量，能在极短时间内，根据骨骼结构和肌肉分布情况，对人体实施摧毁力极强的定向爆破。张老在遗书里说，科学外表看像个美丽的女子，本质却又是邪恶的，你越知道这东西不能研制，可又越禁不住它的诱惑。东西没做出来时，张老还正常，还来上班，做出来了，就完了，就在家里走来走去，不知道怎么办，因为世上没有活人可以供他试验，拿到猪羊身上试验又没什么意义，拿死人试验又要申报，他不知道怎么想的，鬼迷心窍，把自己当试验品了。张老在遗书里公布了炸药配置方法，希望能给我们一点提前量，就是未来有人这样爆炸时，可以做到心里有数。我们看了几遍，代码太多，看不懂，又觉得邪恶，便烧了。"

我问："张老是如何把自己炸掉的呢？"

那人说："二号晚上，老宿舍发出'砰'的一声后，邻居就报案了。出警的人赶到后，推开门，发现房间很干净，接着又推开卫生间，发现牙刷、毛巾和水管也完好无损，水龙头和莲蓬头还在'哗哗'地出水，只有天花板和角落还沾了一点肉末。按照遗书上的说法，张老应该是在天顶、脖颈、胸脯、后背、腹部、膝盖和脚面安装了七枚液弹，把自己炸粉碎了，可是又没有伤害到别的东西。你看追悼会上有骨灰盒，其实盒子是空的，他的尸骨都让水冲走，冲到下水道去了。"

我忽然悲怆起来，想到张老最后一句话是说给我的。他说："再见。"我说："再见。"他又说："再见。"我想他是在特意向这愚蠢人世的代表挥手，他说："傻孩子，我要去天堂寻找聪明的伙伴了，不陪你们玩了。"

我们回去时坐火车，走到北京站时，看到正厅还是个"门"字，门下穿赤橙黄绿青蓝紫各色衣服的人，提着大包小包，你推我撞，熙熙攘攘，各有方向，各有目的，各有事情，只是不见张老其人，我便知道张老万世孤独。

归来后，我越念及张老，越觉自己是偷走了奖赏，因为我并没找到让何大智、吴军达成死亡默契的切实证据。当日他们结拜有言"但求同死"，但也只是宣誓而已，很难相信，刘春枝给何大智造成的痛苦，会感染到吴军；反过来亦是。我和朋友聊及此事，朋友却说，即使你的结论是错误的，那也是目前最靠近真相的结论了。

我心下不安，却也只好如此了，在我的智力范围内，这已使我殚精竭虑了。

忙完一切，回到家，忽见着白发一路长进妈妈的头发，便说："妈，你老了。"

妈妈说："哪里老了？我没有变化啊。倒是你瘦了很多。你看，你瘦得腮骨都出来了。"

我说："没有吧。"

妈妈说："我老是惦记你不结婚，新谈朋友了吗？"

我说："没呢，不是忙案子吗？"

妈妈说："媛媛就莫要了，以后就是找你也莫要了。"

我说："她可能找我吗？"

妈妈说："我就是提醒下你。"

到巷口，拜见王姨，王姨露出欣喜的门牙，心疼地说："老二回来啦，瘦了不少。"然后拉我进门，小声说："老二你出气了。媛媛的事不知怎么被发现了，科长老婆跑到单位，狂抓媛媛的脸，闹得很大。

起初大家以为闹一下就算了，谁知那妇女足足去闹了大半个月，一直闹到媛媛不敢上班，科长在单位也作了检讨，可是夫人还是不依不饶，竟然天天到纪委那里上班，把纪委上烦了，便把科长免了。科长回头就和夫人离婚了，一出民政局，他就找媛媛，说是总算可以结婚了，可媛媛不知道怎么回事，以前对他挺好，这下却不答应了。这科长就拿刀出来唬人，媛媛还是不答应。至今还没解决呢。"

张姨恰好进来，说："媛媛是势利小人，官免了，就不跟人家了。"

我说："我妈怎么不跟我说？"

王姨说："你妈嗤了三声，大概是要保持蔑视的姿态。"

我想到我妈，心下忽然凄凉。我爸去后十几年，都是她做饭给我吃，我今日也要做顿饭给她吃。这么想便起身去买菜了。路过菜市场，看到公共厕所，以前那里坐着眉毛文绿的阿姨，死气沉沉，群蝇毕至，现在却仙气袅袅，芬香扑鼻，门口也换成个低头看书的男子，穿西服，打领带，头上抹了油光光的摩丝。

我望了那厕所门楣一眼，有红福字倒挂着，旁边又有一张红纸，写着"开张大吉"，我想，这是个什么世界。

1998年6月14日

"情人节爆炸案"过去整整四个月，我被副大队长、大队长、副局长先后找去谈话，被告知提了个中队教导员，享受副科待遇。我回来时，背着手在新办公室内走过来走过去，总觉得墙上少了幅画。挂《劝世歌》好似太俗，挂《泉》又太暴露，挂《清明上河图》或许贴题，想想，还是自己动手把《人民警察之歌》的宣传画挂了上去。如是，忽来了个实习警员，拿着材料要我签字，我看都没看就签了。那小孩要走，我又招手叫了回来，把签名看了一遍。

我心想，范教导啊范教导，你也该练练字了。

下班时，我小心锁好办公室，竟是有些不肯走，总算转身时，忽又见面前站了一个衣衫褴褛、浑身发臭、皱纹纵横驱驰的老头。老头看到我就松开板车，趴在地上磕头。我心想这是谁把他放进来的，转而又觉得自己站得太高了，便蹲下说："老伯请起。"

老头抬起头，喷出一嘴口臭，说："我认得你，你是好干部。"

我说："你说仔细点。"

老头又说："我认得你，你去过我们文宁县。"

我这才惊醒过来，来者却是文宁县富强乡何山小组的何文暹，死者何大智的父亲。当日我们去找他，他自顾自地采药去了，好似麻木，如今怎的又赶来了。

我说："你来干吗呢？"

何文暹说："我来拖我儿尸体。"

我骇然摊开双手，说："只有一把灰，怕是火葬场处理了。"

何文暹的眼皮忽然上下榨起来，不久榨出几颗黄豆大的泪水，接着又瘫了，好似脊椎被人打断了。我心下不忍，便进了办公室，找到火葬场电话拨过去，问了，竟然有人值班，便按了下遥控器，那边吉普车怪叫了两声。

我出来后对何文暹说："老伯，我带你去火葬场。"

何文暹就又复活了，站起来去拖板车。我说："不用拖，就放在这里。"他好像没听懂，不舍得放下，我又大声说："放在这里，没人偷的。"何文暹这才小心把板车拖到一边。

我开着车载着何文暹往郊外疾驰时，用余光瞟了下他，却是发现他也不瞅矗立的高楼大厦，也不看飞转的灯红酒绿，就是缩着身子扑簌扑簌地掉眼泪，好似我以前送过的一个走失儿童。

到了火葬场后,值班员把何大智的骨灰盒捧了出来,何文遐看了很久看不懂,我说:"就是这个,你儿子就在这里。"何文遐便去找机关,找了半天找不出来,我一拨,那盒子便开了,何文遐解开小袋一看,果然是些灰和骨头,双手便哆嗦起来,好似一时得了帕金森综合征。我正要扶,他又放天哭起来,那眼泪一颗颗地滚,像石头一颗颗滚。我知道他是真悲伤,便让值班的弄些饭食来,那人端来冷饭后,何文遐用手抓了几把,塞下去,把喉咙噎住了。咽了几口,咽不下去,便呕出来。有些米饭掉到地上,他便用手抓起来,抓好了又用袖子擦地,说:"麻烦了。"

转而他又说:"是我害死你了啊。"

我心想这是怎么了,见值班的好似也很为难,便把何文遐扶回车上,把他拉走了。这一路,他就是把头一下下撞在骨灰盒上,说:"我儿,是我害死你了啊。"

我说:"老伯别难过,不能怪你。"

何文遐起初没在意,我劝了几番后,他忽然说:"怎么不怪我?就是怪我啊。"

到大队后,我把车停在板车旁边,进去打电话给门卫,要他准备点饮水食物,然后把何文遐请到沙发上,任他哭泣。这样哭完了,何文遐像洗了个脸一般,竟是往我办公室四处惶恐地望。我说:"老伯别难过,你有什么话可以跟我说。"

何文遐看了看我,我直视着他,点点头,他便放松下来。

何文遐说:"我儿是被我逼死的。一九九五年热天,我儿在铜矿不做了,回家待着。我问怎么不做了,他说被开除了。后来我才知道不是被开除的,是自己溜回来的,溜回来是因小学有个秦老师,他就是想和秦老师鬼混。有一天,我赶牛从小学后边过,猛然看到我儿和秦老师光着身子躺在床上，互相亲嘴，摸下身，便受不了了，拿锄头冲进去，一锄头打中秦老师屁股，那里响了一下。我儿傻了，赤身跪在地上，说敲死我吧。我便找来教鞭，狠命抽我儿，抽得胸前背后条条紫痕。我说，不知羞的东西，没爹娘教的东西。"

何文暹说："第二日秦老师一瘸一拐走了，再没回来，人们只当调走了。我儿神不守舍，我便绑住他，我们家的问，我就说他偷了东西。后来看要饿死我儿了，我们家的就要自杀，我看看也不行，就放了他。后来我听说高坑刘春枝要倒插门，就找了媒人。我记得我儿为这事哭了一日，不过最后还是同意了。我就是想让他正常点，但他矫正不过来，后来竟要炸大桥，这也是我害的，我做得太绝了。"

何文暹的话很难听懂，可我却是越听越明朗，身上竟热血翻腾。至此，我才知道，何文暹正是那秘密的瓶盖。我想做个笔录，写好了时间地点，忽又觉得不必。我把笔抛下，说："老伯别伤心了，我给你安排个住的地方吧。"

何文暹忙站起来说："不麻烦了，你是好干部，不麻烦了。"

我问："那你住在哪里？"

何文暹没听懂，只是鞠了一躬，捧着骨灰盒走出去。我跟着出来，已看到他把小盒子用粗绳绑在硕大的板车上。我说："你要走吗？"

何文暹说："我从来没跟人说过，我有罪的。"

我正想着要挽留一二，忽而又闻到那口腔里的臭味，便管住了自己。门卫送水和面包过来后，我把它们塞给何文暹，想想又加了两百元钱。我说："别难过了。"

然后我看着何文暹拖着板车，念念有词地走了。他先念五个字，接着念四个字，接着又念五个字，接着又念四个字。我听不太懂这方言，便不费力猜了。我慢慢看着，看着他像团黑泥消失了，感觉不可

131

知的世界一块块清晰起来。

  刘春枝为什么偷人?
  因为何大智不过夫妻生活。
  何大智为什么打工?
  因为想逃避与刘春枝在一起。
  何大智为什么绝望?
  因为何文遝拆散了他和秦老师,虽然何文遝保守秘密,但来自父亲强有力的判决令何大智自我感觉是被塞来塞去的物品。
  何大智为什么告诉刘春枝要炸人?
  他要找这个名义。
  吴军声音为什么又高又尖又美?
  这是天生的。
  吴军为什么喜欢演旦角,为什么描口红,画鬓角?
  他努力使自己本质如此。
  吴军为什么愤恨厂长?
  厂长刺伤了他对本质的自我认知,羞辱了他内心里神圣的东西。
  吴军为什么和混混狂殴?
  混混们调戏他,说他是龅牙妓女,定然是个同性恋,不小心揭露了他。
  吴军为什么弄那么多身份证,并隐瞒出生地?
  想避开人们对其准确的指认和指责。
  吴军为什么写那样的诗?
  他对环境绝望,对自己绝望。

吴军为什么要画一个披头散发的女子？

那女子去除长发后，不就是吴军自己吗？

他们为何结义？

实是拜堂。

他们的不自由各在何处？

何的不自由来自何文遥，何文遥发现吴军何大智的事后，将何大智赶回到刘家，刘春枝构成新的不自由；吴的不自由来自混混和街道的敏感，以及自己的敏感。吴军觉得无处可逃。

他们何以选择死亡？

在自由不自由间，只有死亡过渡。当不自由难以忍受，而自由又遥不可及时，死亡取代自由，成为美好想象。

何以又选择自杀性爆炸？

是要用整个世界来偿还他们的委屈和愤怒。

接下来，我的思维飘荡至两家旅社，我想我像上帝一样，看到了他们最后的时光。

在友丰旅社杂物房，我先是看到一张孤零零的床，何大智坐那里看星星，他是掉落的一颗；后来又多了一张床，吴军坐那里看星星，也是掉落的一颗。两颗星对视一眼，好像你终归是这个世界的，是陌生的，无话可说。

几天后，一张床躺着血流不止的伤者吴军，另一张床空着。何大智敷药，包扎，喂汤，像女人照料男人一样照顾男人。何大智眼泪哗哗地说，别和混混较劲，你就当他们是猪，不要和猪较劲；吴军说没什么的。

又几天后，一张床躺着两人，或者另一张床躺着两人。吴军对何大智耳语："我每次听孟庭苇的歌都起鸡皮疙瘩。她唱，两个人的寒冷靠在一起就是微温；是否每一位快乐过的红颜，最后都是你伤心的妹妹。"

又一日，一张床只躺着吴军一人，吴军盖着戏服酣睡，地上是擦拭过精液的卫生纸。何文遝推门进来，见到这个，悲怆而恶心。何文遝在店前等到买菜回来的何大智后，什么也没说，拎起他就走，人们骚动起来，说这个父亲很愤怒。吴军也推开窗看，看得眼泪流出来，心想再没缘分了。而何大智像那个运城县的知青，在看到县城的琉璃瓦、水泥路越来越远，而中巴车的尾气和乡下油菜花又越来越大时，被溺死的情绪包围。他对何文遝说："信不信我杀了你？"何文遝找到司机用的摇杆，递给他，说："你现在敲死我吧。"

几天后，吴军在一张床上辗转反侧，何大智忽然归来，两人喜极而泣，又哀伤不已。沉默很久后，吴军说："我们去死吧。"何大智说："好。"吴军说："去长江大桥死吧，毛主席写了诗，风景美丽。"何大智说："好。"两人依依别过。

又一日，吴军在一张床上发呆，何大智疲惫地进来，将炸药塞入床下。

又一日，两张床都空了，只留下一个揉皱的香烟盒、一双雨鞋、一首诗和两张身份证。

吴军和何大智在凌晨五点漆黑的县城街道手拉手走，又冷又饿，后来，饿得没重量了，便飞。吴军说："用力点，上边就是光明了。"何大智就用力扑打翅膀。吴军说："看到阳光了吗？"何大智说："看到了，太刺眼了。"

两人飞落到幸福旅社后，吃好的，住好的，像王子，像公主，像世界末日。只不过何大智终归要害怕一下，便跑到厕所哭，他哭世界无容人处，无立锥地。而吴军心意早决，他大声呵斥何大智："别哭啦，哭什么哭？"何大智便像恐惧的孩子，停止抽泣。

吴军问："听说过有人走路被车轧死了吗？"

何大智答："听说过。"

吴军问："听说过有人得癌症死了吗？"

何大智答："听说过。"

吴军问："听说过有人打仗死了吗？"

何大智答："听说过。"

吴军问："听说过有人被杀死了吗？"

何大智答："听说过。"

吴军说："人皆有一死。不是这样死，就是那样死。总是个死。"

吴军又问："死了能带走粮食和人民币吗？"

何大智答："带不走。"

吴军问："活三十岁是活吗？"

何大智答："是活。"

吴军问："活六十岁是活吗？"

何大智答："是活。"

吴军说："是造孽。"

何大智说："嗯。"

吴军问："你爹骂你你开心吗？"

何大智说："不开心。"

吴军问："你老婆管你你开心吗？"

何大智说："不开心。"

吴军问："流氓混混取笑你你开心吗？"

何大智说："不开心。"

吴军问:"老板随便开除你,你开心吗?"

何大智说:"不开心。"

吴军问:"像老鼠一样躲躲藏藏开心吗?"

何大智说:"不开心。"

吴军问:"这些是什么呢?"

何大智摇头。

吴军说:"这些是活着。你还想活吗?"

何大智说:"不想活。"

吴军说:"你是爆破手,知道爆炸后的感受吗?"

何大智说:"不知道。"

吴军说:"像被打了一针,很快,快到感受不到任何痛苦。"

何大智说:"嗯。"

吴军说:"不要怕,我陪你死。"

何大智说:"嗯。"

吴军说:"别嗯了,看着我,孩子,就这样看着我。跟我说,我爱你。"

何大智说:"我爱你。"

吴军说:"大声点。"

何大智大声地说:"我爱你。"

1998年6月14日夜

我这样激烈地想了很久,竟像是一个写完小说、作完曲的人一样,以为自己创造了什么,要急于告诉一个妙人。可是又突然发觉,自己恰恰是这个秘密的信托人。

许久,远天隐隐传来打雷声,我才想到另外一件事。

我打电话给妈妈说不回家了。

我说:"妈,你给我叫次魂吧。"

妈妈说:"你这孩子怎么了?"

我说:"你就叫吧,我想听。"

妈妈好似有些害羞,说:"老二回来啊。"

妈妈又自答:"回来了啊。"

我数了下,第一句是五个字,第二句是四个字。心下忽然翻江倒海,挂了电话,关上办公室门,就去开车了。

我把车往大桥开时,时速是八十码,跑了一刻钟。忽而想,这样跑上高速,跑上省道,跑到山路,跑到河里,竟是要一个日夜。如果是走路,七百里几可算是长征了。我跑得心急了,又想人家太老,走不了这么快,便放慢速度,一边走一边看。看了一会儿,就要用雨刮器了,却是像一头扎入雾海,什么也看不清楚了。

这样鬼迷心窍地走走停停,又兜转过来寻,却是寻不着了。我就想,何文遢一定拖着板车去哪个隐蔽地躲着了,心下便叹息起来。我想自己是送不成了。明天一早,太阳出来,何文遢就会抖擞精神,念念有词,拖着孤零零的骨灰盒往故乡走。

我让警灯无声地亮着,拉开车门,坐在那里慢慢抽烟,好似看到爸爸在离家一里外的雨天骑着自行车往家赶。雨淅淅沥沥地下了一阵后,便斜着浇灌起来,夜路上有了庞大的水花,起了浓厚的水雾,人的眼皮便睁不开。我看到爸爸肩膀左一晃,右一晃,勉强骑到了一个转弯处,他想雨太他妈大了,路太他妈遥远了,怎么骑也骑不动,然后又大概听到了一种好听的声音,便仔细听起来,等他听明白了时,那轮胎在水面上劈波斩浪的声音已经奔到眼前,他头也没抬,便被撞飞起来,好似地球是老天,老天是地球,就这样转了许久,眩晕了许久,才像一袋面粉,无声地扑落于路旁的草丛。接着圆轱辘变成方轱辘的自行车又"咔"的一声撞到树上,把我爸爸吓坏了。我爸爸匆忙看看自己,整个人好好的,就是里边像拆散了一样。

那天我在家忍着瞌睡做作业,想不做又害怕,暗自偷了几个懒,将就做完了,便马上钻床上去睡了,而妈妈则把暖好的菜愤怒地倒回锅里,嘴角狠毒地骂爸爸,说范老子你有种,半小时不回,一个小时也不回,一小时不回,两个小时也不回。后来又有些担心,可是拉开窗户,雨便飘洒进来,浇了一身。妈妈宽慰自己,男人也要打打牌的,也要应酬的,家里没电话,带个信回来也好,不带是太看不起女人了。看不起就看不起。

妈妈便也把自己哄睡着了。

第二天一早,妈妈醒来,一直眼皮狂跳,看范老子还没回,很有些预感,便急急出门,刚一出去,便声嘶力竭地喊起来,那声音就好似要把天空生生撕裂。我还在床上就心脏狂跳,跟跟跄跄赶出来后,看到我爸爸身体蜡白,衣服滴水,像个皱巴巴的东西,趴在门口一动不动。我知道他辛辛苦苦爬回来,是要看我作业做好了没有,没有做好就揍我。

后来我就自由了。

1998 年 6 月 23 日

我的教导员瘾还没过足,便接到通知,去龟寿山一个会议中心参加警衔晋升培训班。起初几天,都是大老爷们在一起,没甚意思,我便独自散步,走上山顶,便看到江岸区的度假旅社区了。我想幸福旅社就在其中,何大智推开窗户,又回头叫吴军:"你看,那里有个人。"

吴军看了几次,看明白了,说:"世界好小,那么远的人都能看到。"

最后一天，中心忽然拥来一批要到银行上岗的女青年，个个脆嫩欲滴，看得我是眼花缭乱，禁不住就想在这里培训到老。是夜，我们办毕业舞会，这些妹妹果然温文尔雅地赶来，我从一旁走过去，禁不住就要开开屏。机会直到好晚才出现，主持人说年轻有为的范教导员可是再世陈百强，我便搓着皮鞋，扭捏着上台了。正低头吹麦克风，忽见对面的门开了，一个脸打白霜、身穿红呢裙的女鬼飘进来。我立刻僵住，想管住脸上的怒火，却管不住。

我想这些人通通消失了就好，可是他们却齐齐整整地拍巴掌，用期待领袖的眼神焦渴地期待着我。我便不知道如何自处了，后来有人走过来，拿走麦克风，又拍拍我的肩膀，结果把我喉咙里的一句话忽然拍出。我说："我从来没有像现在这样不幸过。"

我闭上眼也能看见他们惊呆了，在我大踏步走向门口后，那背部也一定像磁铁，将那些惊呆的目光吸过来。然后，女鬼也跟着走出去了，大家都明白了。

出门后，我先是听到皮鞋声在楼梯间"噔噔"作响，接着便听到红色高跟鞋在后头紧紧跟着，心下竟是悚然。转到二楼，我抽钥匙打开门。想关上门时，却见那张惨白的脸畏缩地卡在那里，我便弃门坐到床上。

她进来后，磨蹭很久，才鼓起勇气，授权自己坐在椅上。

我说："孟媛媛，有话请讲。"

媛媛摇摇头。

我说："那好，我说。我告诉你，分手后我天天在等你打电话。"

媛媛说："我打了，打不通。"

我说："你不会打我家啊？"

媛媛说:"我怕。"

我说:"我左等右等等不来,就发恶誓,说再不理你了,你求我,我也不理了。"

媛媛说:"对不起。"

我说:"你回去吧。"

媛媛坐着不肯动,好似那是最后的阵地。

我看了眼手表,说:"你睡床吧,我找别人睡。"

我都起身走到门口了,媛媛忽然走来,捉住我胳膊,说:"是不是一点机会都没有了?"

我没说话,媛媛的眼泪却流了我一手。

我说:"你睡吧,我看着你睡。"

媛媛说:"我不睡。"

我说:"让你睡,你就睡。"

媛媛说:"你说句话吧,说了我睡。"

我说:"说什么?"

媛媛说:"孩子,我原谅你。"

我说:"孩子,我原谅你。"

媛媛凄惶地笑了一下,说:"你说了我就高兴些,就满足了。"

我心间隐隐碎了,便避开她去洗澡了。总算洗完出来,忽见媛媛赤身躺在床上,嘴间又添了浓烈的口红,像个小丑,可眼泪还是晃荡在眼窝。

我说:"你平日也不化妆,干吗现在化这么难看?"

媛媛说:"书上说,化妆是对人尊重。"

我说:"你尊重别人去吧。"

媛媛说:"我只想尊重你。"

我好似要说点什么，却是压住不说，只是掀被子盖她。媛媛眼泪忽又淌出来，竟将刚化好的妆冲垮了。媛媛说："你是不是嫌弃我了？"

我没说话。

媛媛便紧紧抓着被子，哆嗦起来，许久又说："我知道是要被你嫌弃死的，你让我在这里住一夜吧。"

我说："你住吧。"

媛媛却是又哭起来，好似眼睛是个水袋，一挤就挤出很大一摊来。我没话说了，一个人走到窗前，拉开窗户对着江景发呆。许久，竟又觉得被抱住了，挣脱不开。媛媛说："对不起。我伤害你了。"

我说："你没伤害我。"

媛媛说："我伤害了。"

媛媛又说："我妈妈嫁人了，搬人家去住了，这边的房子也要卖掉。"

我说："爱卖卖去。"

刚一说完，便酸楚起来，猛想到女人一生所需，就是一套房子，房子还在装修时，她就过来规划了，这里摆个书柜，那里摆个妆台，这里粉刷成黄色，那里配个孩子睡的摇椅，南柯一梦，如今是无家可归，各自孤零了。

此时媛媛松开手，伤心地去穿衣服。

我滚下泪来，心里终于痛了，一时想自己也有太多不是，何德何能，竟至让人如此讨好一夜？

我便大声吼道："你干什么？"

媛媛说："我走。"

我说："天这么黑，你走哪里去？"

后来的一天

光阴似箭,我却是不敢和妈妈提及复合之事。忽而一日,趁着高兴,便说了,妈妈筷子掉地上了,整个人傻坐着,许久才知道抹眼泪。妈妈说:"你和范老子一样心软。"

妈妈说:"我日后命苦了。"

我劝了好几番,竟是劝不返,便想着去给她做顿饭。去到菜场,阳光明媚,忽见那公厕周围多了很多小摊小贩,还有老头下棋,小学生做作业,竟是热闹非凡,细一看,瓷砖墙上又多了片红纸,上书"有史以来",心下便乐了,心想再不去,对不起这人的想象力。

我解决完出来,那正在捧书苦读的男子正好抬头,我大叫:"周三可。"

周三可起立,虔诚地递来中华,又递来一张名片,又掏出 ZIPPO 点火。

我说:"不错啊,是经理了。你看什么书呢?"

周三可说:"《MBA 工商管理教程》。"

我心下奇了,说:"传说你不是自杀了吗?"

周三可说:"哎呀,老弟,说起来都因为你。你看这里,疤子好长一条。送死那天,是一日四衰。我先给记者报料,说淹了车,结果记者来了后反而骂我,你为什么不打 110、120?你没见淹死人吗?我哪知人没救出来,通讯员的资格就这样生生被取消了。接着,我走路又看到好多人抽奖,说是奖票越来越少,轿车还没领走,便去银行取钱来买,买了两千多,歇手抽烟,结果别人交两块,把轿车摸走了。我这个叹,就去兑足彩,谁知卖彩的说,不用来了,不开了。我想也是,赌博这东西国家能让它久办吗?心便碎了,还说把五百万均分给老婆、父母、孩子，分个鬼。后来才知道，不是不开，是意大利一个修女还是教皇死了，意甲停赛，奖开不出来了，你说气人不？走投无路了，我就想还有六万五千四百块在你手里，就打电话，谁知你劈头来句，没用，身份证没用。我就忽然被泼下一盆凉水，湿漉漉的，清醒得不得了，回去后就找刀割自己，还好我懒，平日不磨刀，刀钝了，割了几分钟，便把自己割活了。"

我说："活下来就好。"

周三可说："可不是，刚从医院回来，就听说你们班师，跑去问，竟问到奖金，我便喜煞。手里全部是现金，拿起来又和砖头没区别，我就叫自己冷静，冷静，再冷静，可是不能再吃不能再喝了，可是要搞百年大计了，这样就投资厕所来了。"

我说："生意好做吗？"

周三可说："不好做，你想，来买菜的都是中年妇女，一分钱都要还价半小时，上厕所付费，超出她们理解范围了。她们都说，周疯子，你不给我钱就算好了。"

我说："那你还承包？"

周三可说："头几天，我也慌，装镜子，烧檀香，请保洁工三班打扫，搞得和宾馆一样，结果成本上去了，客反而被这阵势吓跑了。那时我见人就想拦下，爹爹啊，尿一泡吧，爹爹啊，很便宜的，可是人家怎么会理你？人家思维早就定性了，人家这是肥料。后来我算是开窍了，拉尿收费是抢劫，人们不干，但如果取之于民用之于民，就有人来了。我想我买了那么多彩票，我就不信别人不买，这样便也摆了个红纸箱，搞抽奖。"

我一看，那纸箱上果然写了四个烫金大字：诚信抽奖。

周三可说：此后人们的膀胱果然憋不住了，就过来摸电饭煲、自行车,摸着摸着就以为是自己的了,就爽快地交一块钱,进去拉。拉完一摸,空白,也不恼火,不就一块钱嘛。

周三可又说:"你还没见过盛况呢,有天下午,奖票越摸越少,奖品还没出现,大家竟然排队过来拉,前边找钱慢了点,后边就吵,说是断子绝孙。拉完呢?就一边系裤带一边出来摸,有的摸过了,没摸到,想想又去拉一次。我说:'不能拉就别拉了。'你知道人家说什么?人家说:'你管得着吗?'我当然管不着,可还是要本着对人民群众负责的态度说说的。不过说也无用,有个人后来听说有个日本产的高压锅没摸走,竟然骑车骑八里,专门跑过来了。"

我说:"怎么摸奖还有诚信摸奖啊?"

周三可小声说:"你看看旁边的,卖十元三样的、卖外贸衣服的好几家呢。我这边生意好起来,客源多起来,他们就眼红着跟过来,我是开阔之人,我发财你也发财,我的客源带动你,你的客源也就会带动我,这叫共赢。可是他们坏,后来也搞摸奖了,这就不道德了,这就是明摆着进攻我,我就打电话给城管,城管的车还没到,他们就卷起铺盖灰溜溜跑了。我打诚信牌也就是想向顾客透露这个意思,我这里抽奖是正规的,你看,这么大一厕所,这么豪华一厕所,跑得了和尚跑不了庙,可是他们呢?四处打游击战,你能对他们抱半点信心吗?结果后来,他们的奖便摸不出去,做生意便基本靠喊了。"

我说:"你岂不是发大财了?"

周三可说:"尚可尚可。以前一天接两百不到,往环卫所交份儿钱都不够,现在一天能接一千多。做人啊,关键是要活下来,活下来,财源滚滚来。"

小　人

假如我们是一只很大的鸟儿，当我们盘旋在 1998 年 4 月 20 日的睢鸠镇上空，就能看到这样一些事情：副县长李耀军意外擢升为县委常委、政法委书记；实验中学老师陈明義跪在百货大楼门口磕头；良家妇女李喜兰的老公又去北京治疗不孕不育了；一支外县施工队在公园外的水泥路上挖出一道巨大的坑；而林业招待所的会计冯伯韬正追着信用联社经警何老二要去下棋。我们将这些信息分拣、归类，就会抹去最后也是最不重要的一件。

这几乎是一个永恒不变的场景：冯伯韬躬着身子扯住何老二的制服下摆，而何老二背着双手走在前头，遇见熟人了何老二就向后努努嘴，意思是"你看看，你看看"。睢鸠镇的人们早已熟知两人的这种关系，这种关系就像月亮必须围着地球转，地球必须围着太阳转，可是这天他们的眼睛睁大了，心脏狂跳起来。他们觉得冯伯韬是拿着一把刀子押何老二进地府，他们看到冯伯韬刀子一样的目光。他们不能拦下何老二说你要死呢（就像不能拦下公路上的卡车说你要发生车祸呢），这不可思议。

人们带着隐秘的骚动走开了，冯何二人走到湖边，一个将肥硕的身躯细致地安顿于一方石凳，一个将塑料袋里的棋子倒在石棋盘上，分红黑细细码好。何老二应该好好端详了冯伯韬一眼，可惜他看到的只是温顺。何老二说"你先"，冯伯韬便像得令的狗急急把炮敲到中路。历史上他曾无数次启用这个开局，也曾无数次否决这个开局，他总是信心百倍又惴惴不安，今天他的手缩回来时有些悲壮，他想这是最后一次了，轰你妈瘪。他看到何老二果然把马轻轻抹上来。下了几步，他分了心，他想自己正不露声色地走过人群，人们问他赢了么，他什么也不说，他等着何老二自己去说。可是面前的何老二纹丝不动，只是诡笑着，这带着同情的诡笑让冯伯韬涨红了脸。

急不可耐地下了几十步后，冯伯韬将昨夜新记的秘招搬出来，他看到何老二的手顿住，面色凝重起来。他说：快点。何老二看了他一眼，忽而恐怖地笑起来，好像剪刀在轻薄的铁皮上一次次擦刮。冯伯韬这才猛醒，所谓秘招其实早在多年前的一个中秋节用过，那次双方棋子出动的次序、兑杀的位置，乃至死子撂起的顺序都与这次重合，他好像走进时间的迷宫。

永远的胜利者何老二行了一个看似无关紧要的子，冯伯韬的棋势便土崩瓦解了。何老二说：最后一盘了，以后不和你下了。往日冯伯韬又窘迫又讨好，今日却是漠然说"好"。何老二有些失落，顺手走了几步，眼瞅着冯伯韬只是勉勉强强地应，没将军就走了，而冯伯韬好像头颅被砍掉了，僵坐于原地。

何老二是个巨蛆式的身躯，慢慢蠕慢慢蠕，蠕过马路、小径，蠕到了家门口，正要掏钥匙，冯伯韬跟将上来。人们又一次留意到冯伯韬眼中可怕的刀光，不单人们看到了，转过身来的何老二也看到了，可是他不能问：你是不是要杀我呀？

不行，你得再陪我下一盘。冯伯韬将塑料袋里的棋子抖得瑟瑟作响。人们看到何老二有些为难，找了好多理由推阻，最后又只能充当大度的赢家，被冯伯韬推进屋。

有七个雎鸠镇的居民作证冯伯韬傍晚 5 点半进了鳏夫何老二的屋，但无人证实他什么时候离开。何老二的死是晚上 9 点被发现的，来找他顶班的同事发现路灯下排了一队长长的蚂蚁，接着闻到新鲜的腥气。何老二当时正一动不动地扑在餐桌上，脑后盖着一条白毛巾，毛巾中央被血浸透，像日本国旗。

晚 11 点，同样丧偶的冯伯韬轻轻打开自家的防盗门，看到黑暗中像有很多手指指着自己，便想退回去，但是那些冰冷的手指一起扑过来，顶住他的太阳穴、胸口以及额头。他手中的细软不禁掉落在地。

冯伯韬说自己是在傍晚 6 点离开何宅的，何老二把他送到门口，拍着肩膀交代"下不赢就不要下"。6 点以后他照例要到公园散步——冯伯韬就是输在这个环节的。

刑警问：有没有人能证明你当时在散步？

冯伯韬说：我没注意到，我脑子里都是棋子。

刑警问：你就一直绕着公园散步？

冯伯韬说：是啊。

刑警问：绕了几圈？

冯伯韬说：有一两圈吧。

刑警说：好了，你不用撒谎了，那里的水泥路被挖断了。

冯伯韬说：对对，我看到水泥路被挖断了。

刑警说：那你说哪里被挖断了？

冯伯韬回答不出来。此后的四五天，他在讯问室不停练习蹲马步和金鸡独立，有时还不许睡觉。他总是听到一声声呼唤，"你就交代吧"——这催眠似的呼唤几乎要摧垮他孩童般执拗的内心，让他奔向开满金黄色鲜花的田野，可他还是挺住了，他知道一松口就是死。

审讯进行到第七天时，政法委书记李耀军走进来，理所当然地坐在主审位置，他说：抬起头来。冯伯韬缓慢地抬起头，看到一道寒光刺穿下午灰暗的光阴，直抵自己眉心。他重新低下头，又听到那不容置疑的声音（抬起头来）。他试图甩开这锐利的目光，却怎么也甩不开，他逐渐感觉自己像一个被注视、不能缩紧身子的光身女子。他的防线松动时发出可怕的声响，手铐、脚镣、关节和椅子一起舞蹈起来，他想你就给一声命令吧，爹。可是青铜色的李书记却只是继续看着，就像狮子将脚掌始终悬在猎物头上。

冯伯韬后来终于是不知羞耻地开了口。第一遍发出的声音囫囵不清，像羞怯的人被请到主席台；第二遍就清晰洪亮起来。他看到李书记眼里的剑光一寸寸往回撤，最后完全不见了，只剩一汪慈爱的湖，他备受鼓舞地说：我杀了何老二，还贪污了公家三千块钱，还偷了算命瞎子一百多块，还有。可这时李书记头也不回地走了。等到刑警大队长坐回主审位置，冯伯韬索然无味。

大队长说：你是怎么杀何老二的？

冯伯韬说：就是杀呗，拿菜刀杀。

大队长说：不对。

冯伯韬说：拿斧头剁的。

大队长说：不对。

冯伯韬说：那就是拿棍子敲的。

大队长说：嗯，有点接近了。

冯伯韬说：锤子，我拿的是锤子。

大队长说：你拿锤子怎么敲的？

冯伯韬说：我拿锤子敲了他脑门一下，他倒下了。

大队长说：不对，你再想想。

冯伯韬说：嗯，我趁他不注意，拿锤子敲了他后脑勺一下，他倒下了。

冯伯韬看到刑警大队长像个贪得无厌的孩子，便满足了他的一切要求，但是有些地方实在满足不了，比如交代金库钥匙和作案的锤子丢在哪里。他发动智慧想了很多可能掩藏的地方，然后带他们去找，却找不出来。

这件案子折腾半年（认罪、翻供、认罪），冯伯韬本来要死了，却先碰到良家妇女李喜兰的老公死了。这个男人第三次从北京归来后数度手淫，没有得到想要的结果，就让火车碾了下身。无牵无挂的李喜兰跪倒在地区检察院门口，证明4月20日傍晚6点到9点冯伯韬和她在一起。

地区检察院当时正准备提起公诉，越想越不对，索性把案卷和李喜兰的保证书一起退回县里，说了四点意见：一是杀人动机存疑；二是凶器去向不明；三是陈述内容反复；四是嫌疑人出现不在场证明，不能排除是他人作案。县委政法委书记李耀军当晚带人找到李喜兰，把保证书拍出来，又把枪拍到保证书上。

李耀军说：4月20日傍晚6点到9点你和冯伯韬干什么了？

李喜兰说：那个。

李耀军说：那个是什么？

李喜兰说：戳瘪。

李耀军说：你怎么记得是 4 月 20 日？

李喜兰说：那天我例假刚走，我在日历上画了记号。

李耀军说：作伪证可是要坐牢的。

李喜兰说：我以我的清白担保。

李耀军说：你清白个屁。我跟你说，婊子，案件本来可以了结的，你现在阻碍了它你知道不知道？我们受到上级批评了你知道不知道？

李喜兰抵挡不住，小便失禁，李耀军说：带走带走。民警就将她像瘫痪病人一样挟走了。关了有一周，李喜兰大便失禁，方被保出来，她出来前民警跟她说：你就是作证也没用，没有人能证明你们当时在戳痨，你说戳痨就戳痨，说不戳痨就不戳痨，天下岂不大乱了？

李耀军是从乡政法干部做起的，一路做到副乡长、副书记、乡长、书记，又做到镇长、镇党委书记、司法局长、交通局长，平调很多年，四十五岁才混到副县长，本以为老此一生，却逢上老政法委书记任上病死了，上边考量来去让他补了这个缺，使他生出第二春，说出"我任上命案必破"的话来。现在却是如此，放也放不得，关也关不起，他便使了通天的热忱，在电话里给地区政法委书记做孙子，让上司组织地县两级公检法开协调会。

地区检察院说：证据不够充分。

李耀军说：还要怎样充分啊？

地区中院说：怕是判不了死刑。

李耀军说：那就判死缓。

地区中院说：怕是也判不了死缓。

李耀军说：那就判个十几二十年，我今天把乌纱帽搁这儿作保，我就不信不是他杀的。

那个时候，关在死牢的冯伯韬还不知道自己正像一棵菜被不停议价。当他接到县法院11月22日开庭审理此案的通知时,还不知县法院不断死刑案的规矩,还以为自己终究难逃一死,便含着泪吃掉所有的饭菜,又手淫。

可是还没熬到22日,通天的律师就把他保出来了。手铐解下时他觉得手好冷,脚镣拆下时他觉得脚好轻,整个身躯像要飞到天上去。飘到门口时他抬头望了眼苍天,苍天像块要碎掉的弧形蓝瓦,深不见底。他又回头看了眼看守所,看守所门口挂着白底黑字的招牌,铁门上建了琉璃瓦的假顶,四周是灰白色的砖墙,砖墙之内有无数棵白杨和一间岗哨伸出来,一个绿色的武警端着冲锋枪在岗哨上踱来踱去。冯伯韬想自己在射程之内,便忙跑进路边的昌河面包车,爬进李喜兰丰腴的怀抱哭泣。

一路上冯伯韬还正常,还有心评点新开业的家私城和摩托车行,到家一见灰尘笼罩下冷静、寂寞的家具,便像长途跋涉归来的游子,衰竭了。李喜兰找来医生吊盐水,吊了两日还是高烧不止,迷迷糊糊听说局长、院长和书记来了,又烧了一遍,差点烧焦了。待到烧退,他通体冰凉,饥渴难耐,先是要梨子,接着要包子,最后等李喜兰解开衣扣捞出尚鼓的乳房,他才安顿了。

冯伯韬再度睡醒时气力好了许多,这时房门像没锁一样,被县委政法委书记、公安局长、检察院长一干人等突破进来。冯伯韬惊恐地后缩,被李耀军的手有力地捉住,冯伯韬惴惴地迎上目光,却见那里有朵浪花慢慢翻,慢慢滚,终于滚出眼眶。

李耀军像是大哥看着小弟遍体鳞伤归来,浓情地说:老冯啊,你受委屈了。接着他取出一个信封,说:这是210天来政府对你的赔偿,有四千来块。冯伯韬把手指触在上边,犹犹豫豫,李耀军便用力塞到他怀里。接着李耀军又取出一个信封,说:七个月来你的工资奖金照发，合计是七千块。冯伯韬想说什么没说出来，又见李耀军取出一个信封，说：这是我们办案民警凑的一点慰问金，一共是一万块。冯伯韬连忙起床，却被李耀军按住了。

冯伯韬说：你们太讲礼了，这个我不能要，太多了。

几名干事这时一窝蜂地嗔怪道：我说老冯你客气个什么呢。冯伯韬眼见这最厚的信封被塞到枕头下，忙两手捉人家一手，说：李书记，你看我要怎么感谢才好啊。

李耀军把另一只手搭上来，说：也没什么感谢的，你就踏踏实实休息，你休息好，养好身体，我们也就安心了。然后他们连泡好的茶都没喝就走了，快到门口时，李耀军像是记起什么，转身说：你也知道的，现在的记者听风便是雨，瞎鸡巴乱报。

冯伯韬高声应着：我知道，我知道。

此后真有几个记者趁黑来敲门，冯伯韬开始不理，后来觉得要理一下，便拉开门说：我不接受你的采访，没有人指使我不接受采访，我就是不接受采访，你要是乱写我就去你们报社跳楼。

记者说：我这不是为你好吗？

冯伯韬说：滚。

冯伯韬后来知道李耀军还是挨了处分，这让他很过意不去，路上碰见也不敢正视了。冯伯韬也知道自己被释放是因为实验中学老师陈明义供出了杀何老二的事，他想他应该感激陈明义呢，要不是陈明义把积案一起交代了，他冯伯韬现在不是在黄泉了？这样一想，冯伯韬就去医院给陈明义病重的老父预交了笔费用。

陈明义是在11月中旬事发的，他一连四天去偷超市的茅台酒，前三天得手了，第四天被逮了个正着。派出所联防队员一拍桌子，把这个手无缚鸡之力的历史老师震慑住了，他就交代他其实还有几起盗窃案，人移交到刑警大队后，刑警接着拍桌子，他就又交代他其实还有一起杀人案，杀的正是信用联社经警何老二。

根据案卷记载，陈明羲的犯罪史正是从4月20日这天开始。这天下午，他拿着诊断书魂不守舍地走，走到百货大楼门口见到人多，就跪下磕头。人们问陈老师你怎么磕头啊，他就说我爹嘴里哈出尿味了；人们问尿味是什么啊，他就说要做透析；人们问透析是什么，他就说我要大量的现金啊。人们就啧啧着走光了。陈明羲把百货大楼的生意磕没后，自己也有些醉了，然后他看到一辆藏青色的运钞车驶过马路，又看到冯伯韬扯着何老二的制服后摆往湖边走去。他听到何老二说：我都替你丢不起这个人。

陈明羲像是被擦亮了，觉得非如此不可。于是回家洗脸，计划，再洗脸，然后拿锤子走向何老二家，在路上他看见丧魂失魄的冯伯韬，心想何老二是一个人等他了，便坐下来像海尔售后服务员一样用塑料袋把鞋扎住，像砖瓦厂工人一样戴上厚手套，他还摸了一把藏在宽大口袋的锤子——他是如此细致，又是如此被愚蠢的犯罪激情驱使。他走到何家，吸口气推开门，看到何老二趴在餐桌上打盹。

他说：二哥，借点钱吧。

何老二歪过头，从满脸横肉里屙出蒙眬的眼睛，又睡着了。

他说：二哥，借点钱吧。

何老二怒了：你没见我在睡吗？快走快走。然后就着还没消失的呼噜又睡去了。陈明羲往门外退了几步，站立十几秒，猛然朝前疾走，一锤子敲到何老二肥厚的后脑勺上。何老二嗯了一声，全身哆嗦一下，又睡了。

陈明羲索性到厨房找来白毛巾盖住它，连续敲十几下，直到血冒出来。

陈明义没翻出多少钱，最后从尸体裤腰处找到金库钥匙，他想接着敲死值班人员去打劫信用联社金库——但是走了一阵后，他感觉裤腿有些重，他毛骨悚然地想这是何老二拖住脚了啊，往下看又没有，便用手摸，摸到一摊尿水。他就乌呀呀叫着跑回家了。

刑警问：为什么不用菜刀？

陈明义说：菜刀不能一招致命，被害人容易叫。

刑警问：为什么不用斧头？

陈明义说：斧头太笨，舞不开。锤子好，锤子小巧有力，不易见血。我去之前就想好了，对待何老二这样的大物件，刀不如斧，斧不如锤，出其不意，速战速决。

刑警看陈明义说到兴起，好像是置身事外的演员，便打断道：你为什么第一步就杀人？

陈明义说：给自己纳投名状。我想我至少缺二三十万，总归是要走这条路的，杀了人后就不能回头了，就不会犹豫了。

刑警说：那后来为什么又不杀呢？

陈明义说：还是见不得世面，害怕。我夜夜睡不着，想着何老二。

刑警说：现在呢？

陈明义说：现在好多了，现在说出来舒服了。

陈明义带着刑警七拐八拐，多次迷路，终于在一处烂塘指出大概方向。刑警找来民工抽水，抽干了，果然看到烂泥里有一把锤子和一把钥匙。陈明义被执行逮捕，随后事实清楚、证据充分、从重从快，被地区中院一审判决死刑。

陈明义进死牢后，东西走五六步到顶，南北走七八步到顶，便知道苦了，每日摇着栅栏哭。他一哭整个号子就跟着哭。老狱警听了几天听出名堂，别人哭是恐惧，陈明義不是，陈明義哭得清澈、纯粹、含情脉脉。

老狱警拣了个太阳天，把面黄肌瘦、腿脚晃荡作响的陈明義引到亭下，倒了一杯酒，说：你是为谁哭？

陈明義说：我父亲。

老狱警说：听说了，你是个孝子。我也叹，你是这里学历最高、教养最好的，走上这条路实在可惜。

陈明義说：我是不得不走上这条路。

老狱警说：没别的办法想吗？

陈明義说：有一时，没长久的。医生说，尿毒症是个妻离子散病、子女不孝病，再大的家业也能败空。你想尿排不出来，毒全部在体内，要做肾移植，做不起就只能透析，情况好一点一年十来万，严重点就得二三十万。后来学校借了不少，找亲戚拿了不少，连学生也捐款了，但这些钱像水滴到火炉，转眼就冒烟了。

老狱警说：所以你就抢钱偷东西？

陈明義说：所以我就抢钱偷东西杀人。

老狱警说：你不能放一放？人都会死，你父亲也是一样。

陈明義说：我不能杀我父亲。

老狱警说：不是说杀，是说放，人各有天数。

陈明義说：放了就是杀。我的命、我的大学、我的工作都是父亲拿命舍出来的，他卖自己的血。现在他有事情了，我放？他才四十九岁啊，比伯伯你还小啊。

老狱警捉过陈明義的手，扯起衣袖端详，说：你也卖了血。

陈明義说：我读书时觉得实在无以回报父亲，就天天读《孝经》，我顺读倒读，读得热血澎湃，就想我要是天子，就有天子的孝法；我要是诸侯，就有诸侯的孝法；即使是庶人，也有庶人的孝法。子曰：自天子至于庶人，孝无终始，而患不及者，未之有也。意思就是没有尽不了孝的道理。

老狱警说：嗯。

陈明羲说：可这只是孔子的想当然，孔子还说，谨身节用，以养父母。好像懂得节约就可以给父母养老送终了，但是现在就是讲孝道也要有经济基础，我每天只吃一个馒头，我父亲的病就好了？不可能。你知道孝感吗？就是行孝道以致天地感动，老天起反应了。汉代姜诗的母亲喜饮江水，姜诗每日走六七里挑水，老天就让他家涌出江水来；晋代王祥的继母想吃鱼，王祥脱衣卧冰到河上求鱼，老天就让冰块裂开，蹿出两条红鲤来。我也曾跟着老农去挖新鲜雷公藤，也曾去求万古偏方，可是我感动谁了？我父亲脸色浮肿，精神异常，一不当心就昏转过去。

老狱警说：你不要钻牛角尖，孔子也有讲顺应。我说话直接，人都是要死的，你还能拦住你父亲不死？你尽心尽力就可以了。

陈明羲说：我父亲得的要是必死的病，我也就死心了，可他不是。我不能把他丢在医院自己去吃饭去上班，我吃饭上班然后他死了，没这个道理。

老狱警说：唉。

老狱警接着说：我也读过一些书，说老吾老以及人之老，幼吾幼以及人之幼，孝则对人忠，悌则对人顺。你讲孝没有错，可也不能以一己之孝取他人性命啊。

陈明羲慢慢饮了那杯酒，说：他人性命，我父性命，我取他人。

秋后问斩时，天空晴朗，老狱警陪到刑场进酒。陈明義说：我想知道我父亲现在的情况。老狱警就去打电话，打了很久，那边医生才过来接电话。

医生说：死了。

老狱警走到枪口下，对垂下头颅的陈明義说：情况好了一点，在看报纸。陈明義的泪便像雨一样射在地上。

后来，老狱警坐车去那家医院，知道陈明義的父亲像娇贵的玫瑰一样死了。医生说，要每天浇水，一天不浇就枯萎了，两天不浇就凋谢了。开始时还有个干瘦的男人扯着一个丰腴女人的衣服后摆来支付费用，后来就不来了。老狱警想好人好事终归有限。

而我们还是那只很大的鸟儿。我们拍打着贪婪的翅膀，嗅着可能的死亡信息，每日百无聊赖地盘旋在睢鸠镇上空，终于又看到这样一些事情：县委政法委书记李耀军顺利当选政协主席；超市员工嘘叹只有傻子才会一连四天在同一位置偷最贵的酒；而林业招待所的会计冯伯韬没日没夜、心安理得地操寡妇李喜兰。有一天操完了，李喜兰说：戒指呢？冯伯韬好像不记得这事情，李喜兰便哭，便喊便叫，你这个骗子，你骗了陈明義又来骗我，你这个骗子。

隐　士

在回到家前，我挤在一辆破旧的中巴车里，被迫侧身看着一个脸色蜡黄的农民，他的目光则落在车壁的癫痫广告上，我们都很无聊，都把这当成必须忍受的生活的一部分，只有售票员眼里不时露出老鼠那样的惊喜来。她又一次将头伸出窗外喊"快点快点别让交警看到"时，群情激愤，可是车门一拉开，大家却住了嘴，因为缓缓上来的是个难得的美人。

美人看了眼便退下去，售票员忙捉住说："有啊，有座位。"

"哪儿呢？"美人用着普通话说，售票员便把脸色蜡黄的农民轰到一边。美人拿餐巾纸擦了擦坐上去，这使我愉悦不少，因为我虽还是侧着身子，却能独享她长长的睫毛、高挺的鼻子、清亮的眼波以及埋藏在脖颈之下的绿色静脉。她坐在那里，有有无无地看着前方，似乎有些忧伤，后来当我看见一枚袋子，我也忧伤起来，袋子上写着Meters/bonwe，袋口伸出一棵粗长的葱，正是这棵家居的葱出卖了她，使她与《孔雀》里委屈的姐姐以及傍晚还要喂猪食的公主无异，毕竟是在这小县城啊。

这时她要是哀望我一眼，我想必要被那叫"美与怜悯"的东西击中了，可是这时是售票员过来收钱。售票员是作为陪衬人出现的，有着飞扬的眉毛、扁塌的鼻子、可怖的皱纹以及男人一样的一层浅胡须。她看着美人拿出20元，拿指尖舔舌尖点出13元零钱欲找给对方，又出于职业上的稳妥，她先将20元举起来看，然后说："换一张吧。"

"这是你们卖票的找给我的。"美人大声说。一车人忙看过来，先看美人，又看售票员，售票员亲热地说："妹啊，我告诉你，碰到这种情况你当时就应该找她们，她们这种人我还不知道？"接着她将头偏向大家，"现在就是10元也有假的，可要当心。"

美人咕哝着翻出钱包，挑出一张5元，两张1元，总计7元，丢给售票员，然后像此前一样忧伤地看着前方。我愣了一会儿，想自己终于是回到县城了。接下来，是我作为外地的一件大衣、一条裤子、一双皮鞋或者一只皮包下车，火眼金睛的人们以此评断出我的实际价值。有一年，我是作为一个外地女子挽着的男人回来，我知道自己并不爱她，但在落地的那刻，我对她柔情万丈，我羞涩地出卖她的身份：大城市的，研究生，比我小六七岁。但是这样的好事今年没摊上，今年让人拿不出手，因此我得一下车就钻进家里，闭门不出，否则人们就要盘问我买房、买车、发财了没有，就要扶着肩膀教育我，老弟啊，三十好几了。

我就这么闭门不出，倒是我的父母觉得少了人情，要我出门，我便潦草地到街上走走，好似是为了完成一项任务。好似春节回家也是为了完成一项任务，一回来，任务就完成了，因此我早早买好返程票，坐等离别。这样熬到正月初三，我做了白日梦，梦里有个面目不清的同学使劲打电话，打通了说，你要得啊回来都不见我们，你真不见也可以我拿刀杀了你，我窝囊地去见，却发现路越走越荒，天越走越黑，我给走没了。醒来后没几分钟，家里电话真响了，我走过去，想我得告诉对方我父亲不在，我母亲不在，或者我弟弟不在，因此我问，"你找谁啊？"

"我找你。"来者的声音清晰而坚决。

"你是？"

话筒传来遗憾的叹息，接着他天真地说："你猜，你猜。"我当即说："不知道。"那头便传来全然的失望，像是挨了一鞭子，他哀丧地说："我啊，吉祥。"

"哪个吉祥？"

"范吉祥。"

这样我就想起他应该是高中隔壁班再过去一个隔壁班，是一届的，能想起还是因他有桩考上本科却不读的事。我想纵使是路上遇见也顶多点个头，如今怎么这般寻来？他说："我有好多心事等着要和你说，我从夏天开始就打听你什么时候回来了。"

"非得和我说吗？"

"非得和你说。"

"可我明晚得走啊。"

"你今天总不走，你今天来。"

我把电话挂掉时，就怪自己软弱，怎么就不能违逆人家呢？从楼上下来，走在街上，进了公交车，我还在想自己冤枉，我连范吉祥长什么样都不记得了，凭什么跟着公交车走完水泥路走柏油路，走完柏油路又走黄土路？可我就是这么走去了。公交车开到黄土路终点时，司机轻描淡写地说："你沿田埂一直往前走，穿过河流，上到山顶，就能看见了。"我却是把天色走得黑了,才走到山顶,那里果有座两层青砖小屋,屋东侧远坡则种了红薯,扎着密密的竹篱笆(大概是用来防野猪吧)。我走近屋,发现屋门半掩,屋内阴黑,没有人气,我想这样好,我来到,我看见,可以问心无愧地走了。可就在我鬼鬼祟祟地要走时,门吱呀大开,一个梳中分头,穿陈旧睡衣的男人法眼如炬地看着我。我刚迟疑着抬起手,他已张开双臂走来,将我抱住,又拍打我的背部,像溺水的人密集而有力地拍击水面。接着他拿脸蹭了我左脸一下,又蹭右脸一下,浓情地耳语:"兄弟啊。"

进屋后,他拉亮昏黄的灯,给我泡茶,请我坐塌陷的沙发,又解释要去厨房忙一下,他女人梅梅不在,我便不安地坐在那里,四下看。墙壁那里没有糊水泥或石灰,一块块砖挤得像肠子,到中堂处才有些气象。中堂挂了副对联,是:

三星在堂
福如东海长流水
寿比南山不老松

中堂也挂了幅画,是《蒙娜丽莎》。我不觉得是我在看,而应该是她在看,她就这么无所不在、阴沉沉地看着,往下则是张长条桌,摆着一个盛满干皱苹果的果盘、一台双喇叭老式录音机和一个嵌着黑白照片的镜框。我想这就是命吧,范吉祥考上没读,拥有这些,我考不上走关系上了专科,也能穿州过府。

出来时范吉祥端了火盆,又扯条凳子坐下,他摸着我的羽绒服说:"还有下就吃了,今夜就在这儿歇吧。"

"我明天要坐火车,怕是来不及。"

"明天几点？"

"晚上十一点。"我净吃不会说假话的亏，我要说早上八点，兴许吃过饭范吉祥就打电筒送我下山了，可现在他连嗤几声。

"可是行李还没收拾啊。"

"也不收拾一天，你就在这儿好好歇一夜。"范吉祥摸着摸着，又说，"又软又保暖，怕是个牌子，值四五百吧？"接着他扯自家睡衣里油黑发亮的鸡心领毛线："你们出门就富贵了，我是真没用。"而后他又解睡衣，捞毛衣和衬衣，露出腰部一道蜈蚣似的疤痕："割了一个肾呢，做不得。要是做得就出门找梅梅去了。"

"怎么割了肾？"

"坏了不就割了，割一个还有一个，死不了。"

"梅梅是同学的那个刘梅梅吗？"

"是啊。兄弟，我不就是要和你说这个嘛。乡下人不懂得爱情，说出来好像丑人，你一定懂，我们这么多同学就你在大城市。"

"我哪里懂。"

"你不懂别人更不懂了。"

然后他说："梅梅和我本来井水不犯河水，她坐第一排，我坐最后一排，她不喜欢我，我也不喜欢她，高中一毕业就不会有联系的，但是你知道上帝总会在人一生中出现一次，给予他启示。我当时在走路，猛然听到四个字——抬起头来——便抬起头来，结果看到梅梅将手肘搁在二楼栏杆上，扑在那里朝远处望。我想她在扑着，望着，就这样啊，可偏偏这时广播里飘下一首歌，她又朝下一望，我便一下看到她的眼泪和整个人生的秘密。我的头皮忽而生出一股电，人不停打抖，像是要瘫倒了，接着，脸像是被什么狠狠冲过，一摸，竟全是泪水，我想这就是召唤，便像另外一个人走上楼，对着她的背影说：我是特为来护佑你的。

"她没有反应。我又抱紧她说,上帝造人时,人有两个脑袋,四手四腿,上帝嫌其累赘,遂将其一分为二,因此我们唯一的因果就是去寻那另一半。我现在找到了,你比我的父亲还亲,比我的母亲还亲,你就是我在世间唯一的亲人,我孤苦的儿。可她只是竭力挣脱,挣开了恶狠狠地看我一眼,走了。我站在那里想自己是不是中蛊了,可当她从空荡荡的教室走出来,我的心便又像是被剃刀快捷地划过一刀,我确证了。兄弟啊,你现在看人都只看到生理意义上的五官,眼是眼,鼻是鼻,我看梅梅却不是,我看到她眉心间涌动着哀怨的瀑流。"

范吉祥取来镜框,指点着说:"你看是不是?这眉心,眼波和致命的哀怨。"我接过就着光线看,看到小圆脸、大眼睛、高鼻子、薄嘴唇和一颗颗乳白色的颗粒,说:"看不清楚。"

"是用一寸毕业照放大的,当然看不清楚,但是气质在,可惜就是梅梅也发现不了这种气质。你瞧她后来用什么话来拒我,她说你我只是同学,平平淡淡才是真,既然从没得到又从何言失去。我受不得了便写诀别信,便躺在床上割脉,血滴在地上就像音符强壮地滴在地上,我痛快地说,打发我吧!打发我吧!你打发我吧!可是她终未出现,那些血又悲哀地从地上飞回进创口和血管,我又可耻地健康起来——我只能像无赖一样去找她,对她说,你就是我的!非是我的!结果她大哭着喊,求求你不要再折磨我,我想死了你知道不知道!我无比恐惧地站在那里,摊开手觉得摊开手不对,收起来又觉得收起来不对,一下明白掉世间所有的道理——我喜欢她,而她不喜欢我,就是这么简单。我说:你判决得对,是我骚扰了你,打搅了你,伤害了你,但从今你记得,以后就是你找我我也不要了,我要我是你生的,是狗生的,是希特勒生的。

"我萎靡下去,瘦弱下去,避开这个人,孤魂野鬼一般游荡。可我总还是看见了,我一看见,委屈的泪花就翻涌上来,就跑走拿烟头烫手臂。等到肉化脓了我才想到,原来唯一的复仇是考上大学,是衣锦还乡时在她心酸的目光前走过,这样我才算将摇晃的自己稳定下来。我本来只有三十来名,一个月一个月地爬,竟然爬进全班前三,老师说你要早有这股劲考清华北大没问题,可他怎么知道我是在躲避苦难,就像我后来没日没夜在山上砍树,谁知是在躲避苦难呢……也许是老师连番的表扬使梅梅重新认识到我,也许是因为女性固有的歉疚,有一天梅梅偷偷留了张纸条,写着:If you can do, show me your all. 我一下错乱了,好似马匹快要冲入敌阵却急停住,我不知是什么意思,最后只能用烟头再烫自己,我把自己烫得吱吱叫,才又心硬如铁了。然后是高考结束了,每个学生都像分娩好的产妇空虚而恐惧,就是梅梅也把持不住,遇见了我也主动笑,她惨淡地笑着,问有没有看见纸条。我低头不说话,她又问,我看看她,她的眼是心无芥蒂的,便说,我不知你是要羞辱我还是要鼓励我。

"孩子。她说,然后将手压在我的颅顶,那手像是有魔力,将怨恨一层层驱散走,最后使心间涌满原谅。当她说别哭时,这原谅又变成要命的委屈,我说我是你的孩子是你的孩子就是你的孩子,我像条狗被轻易收服了。但是伴着这巨大幸福的正是巨大恐惧,我总觉得这是个不可知的女人,今日与之拥抱,明日说不定就要被命令离开了——因此最初几日我并不主动,我由着她安排,她说你看我吧,我就贪婪地看着她清亮的眼波和埋藏在脖颈之下的绿色静脉,她不说我就失神坐着。直到有天,她说你有心事,我说没有,她说有,我看出敌意了。我说没有,她又冰冷地说,有就是有。许久了我说,我不信你。我看见她眼里仅有的一丝期待熄灭了,她站起来走上山坡,我以为她就要从此离去，她却坐下来脱掉衣服，又躺下去偏过头，将自己摊开在那里。我带着强烈的自责走过去，在这悲壮的躯体面前畏葸不前，直到她将我拉下去，我一贴上这陌生的躯体，就像小偷一样涌满了罪孽感，我这是供奉圣母却要将她操掉啊——这时又是她揽我的腰，将我带进身体内，我一下进入到巨大的信任中，狂喊着对不起，她却是哭了。

"她说你知道我为什么喜欢你吗？

"她说我哥十几岁就死了。她说得这么哀楚，过几天却又调皮起来，她说你真的爱我吗？我说嗯。她说好吧你把山烧了。我拿着火机不假思索去点芭茅，叶子烧着又灭了，我就去搜集松针，搜到一团我把它烧成火把，又把火把置于芭茅下，等有了点气象我就用嘴吹用衣服扇，终于将它们噼噼啪啪地弄大了。不一会，巨大的火苗像是跳远一样跳到老远，我看见她在着急地哭，我说孩子快跑，拉着她的小手像一个骑士跑了，跑到山下，我抱紧她说我爱你，她却说你怎么真烧啊怎么真烧。兄弟啊，命，我现在住这里就是防火。"

此时，他嗅了嗅，猛而起身跳到厨房里去了，不一会儿端着飘香的钵又出来了，接着又往外端了几样盘菜、几样腌菜，又朝餐桌码了三双筷子、三副调羹、三只碗、三只碟、三只酒杯。我看看被刮得哒哒响的窗户，想外边漆黑一团，便问："还有人来吗？"

"梅梅啊，快回了。"

"这么晚还回来？"

"没坏人，整座山只住我们两人。"

吃喝了一阵，范吉祥说："刚才说到哪里了？"

"说到烧山。"

"对。那时觉得烧山没什么了不起，烧了世界也可以，可是等成绩一出来就知渺小了。我娘问考上了吗，我说考上了，她便哭，她有病不能治,而我父亲一死那些亲戚的钱也不好借了。梅梅也哭,梅梅家比我家还穷,她父亲当年本可回上海,偏偏娶了一个农业户口,结果把一点工资全喝掉了,有时喝多了就光着身子在家走来走去,把娘俩都走哭了。梅梅家在矿上只住着一间窝棚,窗户塞着牛皮纸壳,屋顶盖着柏油毡子,屋旁堆着大小木柴——就是我们家也烧煤了,他们还在烧柴啊。那时老师不知我们谈恋爱,他说你们出息了就快成对夫妻吧,你们太可怜了。九月将近时,我们学费筹得很少,只知到山上哭,有次哭得不行,梅梅忽然抱紧我,松开了又抱紧一次,然后走到悬崖上背对着我说,我先死,然后你死。我听不懂,等看见一块松动的石头明明掉下去却没有任何声响时才醒过来,我跳过去死死捞住她。我说,梅梅,你的腿抖得跟锡纸一样。梅梅不说话,一个人下山,怎么讨好也讨好不了。

"梅梅后来说抓阄,你抓到了你回来娶我,我抓到了我回来嫁你。我说你去吧我不上了。梅梅说不,这不公平。我便悲哀地看着她弄好两颗纸团放在碗里晃,我说你先抓,她说纸条是我做的,你先。我抓了,她又捉住我的手凶狠地说,愿赌服输。我看到寒气便当真了,剥纸团时心脏还跳得厉害,然后我看到了想要的结果,便故意在这唯一的观众面前笑。我笑得她眼里落满灰烬,人也驼了,便说再来再来,三局两胜。她说不必了,但我还是做了两颗纸团,握着她的手去摸,她犹豫了一会还是选了一颗,貌似镇定地拆开,又像断气一般嘶了一声。我见她没意思了,便自己又做了两颗,自己摸着玩,拆开一看还是那三个字——上大学——便索然无味了。"

"我听说你没去读。"

"是啊,我烧了录取通知书。梅梅拿着两家的钱去安徽读金融专科学校了,梅梅说,吉祥,你一定要等我。我说,不用,你以后是城市人了，不要回来。梅梅说，不，我偏要你等着，你就站在原地不动，等着我。我没说什么，因为我已知命运的残酷了，命运的火车像身体内的脊椎，要开走了，我什么也把握不了，控制不了。"

很久了范吉祥没说话，再抬头时嘴已裂开，像地下冒出交响乐，他慢慢哭开了："火车开走了，我要回去见我的娘，我要跟她说我把你的钱糟蹋了，我娘要去见亲戚，要跟他们说我把你们的钱都糟蹋了。"然后他拿头磕桌子，我伸手迎，把我的手也磕疼了。

接着他说："她走了便只有我联系她，没有她联系我了，她越这样我越联系得频繁，我急迫地想证明她是不是还爱着我，可她总是敷衍。我只能跟自己说，梅梅要是骗你，怎么把处女之身给你？怎么说跳崖就跳崖？怎么不去找个有钱的同学好？凭什么找你？再说她也没有不同意你去上大学啊，是你非让她的，她又没有求你。可很快我又想，要是她还爱的话，怎么就不和我好好说话呢？说个话很难吗？我便想到城市里男人穿得花花绿绿，身上喷着香水，天天绕着梅梅转，如此便是再忠贞的人也塌陷了。然后是我的肾做生活做出事了，到医院才知是严重肾积水，我借钱把它割了，割完了我哀伤地打电话：我的肾切了一个。她说，哦。我说我真想死了，她却是不接话，我便咆哮，我是个傻子！是个傻子！那几天我是在找地方去死，可就是咽不下一口气，我拉着每个路人说，刘梅梅是个狐狸精、白眼狼、毒蝎子，活该千人操万人操，拿锄头操斧头操大钢钎操，操死这烂瘪。

"刘梅梅你别生气，我就是这么骂你的。"

这时昏灯下只有我俩对坐，平静而恐怖，接着更可怕的事来了，范吉祥对着空碗碟猛吼起来："看什么呢刘梅梅，看什么呢，我就说你呢，你喝老子的血，吃老子的肉，你不是还想吃吗，来呀，吃，吃死你！"言毕他将钵里的牛肉萝卜一股脑倒在那碗碟上，我将手小心搭过去，说："别这样，吉祥，别这样。"他搡开了，又踢那空凳，砸那空杯子、空筷子、空调羹。我颤巍巍起了身，向门边退，待拉动门闩时，范吉祥说："你干什么？"

"喝多了，想呕。"

"冷死你。"他走过来将我拖进厨房，让我蹲在柴灰面前，用手拍我后背，我将食指探到喉口，却是吐不出来，然后我又被推回到酒桌。我的背部又冷又湿，后边像站了许多蹑手蹑脚、张牙舞爪的鬼，我便装作困了趴在桌上，而范吉祥又平缓地往下讲：

"后来我上了那悬崖，一个人站在那里，看到蓝色天穹、古铜山脉和从遥远世界飞来的风，也像一张锡纸抖起来。然后我的腿脚也被人死命捞住，我尿好了一裤子才回头看，是我娘，她无声地将我带回家，扶我上床，给我盖被子，等我醒来时给我喂粥水，我不吃她就说她从此也不吃了，她说我养你长大不是指望你当官发财，是指望等我死了你埋我。我这样才像把所有的东西都哭出来了。然后我循着母亲意愿来看山，算是有个班上了，我在这里把时间一天天、一月月、一年年地度，度到一个点后我知道梅梅嫁了，永远不是我的了，我也别拖，就在这里等娘死，然后等自己死。可是整整十六年后，梅梅却像村姑一样背着包裹上山了，我当时背对大门吃饭，感觉背后有人，又不相信，然后便被那只彻骨的手摸住了，我往上看，看到了化成灰都认识的眉宇之间。

"梅梅平静地说：吉祥，我回来了。

"我平静地说：好。

"梅梅回来后一直沉默着，我出去种菜时她跟着去，起初不会施肥锄地，慢慢也就会了，后来她还照着书打毛线，打得又密又好，剩余的时间就是呆呆看我，好像看不够。我想问她十六年都干什么去了，可她不说,她也不来问我怎么过的,我唯一知道的是她肚皮上有妊娠纹,她替别人生孩子了——可这又有什么关系呢?她回来时我就明白了,那个叫青春的东西早就没了,剩余给我们的就是像很老很老的老人一样生活——我们之所以拥有一段残暴,不就是为了这最终的慈悲?梅梅你说是吧?梅梅来,咱们敬老同学一杯。"

我撞过范吉祥的酒杯,一饮而尽,又看他吃了两口菜,才说:"我真得走了。"

"不是说好歇吗?"

"不是,是好多东西还要到乡下买,怕来不及。"

"买什么?"

"山药。"

"咳。"他扯着我到厨房,揭开筐盖,亮出两筐上好的山药,"你要多少我送多少,明早一早给你担下去。"我好像被算死了,哑口无言,许久才知道说困,范吉祥便取来电筒,搬来梯子,梯子顶翻一块楼板后,架在那里。我小心翼翼爬了会,回头看,看到他鼓励的眼神,"爬,爬。"我便爬进去了,然后我听到梯子撤走了,范吉祥在下边说:"床在最里边。"

合上楼板,我打着电筒四处照,果然照到一张花式旧床,我想它是怎么运上山的,又是怎么运上楼的?接着我照到一个权当窗户的小洞口(是块砖被卸下了),想自己是跳不下去了,便将电筒亮着,躺床上慢慢等焦灼的情绪退却。不久电光一层一层暗了,我便将被窝拉到头上,捂住自己,孤苦地睡,睡过去一会儿,忽而有了尿意。我起得床,悲哀地漆黑中走了一圈,才抽出那东西对着墙壁小心撒了,我想一夜过去它应该干的。

撒完尿我打了一个激灵,耳朵一下聪敏,便听到鸟儿疲乏的叫、虫子漫山遍野的低语和从楼下忽然翻起的女人呻吟。我吞了口水，趴在楼板上，将耳朵贴上去，如是又听见浪叫声中男人的沉默——男人像一个作家沉默地参观自己的作品，沉默地参观自己的性爱，他在沉默中调整幅度，计算次数，评估对方的反应，然后给自己打分，只有到了高潮他才不得不抓紧叫几声，然后悲哀地倒于舞台。

清晨时范吉祥的脑袋冒上来，他说："昨晚和梅梅那个，吵着你了。"我笑着向洞口走去，他像惶恐的老亲戚急忙下退，待我把脚伸在梯上，他已在下边紧紧扶住。下来后，他一边给我掸着干草一边说："梅梅走了，早饭没弄，我们下山去，我请你吃。"

"不麻烦了。"

"可我总要把两筐山药担下去啊。"

"别啊，我只要一点点就可以了。"

"客气什么，你带不到北京，留给家里吃也好。"

"真不能，我找个塑料袋盛一袋就够了。"

"好吧，那真是不好意思，我送你下山。"

"我一个大活人送什么送。"

"送吧。"

"别送了，咱们兄弟讲这个礼干吗？"

"好吧，可是明年回来记得来找我啊。"

而后我们一同出门，到了岔路范吉祥说你往东走，东边近很多，他自己却是背着帆布包朝西去了，说是要去林业站开会，我看着他小心跳过沟壑，心想没什么不正常。不久，我走到了红薯地，看见那片竹篱笆其实不是竹篱笆，其实是诸葛阵。那里横横竖竖斜插了七八行干黄竹子，组成一条条来回交错、通往未知的道路，阵前有块庄重的木牌，牌上画了庄重的黑箭头，意思是"请进"，我便拔腿进了。可是直到一个小时后我才走出来，我焦灼不堪，拆散了连接竹子与竹子的铁丝和布条，又将这些竹子根根拔出，才沿着理论上的直线走出来了。出来时我望见一袋山药还在里边，却是没去取，走掉了。随后我把太阳走得越来越大，马路走得越来越宽，大城市走得越来越近，在我身后是漫山遍野的歌声，是一个台湾男人飞沙走石的歌声。

肥　鸭

　　去过河边的人，都会对细老张——在递名片时他总是说请叫我张镏龄经理——那过于严肃的神态留有印象。他的脸年轻时是苍白的（他对此应当十分珍惜），现在蜡黄得近乎透明。整张脸又窄又长，两侧长着一副便于提拉的耳朵。因为老是将上面覆盖着一层褐色胡髭的上嘴唇向下紧扣着（里头的牙齿就像是在嚼着一粒芝麻）、长着一只类似白种人的弓形鼻子以及谢顶，这张脸显得更长。在高耸的眉骨下方，隐藏着一双鹰隼般的眼睛。它们总是一眨也不眨、毫不气馁地看着你，使你不安，止不住要对自己左瞧瞧右瞧瞧，有时还会瞧向后边。纵然是在夏天，他也会穿两件衣：里边的衬衣领子是白色的，紧紧扣着，透不过气来；外边是一件过膝或者快要过膝的风衣。他让人想起西方小说里的僧侣、法官或者什么便衣，身上散发出的阴沉气息，使人胆寒。

　　靠近他就像靠近遮天蔽日的黑暗森林。

好些个小孩，平素无法无天，无所顾忌，一旦临近他，就提前噤声，紧抓着大人的手或衣角。其实呢，稍微熟知他，就知道他并没个卵用。他是走农村出来的，加他一共是十兄弟，十兄弟里只有他通过做民办教师又通过到教师进修学校深造进了城，后来又经营起这门和几所学校有业务往来的办公用纸批发生意。以他的智慧，他根本没办法分析出究竟是什么原因导致了他超越于自己的兄弟，因此他就将自己过去出现的所有脾性都保留下来，以之为成功的要素，发扬光大。就像意外痊愈者，不知道究竟是哪一味药拯救了自己，因此将所有的药都抓回来，不加判别地服用。沉默就是这其中的一味药。而通过对他人的观察，他也发现，保持这样一种一言不发的姿态确有利于营造一个高深莫测的自己。人们对他心生疑畏。有时他将双手朝风衣的插兜那么一插，也会产生幻觉，以为自己就是一位可以对他人随意下达判决的大人。

实际上他能控制的，也就是自己家的几口人（也不能完全说是控制，有时不过是因势利导、因人制宜，比如两只大公鸡不能关在同一只笼子内以免它们啄光彼此的羽毛，一年中大多数时候，他都会将母亲与妻子支开，以使她们能在相聚的少数几日做到和睦相处）。

其中：

妻子与儿子作为嫡系，随自己居住于河边水木蓝天小区按揭而来的两室一厅。儿子就读于37公里外的九江市外国语学校，周末返瑞昌。妻子是农业户口，同时是文盲，这迫使她自认为是罪人，不敢在生活中发言（特别是一想及正是因为她，两个孩子一出生就是农业粮，在同学间广受嘲笑；虽则细老张后来还是替姐弟俩一一买来商品粮）。她甘于充当丈夫的下人，爨濯之余，还负责骑三轮车去仓库拉货，送往客户指定的地方。有时使用两轮的手推车。

母亲与女儿仿佛旁生歧出，居住于城北鸡公岭那由细老张一进城就借款买下然而直至今日仍未通自来水仍然分文不涨的商品房。此地大概有 2/3 的房子无人入住，因此也就不贴瓷砖，血红的砖块裸露着（砖缝间的黄泥早已干裂），就像肌体被褫了皮。有的外立面，别说没有装上窗户，连窗架也没装上，就是扯着聚乙烯彩条布随意遮挡着。有些干脆裸露内部，锈迹斑斑的钢筋像是野草，从地上、墙上冒出来，内墙因为曾有拾荒者做饭而被熏得漆黑。暮色降临后，打这里抄近路去火车站或从火车站归来的人面对它们有如面对遭受炮火攻击的废楼，总是感觉悚然。

人们管细老张的母亲叫张婆，在乡下都叫她火金娘，然而进了城，便得按城里的规矩叫。考虑到大家已经叫她河边的媳妇为张姨，于是便叫她张婆。张婆一共生男丁十口，自身体质可谓超群，自打丧了偶，便无法安放大把的余生，毅然来到县城寻觅自己的第七个儿子也就是细老张（自老七之后都唤作细老张，人们如何细分他们又是一门技术，此处不表），以过上她娘家人可以说是十几代都没过上的城里生活。她是先斩后奏来的，来到鸡公岭后，就在上锁的门前坐着，大汗淋漓，直到儿子寻来，对着她长长叹了一口气。"也好，你就在这里给瑞娟煮吃。"她的儿子说。

于是，细老张将原本与自己住在一块儿的女儿瑞娟支到与奶奶一块儿住。往后，半个月或一个半月，因为要将一箱箱的打印纸与复印纸运来或送走，细老张才光降一次这兼作货仓的商品房，分别给婆孙一点钱。瑞娟总是怕丑怕到窘促的地步，有时，细老张什么也没说，她就快步走掉，在远处蹲着，背对着他啜泣。细老张是个溜肩（要不怎么喜欢穿带垫肩的风衣呢），小时候的女儿则背阔腰圆，一旦哭起来就像是个大面包坐在那里哭泣。有好些回,细老张几乎可怜起自己这怪异而遥远的血亲来,想过去鼓励鼓励她,比如拍打她的肩膀,说:"眼下这漂亮的丫头是谁家的闺女啊?"可是某种根深蒂固的东西劝止了他。我想有一天就是他的女儿跟随失控的马车飞坠向漆黑的深谷,他也不会挪动半步,顶多痛苦而无声地张大嘴巴吧。每次当他从运纸的金杯小货车上跳下来,他那矫健的老母总是摇摇晃晃走来,当着孙女的面,告孙女的状。他从话语中听到太多夸大其词的东西,忍不住心生厌恶。他总是象征性地教育一下面色通红就要哭出来的女儿,并不知道自己一走,后者就会眉开眼笑,一会儿提起左腿,一会儿提起右腿,像马驹一样一蹦一跳,与等候多时的伙伴会合而去。某日,二小的班主任突然找到他,揭开一个让他感到愕然的谜底,就是他的女儿其实是个出勤率不足50%的问题学生,这不今日又不见了。他们在铁路坝那里寻到她,她正和隔壁班的同学梁练达手拉手站在铁轨上,面对从远方驶来的运煤车,歌唱:

青青河边草
悠悠天不老
野火烧不尽
风雨吹不倒
青青河边草
绵绵到海角
海角路不尽
相思情未了

她们是分两个方向跑的。因为这事,细老张将对女儿的管辖权彻底让渡给母亲:那仿佛等候多时的乡下悍妇。这就对了,将她交给我就对了,还没有我管不落地的人,老妇低着头,盯向儿子,胸有成竹。

光阴似箭,日月如梭。这样一件恐怖的事情发生后,死者张瑞娟已被火化多日(有说她被推进炉膛时整个人还处于俯卧姿态,工人持尖刀熟练地戳破她的尸身,而后提起一桶柴油,晃荡着将它们浇洒在上边),人们记住的还是她作为少女被祖母驱赶回家的场面:后者像鬻牛者一样,手持秃了尾的鞭子,每隔数步,准时抽打一次前者的后臀。而前者总是在挨上这一鞭时龇牙咧嘴,像触电一般猛然抖直身体。鞭笞并不因为前者表现出顺从的态度而有所减少。起码有四年,鸡公岭的邻舍都习惯在正午或傍晚,听见这自远而近、重复发生的啪的一声。他们甚至能凭借声响猜出鞭梢在空中甩出多大的弧线。鞭打并不让老妪感到轻松,我的意思是说,有很多次她眼见着都要听命于慵懒与疲乏,准备放弃这一行动,然而为儿子管教好孽障的责任感,又促使她振作起来。有时人们能听出鞭打其实源自老妪内心丑陋的欲念,有时能听出是她在报复以先孙女对她的无礼(在细老张没有明确她的管辖权之前,做孙女的,总是将自己视为与生俱来的城里人,带着对乡下人的嘲讽,毫不示弱地与她争辩),有时又什么深意都听不出来,只听见鞭打本身,就像它是一项古老的需要人去服从的风俗(譬如人类鞭打牲畜,地主鞭打在田地里工作的农奴),就像下雨。雨季来了,路面开始连续十几天地下雨,人们不知道为什么下雨,为什么不下。鞭打的声音猝然停息时,人们甚至惶恐(当然这只是一种不很重要的惶恐)。有的人走出去,看鞭子为什么不继续落在少女身上。"我在喝口水啊。"老妪说。她并非要解答对方的疑问,而只是作为一个不识丁的闯入县城的农妇,向当地人积极解释自己的行为。喝得差不多,这名解差就会摁好盖子，重新背起塑料斜挎水壶。有时，身为祖母的她也会扯着少女那自其父亲处继承下来的易于撕扯的耳朵，一路扯回家。血滴在路上，少女偏着头，双手紧抓老者行凶的手臂，发出撕心裂肺的喊声："我姨，我姨，我姨啊。"（只有在此时她才会采用"姨"这种方言里对妈妈的称呼。多数时她对自己的妈妈沉默，她没办法叫不会普通话的后者为"妈"，也没办法说服自己叫对方为"姨"，因为一旦这样做了，就等于是向众人暴露自己丑陋而惊心的出身）。

"你这样会把你孙女的耳鼓撕落啊。"有时人们会停止打毛线，忧心忡忡地提醒。

"撕不落的。"张婆说。

"你看她就像猴子一样紧紧巴在我身上。"接着她补充道。

瑞娟一旦回家，张婆就会走里闩好门。有时只见张婆一人出来，走外边拉上黑色的栓条，将之插入插孔，然后去打牌（在乡下她只会打老牌，然而一到县城也就看了两把她就学会麻将）。房屋深处时常传来女孩凄厉的喊叫。张婆是古怪而细致的行刑者，为了显示决心，她特意去停车场让小客司机帮她从乡下带回那把沾染过她十个孩子鲜血的由硬芒编制成的炊帚。那原本是用来洗锅、刷灶以及清扫桌面积尘的。有时的夏日，餐桌上放着一只阻隔苍蝇的绿色纱罩，纱罩外就放着这把编扎得很紧的炊帚。它将她的十个儿子，如今则是孙女，抽打得浑身伤痕，一道一道，像是耙子耙过。有时她使用一根短棍，照着少女小腿迎面骨不停攻击。人们时常听见老妪那烦躁、急切然而又不厌其烦的对孙女的教育：

你今天必须认错——不认错就不许吃饭——就不许离开这里半步——就一直站着——站到明日早——听到没——长耳鼓听到

没——我叫你认错呢——别装可怜——别叫你姨——你跟你姨一个样——快点认错——听到没——别用我听不懂的话瞒我——说我听得懂的话——晓得呗——别像蚊子那样说——别想就这么蒙混过去——你在说什么——大声点——我听不见——你这该死的我听不见听不见!

惩罚结束后,瑞娟有时愤怒不过,会扑在床上啜泣(并睡着),有时被迫去摇水。在羞愤中,她摇动水泵的手柄,这么干摇五六次,才醒悟过来,从水缸的存水里舀出一大瓢喂进内壁长着绿苔的水泵,让皮碗吃进去,并马上摇动手柄,这样,水才会从地底深处被抽上来。完成这个工序需要精神上的专注,因此瑞娟总是在干完这事,看着银光闪闪的水哗哗地冲进水缸,才继续自己的哭泣。还有时,少女像是中蛊,热情而激动地奔跑着,找到仿佛阔别多日的祖母,俯伏在地,极为悲伤地喊:

"婆,我错了,我知道错了。"

她双手紧握祖母的小腿管,嘴唇颤抖,口齿大开,上气不接下气。有时猛咳起来,因而不得不急速地捶胸。她就这样不知羞耻地任自己在地上滚出一身灰,可怕地忏悔着。然后就像领到一张抵用券,她走出家门,对着路边停着的车那白得发亮的车窗端详自己,处理掉受辱的痕迹,掸掸衣服,找到在人工湖边上站立的密友,一起聊天起来。在父母、祖母面前,她谨小慎微,不爱说话,有时十个字吃掉五个字,在这些年龄相若的姐妹面前,她却表现得出奇的聒噪,从她嘴里不断冒出俗谚俚语以及男生才会使用的尽是攻击女人生殖器的脏话。"她妈的瘪。"肥鸭总是这样说,那些同伴后来在回忆生前的她时,这样说,或者说,"戳你姨的老瘪。"她们总是三个人或四个人围成一圈,大肆评议周边的人事。这种像是由几只鬣狗举行的宗教聚会仪式,总是让我忧伤。我记得我在瑞昌市(是个县级市,我上次在小说里写成瑞昌县,有本乡读者专门来函要求更正:请记住我们是一个市,不要自轻自贱)生活时,总是能遇见这样的群党,有时她们还会抱着婴儿加入,她们三四个小时三四个小时地围拢在一起,用手遮挡着嘴巴畅谈。有时一天过去她们还在那儿。有时一年过去还在。有时六七十年过去,人都白发苍苍了,她们还在。这是她们的日课,是对荒凉生活的一种抵抗。

有一天,张瑞娟自初中毕业。别人是 16 岁毕业,她是 17 岁。她没去看中考成绩,细老张也懒得问(难道这不是已经注定的事情吗,能好到哪去呢),倒是她的班主任,总是不安(像是顽童无法容忍地上还有一颗引线完好的鞭炮不被引爆)。她致电细老张:"你女儿考了 126 分。"

"126 分?"

"对啊,总分 126 分。"

"她考 126 分不要紧,只要她弟弟能考 621 分。"以后,在向人转述此事时细老张展露出他毕生仅见的幽默一面。他仿佛早等到这一天,在距鸡公岭不远、就在一中前边的求知路,给女儿赁下一处门面,挂上广告设计中心的牌子,干打字复印的活儿。"打字你总会吧?"他说。"打字我会。"他的女儿说。这一年,他的母亲张婆摁了一下浮肿的小腿肚,发现凹陷下去的地方许久没有复原,因此就找到他再摁一次。"我再也做不得事啊。"她说出心中早已准备的话。城里人到她这年纪早退休了,什么事也不管,衣来伸手,饭来张口,享受子女的供养。为了得到准同于他们的待遇,她预支出自己进城的前六年,照顾瑞娟饮食（虽则一天只做一顿午饭，早晚都是吃剩的）。她认为自己做得可以了。现在无论怎样，都轮到自己享清福了，就像歌里唱的：你太累了，也该歇歇啦。她睁着那迎风就会流泪的眼眶通红的眼睛，紧扣嘴唇，脑子里准备好迎击的话，看着自己第七个也是最软弱的一个儿子。后者闭上眼，思考片刻，做出连神几乎都要称妙的决定：

"从今往后，瑞娟就给你煮吃。"

此后，每到上午 11 时 30 分，青年张瑞娟便骑着从打字店隔壁赊来约定分期还款的电动车，风一般返回鸡公岭的家，给祖母做饭。此时，后者已经提着裤带，哼叫着在邻舍处走动。"我今昼又屙血了啊，屙了这么多。"她比画着，以增加她不再在灶下服役的合法性。人们，包括梁姨、艾姨、温姨、陈姨，事后都说，这一场所谓不能再碰油烟的病，是由她的心愿进化而来的，她张婆不想再做饭了，因此身体上也就出现这种不能再做饭的病（在火车站边开诊所的邹火权大夫是这样说的：老人家你最好是少做点事）。以前，为了让自己的筋骨舒服点，少劳动点，她会草草做掉一顿饭，随随便便打发孙女，同时也是随随便便地打发自己。今日她发现孙女也是这样对她。有时她刚吃完，孙女便抄走她的不锈钢碗，打洗洁精，在污水桶里抹几下，再在干净桶子里汰净，总计费时 20 秒，便算是将一切收拾停当。老人家时常忘记自己当日的刻薄，敲着桌子责骂，这时她的孙女便帮助她回忆起来，有时回忆能精确到是哪一天。"何况，我跟你吃的也是一样的。"孙女说。当年，老妪对孙女说的也是这样。一切似乎达到极致的平衡，这种平衡不偏不倚呈现出数学的对称之美（正如博尔赫斯在短篇《永生》里阐述的：由于过去或未来的善行，所有的人会得到一切应有的善报；由于过去或未来的劣迹，也会得到一切应有的恶报）。

有时，张婆会饰智任诈，向儿子暗示孙女的行径，得到的却是对方的冷嘲。

到最后，张婆能作为的便是看好钟（有时她会咨询听收音机的水电系统退休老人老王），看孙女是不是准时回来做饭。她自思在这一点上自己当初是问心无愧的，虽然饭做得不好吃，却从无一天不是按时做的。因此每近中午，她的情绪便开始激动起来，总是在预设孙女不能按时归来，觉得自己要受到孙女的忽视，或者说是虐待（迟早会的，她这样向邻居倾诉）。她不曾想，那做孙女的更是以此为负担，每日唯盼能早点做掉这顿中饭，好早些回到属于自己、属于年轻人的世界。在那里她这样议论祖母："牙不好，吃什么都嚼不烂，也不知道什么时候死，早年刊（生）那么多伢崽，刊（生）十个唉，都是男伢儿，你说要死不，一个妇女刊（生）十个男伢儿。"她也会议论别的，比如，骆驼户外最后一天打折都打折十年了，以纯也卖男装里边空间大舍得烧空调，金凤呈祥的牌子不知是不是抄袭金凤成祥，迪信通一样卖水货，还有药店招有责任心人士夜间售药可是工资开得那么低。不过能议论的有价值的东西并不多，一季度也就五六件。直到有一天，瑞娟自己成为谈资。

一个叫开锁匠的屌很长的男子，占有了瑞娟的初恋。知道这事的人都认为这是一场骗局，可怜的刚出学的姑娘还不知道自己面临的是百尺的深渊呢。他是在"集邮"，对象包括铸造厂的聋哑人以及在遥远林场上班接了义肢的老会计，可能也包括像瑞娟这样得了什么皮屑病以致肤色呈岩灰色（或者说是贝色）的活尸。还有人说，他长年向广东那边供应小姐。

"你喜欢我什么呢？"有一天，女方这样去逼问他。她最不满意的是自己的眼睛，相隔太远，差不多没有睫毛，眉骨上也无眉毛。别人都在说，在回答这个问题时，男人的眼睛骨碌碌地转，是在当着她的面思考。

"你还是有可取之处的。"他说。

"那么它可取在哪里呢？"她说。

"嗯，就是有可取之处。你不要管这些，你知道我喜欢你就是。"他说。

人们以为瑞娟会离开词穷的男人，然而他们的关系却延续得极为漫长。有时他会说些"骨中的骨，肉中的肉"之类的胡话，在说话似乎不足以表尽忠心之后，他给她送去一些在小城比较罕见的东西，比如COACH的包和ECCO的皮鞋。在最初拥有那只珊瑚红色荔枝皮手提包时，她24小时背在身，不肯离手，并总是在街上炫耀性地行走。我就是在这一年偶然回到瑞昌时，看见她的。我路过求知路，向南去寻觅出售马桶的店铺，她相向而来，爬上我正下去的坡道。她按照粒数一粒粒地吃饭，身体瘦得不成样子，胸口露出的肋骨使人想起烧烤用的篦子，一格格的铁条清晰明显。她的骨架又很大，那是一把遗传有劳动人民基因的穷酸的骨头，想起来干过很多活儿，挨过不少打。她穿的是底高6 cm的松糕鞋，以及一件颜色比当日蓝天（因为过于辉煌而让人恐惧）还要蓝的露膝连衣裙。正是这触目惊心的蓝让我忍不住数次回头。在这午睡时光，她孤独地走在发光的路面上，汗流浃背地展览自己。我看见黏稠的蓝就着汗水从她腿上流下来。就像是蓝色的经血。

后来我在宜家看见一张——我不知道为什么要说个——伸缩型的餐桌，说明是这样写的：可延伸式餐桌，带有一个备用活动桌面，可坐四至六人，能够根据需要调节桌子的大小。不用时，备用活动桌面可被置于桌面低下，伸手可及。我站在那里，忍不住抚摸它，并蹲下去抽它的备用桌面。与此同时，我感到一种羞愤，急着要带太太离开。我说永远也不要买这种产品了，若不是它我也就不会意识到自己只拥有 50 平米不到的居住面积了。此后我还看见翻板桌、可折叠的椅子等玩意儿。我看见它们好像长着眼睛，斜睨着我（有时我在稍微高级点的餐馆或者服装店那里，也会觉得自己受到那些见多识广的服务员的歧视）。我不知道这件事和我在求知路上看见张瑞娟有什么联系，为什么我在说张瑞娟时要说它。兴许，一套抽出活动桌面后就和贵戚家一样宽敞豪华的餐桌，一件就是巴黎的模特也不敢穿的琉璃色裙子，彰显的正是让人无法容忍的穷酸。当她打着伞，踩着泥洼里的砖头，一步一步，走上通往一中的台阶时，我感到一种揪心。几天后，在离开故乡后，我听说我所遇见的这位姑娘死了。似乎和一桩奇怪的诅咒有关。

清晨，环卫工人李诗丽在铁路坝边上一条四尺宽的水泥小道上发现了张瑞娟的尸体。那被车轮磨得刀刃般雪亮的铁轨还在滴水。死者头发湿透，分几绺搭在头上，皮肤苍白，呈鸡皮状，手指及手掌泡松了，因而出现皱缩，有些都要脱皮了。尸体朝南方俯卧，临死前就像是被什么死死踩住，嘴唇浸在牛一口就会饮尽的浅洼中，鼻腔下鼓着泡儿。李诗丽一只手抓着垃圾钳，一只手抓着肩头背着的防风簸箕，在仍在下的毛毛雨中茫然站着，然后像是记起什么，她张牙舞爪奔到一箭之地远的早市，对着正往摊点上倒菜的个体户比画，算是比画清楚了。

随之传出的是令人寒毛卓竖的可能的死因。在得知瑞娟的死讯后，那原本打定主意要将一些事隐瞒下去的鸡公岭的住户之一，以诚实著名的温姨，努力抓着门框，却仍旧没能阻止自己瘫软下去。从短暂的昏迷中醒来后，她为了三件事而不停地抹眼泪：

1. 阴阳两界的确存在（她想起37年前失踪的亲姊妹）
2. 人的自私、霸道、促狭以及颟顸
3. 老天的完全束手旁观

她感受到恐惧。然而使她身体发抖的还是对一方的憎恶以及对另一方的同情。她鼓足勇气，将婆孙二人临死前分别告诉她的话告知天下。小城由此炸开锅。很多人，包括在政府上班、宣誓信奉无神论并且确已习惯按照无神论来思考的干部，都参与到对这一事的讨论及传播中。即便讲到没什么可讲的，他们也不舍得离开，而是滞留于原地，不住地唏嘘感叹。

先是，居住于鸡公岭城乡贸易路43号的张婆在头一天的中午走出门。这一天的天气也是真不好，阴沉沉的，像是要下雨，看起来又遥远，只有风刮着落叶到处跑。老妪穿着僧袍一样的褐色外衣，领圈上方显现出里头还穿着一件红色棉袄。渔网似的头巾包着铁灰色的头发。脸和他儿子一样瘦，布满疲乏的波纹。她驼着背，拄着龙头杖，走上街道，向人展示她左手抱着的那只刚从自家墙上摘下的黑色铝制挂钟。"我不认识字，即使认得也认不清楚，告诉我，是一点半呗？"她问。

"老人家是啊。"有人应答。

"你再看看你手表，是一点半呗？"老妪说。

"是一点半。"

于是眼泪走老妪充血的眼角急速流出，像原来那里挡了块石头，现在移开了。"我就有这样遭孽，到现在还没人回来煮饭给我吃。"她扯出那块相伴几十年的手帕，一边抹，一边发着抖，诉说自己悲惨的处境。一会儿，有人围观，她似乎觉得目下的证人无论从数量还是从质量上说都比较合格，他日定能证见自己今日的悲伤与愤怒，因此将拐杖倚在电线杆边，举起那钟就朝地上摔去。摔瘪了。

"张婆你要不先到我家吃点吧。"有人说。

"我怕是吃去死啊，吃你屋里的东西，我屋里又不是没人。"她拄起龙头杖，撅撅它，愤然走开，然后在行进途中不住地朝天哭喊："到底有没人管啊，你们是不是存心要饿死我这老人啊。国民党这个时候都饿不死人，现在要饿死了。"

其实此前，在家里，她已将东西摔了一地。在可以说是故意也可以说是失手——起先是失手但她有机会挽回然而她却放纵后果发生——摔碎一只瓷碗之后，本着杀死一个是死、杀死十个也是死，扯了龙袍是死、打死太子也是死的豪迈，她将茶杯四只、瓷碗四只、瓷盘四只、昆仑黑白电视机（其实差不多只剩显像管）一台、红灯收音机一台、铁锅一只、喷绘了囍字的红色开水瓶一只、描绘了苍翠挺拔青松的直筒瓷壶一只、梳妆镜子一枚、花盆一只、花瓶一只、英雄碳素墨水瓶一只悉数摔碎。饮水机没办法摔，就推翻了。五斗柜也是。孙女的衣裳能扯破的都扯破了。鞋子有的扔进水缸。这把火其实走大前天就存下了，一直没熄。就像是埋藏在灰烬下边，好好拨下，火势就旺盛了。大前天孙女是11时50分回。前天是12时15分。昨天是下午1时。见到孙女归来，张婆就跟着嘟囔：你还知道回啊，你何不回得再晚点呢，你心中还有我这个婆没，你真是枉我从细带到大一带就是六年，六年啊，你莫不如往我碗里掺老鼠药毒死我算了，毒死我一了百了。瑞娟会冷漠且十分不解地望她一眼，然而并不辩解，也不反击。做完饭她就走掉，有如雇请来的人，不留一句话。今日张婆从

185

11时30分照例等起,心想12时该回,12时不回,12时30分也该回。然而12时30分也不见回,张婆想,1时回的时候看我怎么揪落你的耳鼓怎么用龙头拐杖打断你的狗腿。然而1时也不见回。老妪几次出来,看见的都是茫然而一望无尽的空气,闻的都是别家的饭香。让张婆暴跳如雷的是,她请开小卖部的陈姨帮忙致电孙女(她搜出五分钱,被陈姨推回来,说还要你老人家的钱),本想走电话里大骂,却发现对方根本不接。不但不接,后来还关了机。张婆就将能砸的都砸了。

张婆弃了钟,走桂林路、人民公园、老看守所一路觅到一中,在一中那里她往东沿溢城路走了将近两里,经人提醒才折返,走进孙女所在的求知路。她一家家店铺问,你看见我孙女没,我孙女叫瑞娟(有人答应,你孙女自十点钟出门就再没归来),问到孙女的门面。店门是开的,当中立着的乳白色复印机插着电,还在嗡嗡发响。老妪举起拐杖就打盖板,旋而又去打输纸的托盘。接邻的商户,叫陈莉的,跑来捉住拐杖,说:"打不得啊,几千上万块的东西。"老妪哪里肯听,嘴里说我孙女的东西打不得要你多管闲事你硬要管这个闲事我就来打你店里的东西,那陈莉分辩道,要是你孙女没托付我看管也就罢了,既然托付了我就要负责,你想打可以你等她回来。两下里捏紧拐杖,一会儿将它向左推,一会儿将它向右推,几次三番,老的都要将小的推倒。因此小的说:"老人家不是我说你,你有这把力气,一顿饭早做好了,这会儿怕是碗都洗了,你犯不着为难你孙女,你又不是做不得。"老妪眼睛都听直了,伸手指着,指了几次,说不出话来。后来有认识的过来劝解。见有解劝的,老妪就像黑社会一样对那少女说:"你叫作什么,告诉我。"那少女本想说我叫什么关你卵事快走快走莫挡我做生意,话溜出来小半截,硬生生给夹住了。也就是走此时起,张婆开始咳嗽,她也忘记自己是怎么走回去的,只记得一路咳一路咳。

"你看，都咳出血来了。"后来，她对那唯一来探视的人——温姨——说。她将手绢对折起来，保藏好血迹。过了一会儿，又打开，重温那那鲜红的血丝，眼一闭，挤出一大团的眼泪来。我就有这样折毛（可怜）啊，她一边哭一边紧紧攥着温姨的手，就有这样。

老妪是在下午5时气绝身亡的。温姨（迄今她都还后悔自己要上张家去探视，那张婆自己又不是没有子女。当时，张婆返回鸡公岭时，手中抓着应是走公园捡回的丛毛，试图点燃整栋屋，然而一则因为手抖，一则因为火柴头老是刮脱，事情未遂。人们看着这童稚般认真的愤怒，致电细老张，细老张说，听凭她啊，她要干什么随她，她就是这样的脾气。人们便散了，只有温姨无法面对自己的冷漠，端着一碗肉丝汤浸泡的米饭，绕过一地的碎瓷与碎玻璃，上得二楼来）说她分明从张婆眼中看见了一种错愕。这种错愕多年前她曾在一名踩在砖瓦厂棚顶上狂跳的小孩脸上看见，很多人提醒他并不管用，直到那可能是石棉瓦也可能是油毡做的东西坼裂。他像火炉沉闷地掉下来。还挺重的。张婆一直沉浸在高强度的声震数里的嘶号声中，即便温姨用茶匙顶开她唇齿将食物硬生生推进她那发誓不接受任何人施舍的口腔中，那一丁点由食物带来的热量也很快被她消耗进更躁狂的叫喊中。你走啊，你走，你给我走，你就让我去死，她忘乎所以地喊着，直到望见死神果真站在面前。此后她的哭泣变成真的哭泣，人也似乎温顺不少，跟温姨回忆起人生最为遗憾的几件事，并交代自己要吃丸药，吃丸药人身体就会好过些。然后大概是想到这一切都是谁造成的（她怎么可能会反躬自省，想到是自己造成的呢），她捉住温姨的衣领，猛然半坐起来，愤怒地诅咒起来。

诅咒完了，她恶狠狠地对温姨说："你到时候看着。"

"好，我到时看着。"温姨说。

这样，老妪才死了。

守夜时瑞娟才出现。及腰的长发剪掉一半，嘴上涂抹有深红色的唇膏，野性，危险，富有攻击性同时夹藏着无尽的委屈。她看起来想调整自己现有的姿色以取悦于人，又想将自己彻彻底底毁掉。她的眼神犹如云雾。直到老家伙跷腿过去一两个小时，她的手机仍然关机。她应该是走有翼飞翔的消息里听说祖母死讯的，人们说，在鸡公岭，一名力拔山兮气盖世的老妪将自己活活气死了。

她回到时，第一阵到来的雨水已将鞭炮渣打湿。门前临时牵来一盏灯泡。门楣贴着绿色的对子，写"音容宛在"。那些她的叔叔伯伯，穿着带泥的黑色雨靴，弯腰坐在一楼堂屋，沉默地抽烟。总是抽到一半，就有人拆开一包新的，挨个地发过去。有唉，他们一边说一边接过来夹在耳廓上。他们一齐抬头瞧这城里的侄女，又低下头去，眼神像动物一样不可捉摸。她和他们本想打招呼，然而同时都算了。（两天后，当他们走殡仪馆取来老母的骨灰瓮时，每人都朝上面吐了一口唾沫，有鼻涕的还擤鼻涕，甩在上边。他们请了一台小货车来将骨灰瓮运回老家，然而在半途，因为愈想愈气愤，他们将母亲的遗骨扔进肮脏的池塘）。楼上传来少女母亲那虚假的号咷声：我娘我娘我娘唉，你怎么就舍得丢下我们先走啊我娘啊。要假到什么程度呢，就是这哭泣完全可以与人分离，人可以去解个手再来，那哭泣声一定还会昂扬地值守在尸体旁。

瑞娟的父亲，也就是细老张，守候在二楼楼梯口，叼着烟，因为烟雾缭绕，他眯住一只眼。很显然他并不会抽烟。他试图掰开一只被万能胶粘住的盒子，耳朵与肩头则夹着手机。他一边看着瑞娟走上来，一边在电话里处理着已经是这个小时以来的第三件事（第一，他令儿子,也就是瑞娟的弟弟,瑞江,勿回,现在是备考关头,复习要紧。第二,火葬一事,殡仪馆不愿派车可以,届时我们拉回乡下土葬,别说我们违反国家政策。还有,遗体接运本是殡仪馆应该负担的义务,我们付钱他们都不接运,我就不知道他们意欲何为。第三,拆迁,如果拆的是我一家,你们怎么拆都好,我一万个同意。问题现在商铺一家连一家,东家共着西家的墙,我能做自己的主,做不了隔壁邻居的主。我昨天是这个态度,前天也是,望你们能理解,这跟我是不是党员,是不是人民教师没有关系)。这是他第一次看着女儿以这样的姿态走到眼前。没有脸,没有鼻子,没有眼睛也没有脖子。在他视线里慢慢朝上移动的是一个年轻女子的头顶。头发刚铰过,看起来像盆栽的酒瓶兰,叶片般的发丝蓬起,又朝四个方向下垂。他在那里看见轻微的战栗(那是因为她对他充满敬畏)以及几根过早到来的白丝。不单我有了白丝,我的女儿也有了。他悲伤地想,同时在对方走上来时,加重语气,把每一个字都拿捏清楚了说:

"你干的好事。"

他看见女儿的膝盖软了一下,人也哭出声来。"哭什么哭。"他补充道。接着他对已经收工的妻子(那忠诚而愚昧的仆人)说,自己先回河边去了,可能回来,也可能不回,有事情打电话。作为一个体面的人,临走时他还朝滞留于此的东邻温姨再四致谢。"这有什么好谢的。"后者一边应答,一边将那看起来伤了神的主妇扶往后房憩息。少女瑞娟因此独自据有尸体。她从草编篮子里取过黑纱,别在衣袖上,悄然移向那盖着裹尸布的老妪的躯壳。以前在二中念书,课间休息时同学们会疯狂奔向铁路坝,去参观由草席随便盖着的遭火车碾轧的尸首。人对死亡的好奇,是一种与生俱来的本能,现在也是这样,虽然少女看起来在这一天已经经历了很多的事,精神已极度疲劳。老妪朝上翻着眼白,嘴巴与鼻腔大张,几颗没掉完的牙齿像是乱石伸在外边。她就像是在打鼾的途中停顿了,接下来还会把剩余的空气吞进去。那些听讲的姐妹后来说:"神对以色列说,约瑟必给你送终,将手按在你的眼睛上。然而张奶奶到死都是睁着眼的。"

然后是少女在哭。这种哭充满对成人那种哭法的模仿。瑞娟捶打床沿,高声谴责自己没有给祖母好好做饭,正因为没吃上这顿饭祖母死了("不是吗,不是吗,难道不是这样吗?"她自问自答着),同时她也没有及时回到祖母临终的床前。她就这样像模像样地将责任揽在自己身上,却不曾想,事实其实就是如此。后来不知怎的,也许是想到人生种种不愉快和绝望的事,少女索性放开缰绳,几乎是跳着在尸体旁号咷。温姨匆忙赶来,拍打这哭得癫狂的少女的背部,说:"要得啊,要得,哭这样就要得,别伤着了身体。"可是少女还是"我婆啊""我婆"地叫唤下去,几次翻白眼要昏死过去。温姨就这么一直照护着,直到少女回到这理性而正常的世界。她脸上泪痕犹在(就像刚泼了一大盆水),人却已彻底冷静。她冷静,同时又带着不解,几乎像是小学生那样懵懵懂懂地跟温姨说:"我搞不懂我婆为什么要说这个,我刚刚好像听见她说:我要是死了,就一定把你带走。"温姨几乎是条件反射式地站起身,她脸色煞白。半小时后当她回到自己家时,照镜子,发现自己的脸仍旧煞白,不见一丝血色。直到现在,一想起瑞娟对她说出这样一句话她仍旧感到身体发冷。因为在老妪就要死的时候,她听见老妪也是这样说的,一个字也不差:

"我要是死了,就一定把她带走。"

为了证明自己所言非虚,老妪攥紧温姨的手,说:"你到时候看着,你看我把她带走不。"

有些人回忆，凌晨的时候，他们在爱琴湖酒吧看见佩戴黑纱的少女张瑞娟。祖母的死让她有了酗酒的借口，她总是说，你知道吗，我婆死了，养我长大的婆死了。她一边说一边止不住出眼泪。大雨下了一夜，像是《圣经》上说的，大渊的泉源都裂开了，天上的窗户也敞开了。清晨，环卫工人李诗丽发现瑞娟俯卧于水洼，已经死了。李诗丽后来返回现场。两名带棉纱手套的雇工在法医指挥下将尸体翻过来，人们发出惊叹声，在尸体发白的腰部那里有一个尖锐的凹洞，那是因为尸体压在石尖上，压了一夜。李诗丽一直心疼地注意着死者右手中指佩戴的那枚发光的戒指，她曾长时间做心理斗争，要不要将它捋下来。

　　法医否认是他杀，更否认是移尸于此。"如果是自己溺死的，这么一口水怎么能溺死自己？"细老张说。"那是你没见过而已。"法医小袁说。小袁毕业于赣南医学院，是高材生，人们比较信他。最终，细老张抱起女儿湿漉的尸体。她眼球睁着，很可怕，牝鹿般的细腿极为松弛地垂下。她如今是那么瘦，和童年那个肥胖的小孩已完全不是一码事，她将自己减肥减到不足70斤。起初，细老张听说消息朝这里跑时，怎么跑也跑不起来，走又嫌慢，因此他是跳，一路将自己跳过来的。一看见自己的女儿，他就忍不住大把地掉下泪来。

乡村派出所系列

一件没有侦破的案子

十三年后,发生在峉城化工厂的那起案子,还像未揭开的谜挠拨我的内心。那是个光天化日,工人们捧着饭盒,围在龟裂的水泥场,此起彼伏地议论,昨天晚上还好好的,今天就没了。峉城派出所赵德忠警长带领我和小李两个实习生赶到时,看见一台人力板车正孤零零地趴着,没有了轮子,情况好像残疾人被夺走一对假肢,委屈死了。

根据厂保卫科长的讲述,偷窃这副轮子的难度不亚于偷窃银行。工厂四周是一米多高的围墙,墙上有铁丝网,合计有两米高,整个工厂只有一个大门,门口二十四小时有精干值班,厂内晚上也有巡逻队。而且,事发时,不少工人还在灯火通明的车间加班。

"这简直是挑衅。"

赵警长当过侦察兵,曾经将偷窃重要物资的战友送上军事法庭。他很快判断这是一起简单的监守自盗案件,他对我们说,流窜盗窃的前提是踩点,从目前条件来看,外人很难掌握这里的财物状况和周边环境，而有数据表明，发生在工厂的盗窃案百分之六十五至八十系监守自盗。

赵警长说："可喜的是，这些人都住在厂宿舍，并没有离开工厂一步。"

我们和保卫科长拟订了一个计划，就是由他召集车间主任，由车间主任召集组长，由组长召集工人，分期分批进行询问。问题有两个：凌晨三点到五点你在干什么？有什么证据证明你当时在睡觉或上班？

工人们回答什么并不重要，关键是他回答时会出现什么生理反应。赵警长命令我和小李当好测谎仪，死死盯住回答者的动作细节。可是工人一个个来了后，表情却是一致的，都是东张西望地看看办公室，然后不知把双手往哪里搁，也不敢看着我们。有几个仅仅因为年轻或发型不对，就有了嫌疑，可是他们提供的证据恰恰是最完备的，他们说，你们去问老王。憨厚的老王来了后，说他们确实是在加班，连尿都没撒。

赵警长说："狐狸比我们狡猾，比我们心理素质好。"

调查完后，保卫科长来喊吃饭，赵警长不放心，说要让他相信工人一个也出去不了才敢吃，科长说没问题。来到食堂小包间后，我们看到四菜一汤已摆好，是四个大脸盆，盛了鱼肉和整鸡，汤里面漂浮着几只甲鱼。科长打开一瓶酒，从瓶盖里掏出折叠好的一美元来，对属下说："今天谁喝好了，奖谁美钞。"赵警长说不会喝酒，可是架不住喝了三杯，当下醉了，只听他迷迷糊糊地说："今天到这里了，工人们要出去就放出去，晚上巡逻紧点，提防小偷转移赃物。"

次日下午，我们赶到化工厂，科长说，看得很紧，没什么动静。赵警长说，那就好，还没转移走。然后我们像是忘记钥匙放在哪里的人，带着迟早会找到的信心在厂里四处巡查。我们相信轮子就躺在某台坏旧机器的背后，或者某个粪池边上的挡雨布里。在路过杂物间时，赵警长跳了几跳，跳不高，便叫我跳，我也跳不高，便又叫小李跳，小李一跳，就看到平房的屋顶了，那里躺着破碎的石棉瓦。

我们甚至研究了小偷将轮子运上树的可行性，可是在枝繁叶茂里面，是无辜的鸟儿在筑窝。我们被失败的情绪席卷，以至于后来吃晚饭还魂不守舍，保卫科长说什么不记得了，吃什么也不记得了，只觉得相对油水充分的食物，莴笋实在是佳肴。

是时候否定侦破方向了。回派出所后，赵警长似乎觉得"优秀侦察兵"的荣誉正在迅速褪色，揪着头发和自己来气，许久才疲倦无力地说："东西不在厂里，得把'内外结合偷盗'和'外盗'这两种情况考虑进来了。"

次日一早，我们没有进厂，而是绕着围墙走。墙外长了很多蒿草，蒿草上还有露珠，赵警长要我们注意植物被压坏的情况。轮子有几十斤重，从墙内扔出来时，肯定会留下痕迹。可是我们看了一上午，看到的却只是一些卫生带和上边黑硬的经血，还有几只老鼠尸体，苍蝇正从那里一哄而散。赵警长说："也许蒿草的弹性很好，那么我们往芦苇荡去。"

我们从墙边坡道下来，分散进入芦苇丛，就好像闯入一个阴凉奇异、无边无际的世界，皮鞋很快涌入泥浆。我走着走着，把肚子走饿了，想会不会有铠甲很厚的地鼠钻出来，对着我眨眼。在呑城，我可没少吃这鲜美的野味。我确实看到几个洞，可惜被积水淹了。我对自己说，轮子轮子，你要找的是轮子，可是意识还是分散开了。在我以为就要走入虚空，就要走入黑夜时，小李的背影从最后一丝光阴里浮现出来。他正在撒尿。

天黑完时，我们从近路折返回派出所，忽然看到远处田埂上有个人影舞动着手电，射来射去。待走近了一看，却是保卫科长，他说："辛苦了，辛苦。"手电光晃到我们脚上后，他又心疼地说："看看，鞋，都是泥巴。"赵警长说："没什么，这点苦受不了，还做什么警察。"

晚饭自然又是在化工厂吃，一个副厂长来陪席，大家说了几句话忽然静默了。厂方静默是因为深感过意不去，我方静默也是因为深感过意不去。两方又几乎同时打破静默，副厂长说："感谢，太感谢了。"赵警长说："你看，案件还没什么进展。"

保卫科长马上圆场："吃吃。"

吃完出食堂，我看见几个头发花白的工人穿着污秽不堪的工服，拿铁勺敲打瓷缸，好像是在敲首老歌，不是我们这个年代听得懂的。我们路过时，敲打的声音弱下去，走开后，又响起来。

回派出所后，赵警长也不换鞋，也不洗澡，坐在沙发上叹气。我们正要劝，他却霍地站起，说："快，拿手电筒，我们去山上看看。"我和小李闷了，一天下来，腿已经酸胀了。赵警长看出不情愿后，愤恨地说："好，我自己去。"我们便只能跟着去了。

天上有些月亮，我们打着手电，穿越蒿草和芦苇荡，走上好似没有归途的土路。赵警长说："可以想象，当时小偷就推着轮子在这条路上走，你们留心看地上有没有印子，我就不信他一直扛在肩膀上。"

我们啥也没看到，只觉得好困。如此晕晕乎乎地走，忽听赵警长大喊："找到了。"我们顿顿神，蹲下去看，果然看到路上有两道凹下去的车辙，车辙中间有"～～"的纹路。这不正是轮胎轧过的迹象吗？

赵警长像个孩子一样笑了，说："他终于是从肩膀上放下轮子了。"

斗志昂扬地朝前走了五六分钟后，一座黑漆漆的土屋闪现在面前。土屋的窗户边正好竖着一台板车，板车边又有一只轮子，赵警长兴奋了，上去踢门。农民醒来，拉亮电灯，打开门，我们提着轮子就进去研究了。灯光昏暗，我们又打亮手电，终于看清轮子上边有三块补过的皮革，好像三块癣，与被盗的不合。可是这种改装好似人人都会，杀人犯杀了人还知道改换发型呢。赵警长便去撕皮革，农民凄楚地说："不能撕啊。"

可是赵警长还是义无反顾地撕了，手撕不下来，就用指甲钳夹住扯，那块皮就扯下来了，赵警长摸了摸，看了看，好像真是补胎补上去的，想想不放心，又用小刀刺，力气用大了一点，"刺刺"的声音马上传出来。轮胎瘪了。

赵警长说："这么脆弱，你是清白的，这轮子是你的。明天你推到派出所，我找人帮你补了。"

回来时，我将胳膊搭在小李肩膀上，像伤员一样走，听到赵警长总是说："奇了怪了，那么大一东西说没就没了，奇了怪了，变魔术啊。"

接下来几天，我们在路口守查，到废品收购点排查，安排人去找情报，均找不出头绪，每日的午饭和晚饭却总是在化工厂定时吃了。这样吃了一个礼拜，我们便赖在派出所，谁知保卫科长找上门来，说是在云翠餐厅已经安排好了。赵警长羞赧不堪，说："无功不受禄。"

保卫科长说："什么无功不受禄，你们已经做出很大贡献了。"

赵警长说："什么贡献？一只轮胎值五十块钱，我们吃掉快两千了。"

保卫科长说："话不能这么说，今天五十块钱的口子不刹住，明天五千、五万、五十万的口子就开了，国家财产就大量流失了。"

赵警长说："可我们连五十块的事都没能给你们一个说法啊。"

保卫科长说："你们至少威慑了犯罪分子。"

赵警长说:"我不去,你问别人去不去。"

保卫科长说:"你不去我就不走。"

赵警长说:"你就不走吧。"

保卫科长去找所长,所长像包青天一样背着手,迈八字步,一边点头一边"嗯","嗯"完了大声招呼:"小赵,小艾,小李,一起去。"

我们四人杀到云翠餐厅后,洋洋洒洒一二十个菜已经热气腾腾上了桌,洋洋洒洒一二十个人已经嗑着瓜子起立了。保卫科长逐一介绍,这是朱厂长,这是何厂长,所长一摆手,说:"谢谢,谢谢,都认识。"保卫科长又腼腆地介绍另外一桌,说:"这是我内人,我孩子,这是杨科长内人,都来了。"

所长伸出大手,说:"你好,你好。"

后来,赵警长自己掏钱买了一副旧轮子,派我和小李送到化工厂了。保卫科长说:"是,就是这副。"然后欢欣鼓舞地把它推到水泥场。远远看去,那台失去双腿的板车,像离婚没人操的女人,已经等了很久。

在流放地

如果上天有帝,他擦拭慈悲的眼往下看,一定会看到沟渠似的海洋、鲸脊似的山脉、果壳般的舂城派出所,以及蚕子大小的一张桌子。桌子的南北向坐着警校实习生我和小李,东西向坐着民警老王和司机,四个渺小的人就着温暖的阳光打双升。

扑克天天在打,当时的我只觉一夜没睡好,像是被绑架而来,并不觉得有什么，现在却觉得诡异。

有时一些俗语也是诡异的，比如"百年修得同船渡"。一个男的因为父亲忙，拿着讨账单上了船，一个女的因为感冒要去对岸看病也上了这艘船，两人素不相识，下船后却去了民政所登记结婚。而我、小李，以及一大堆同学之所以来到石山县实习，也是因为石山县公安局局长的儿子高考时少几分没上线。警校破格招收了人家公子，人家知恩图报把石山县各派出所建成实习基地。我就这样从魂牵梦萦的省城来到陌生的石山地区、石山县，然后被石山县局政工科长随笔一画，画到柏油路晒满柚子皮的岙城乡。

我在这个鸟地方遇到五十岁的民警老王。一个民警的人生轨迹按照常理判断，应该是"乡下派出所—刑侦大队—局某个有油水的科室"，可是老王却反过来了，是"局某个有油水的科室—刑侦大队—乡下派出所"，好似朝官苏轼一贬黄州，二贬惠州，再贬儋州。按照司机的说法是，老王品质出了问题，先是在局里有笔账对不上，接着在刑侦大队和女嫌疑犯的逃跑没脱开干系，由此像块抹布被塞过来了。老王在派出所待着时，日日指桑骂槐，说都不是东西，有次说自己在县城带了个女人去洗浴中心洗澡，洗到一半，门被踢开，是局纪委的来抓奸。"狗戳的，我让你们好好看看，这淫妇是我老婆。"

也许是这罕见的贬谪使老王变成一个怪物，在路过他的办公室时，我时常能听见凄楚的叫喊声，偷东西的喊一声，老王就阴阳怪气地说"何辉东我让你喊"，赌博的喊一声，老王也阴阳怪气地说"何辉东我让你喊"——何辉东就是这里的局长。而在我见不到他时，那准是他又坐吉普车下村了，回来时他一般满脸酒气，像充血的阳具。司机说："就为了下去混包烟，汽油烧了大半缸，红梅哟，四块五一包。"

派出所的所长和一切有前途的民警根本不想惹、不想理老王，关系老早就挑明了：你我只是同事。老王似乎悻悻。他现在也许要感谢上天给他派来两个年轻的外地实习生，他可以用鹰爪掐着他们的肩窝，呵斥他们，让他们走十几里路去取个毫无意义的证，在他们回来后又让他们重新去取，如此来来去去，他便有了狱卒式的快感。在陀思妥耶夫斯基的《死屋手记》里有这样一句话："只要让囚犯不停地重复某种毫无意义的工作，比如把甲水桶里的水倒在乙水桶里，再把乙水桶里的水倒在甲水桶里，如此反复，囚犯肯定要自杀。"当时我的感觉就是这样。

现在，老王的右手捏住左手的两张牌，想出又不敢出，想了很久，去桌上废牌里一张张查，却是越查越犹豫，越查越担心。我心说，不就是梅花一对10吗？我快困死了，我一夜没睡。我就在这暖酥酥的午后阳光里，微闭着眼，慢慢走向混沌，许久才听到霹雳一声响："对10！"

我勉强睁开眼，抽出梅花两张甩出去，说："管了。"老王大怒，说："耍什么赖。"我定睛一看，出去的不是对J，而是J、Q各一张，急忙抽出手中另一张J，可是老王五指伸出挡好："年轻人啊，耍谁呢？"我想发作，愤怒的河流却在喉管处倒流下去，我知道自己的身份。可是我又确曾感觉到有愤怒声势浩大地来过，我这是怎么了？我的脾气很好的。

老王捡了这二十分，控制不住笑意，风吹过这脸肌颤动的笑意时，像是吹拂收到金条的太监。这局完了，我听到变态而幸灾乐祸的声音："钻！"

我涨红脸，像条狗钻到桌子底下，看到那边已经蹲下的小李很无奈地摇着头。后来的很多局都是如此，一个像老年女人的声音在一次次下判决："钻！"我慢慢麻木了，觉得命该如此，有次不该钻，竟恍惚着钻过去半个身子。

老王哈哈大笑,说:"瞧你多像条狗啊,不给钻也钻。"

我起身时,本已冰冻的愤怒之河忽然返涌上来,我匆匆把牌洗好,说:"抓。"老王抓一张牌,舔一下口水,恶心得要死,我心说,再不让你了。老王仍像从前一样,把每张牌当围棋下,将我拖入他漫长而无聊的长考当中。可是我决心已下,只要他一出牌,就迅速把自己的牌拍出,他出对 7 我就出对 8,他出对 K 我就出对 A,他想把牌抽回去,我就死死压住。小李的脚在桌子底下踢我,可我忽然就是这么坚决。

老王起先还想讨好,见我眼眶突出,被激怒了,也开始愤愤地出牌,好像要在战场上将我心服口服地整死,可是分数却在我面前不由分说地多起来,过八十分时,他的脸色不好看起来,到一百八十分时,就蜡白了。这样他还没完,钻桌子要到两百分,他的尊严看起来还牢固得很,我甚至都知道他要说:"让老子钻没那么容易。"他有这个侥幸。

我手里抓着一张大王和所有人手中最后的一对,这一对将把老王埋下去的五分翻成二十分。底下埋五分的人就是这样,小肚鸡肠,患得患失,外强中干,不堪一击,可是他竟然还说:"五分我让你们捡。"听到这可笑的话,我眼前辉煌的终点摇晃起来,我几乎幸福得坚持不住了。

果然,他倒数第三张没有出自己那张大王,我把大王拍出来,又把那一对拍出来。老王傻在那里,我把底翻开,找到那张方片 5,说:"钻吧。"然后便看见汗珠像饿鼠一样从老王的发根里蹿出。不一会儿,这个失败的老头转动一下眼睛,很快换了一张牌,说:"小伙子且慢,你的一对我管得起。"

我站起来说:"你哪来的一对?你偷来的老Q是我第一手出的。钻吧。"

老王好像正在作案的小偷忽见顶棚的灯全部打亮,竟无地自容起来,他恳求着说:"就是你错了,就是你错了。"我清脆地回击:"钻!"

我原以为他不可能妥协,可他却命令司机端起桌子,猫腰穿了过去。我本来一直在等这个场景,它来了却忽然没了快感,就好像真是一条狗在面前毫无关系地路过。我木然地坐下来,眼眶有了湿意,重新陷入麻木而随意的情绪中,重新胡乱地出牌,而老王已像条发怒的豺狗,在牌桌上左嗅右嗅。

对这样狭隘的报复,我一点兴趣也没有。他让我钻我就钻,我什么脾气也没有。可这也触怒了他,他想我应该像个被强奸的妇女,死抓床单,狂呼救命,表现出受凌辱的样子,可我却麻木地袒露着性器,像一条死鱼,连"你操你操"都懒得说。有次我钻出来还面露微笑,我不知道怎么就微笑了,我控制不住稀奇古怪的情绪。老王紧张地盯着我脸上盛开的花朵,备受嘲弄。

我合拢牌,有气无力地说:"不打了吧,我困了。"

老王斩钉截铁地说:"不行。"

我就像晾晒着的被单,风往这边刮,就往这边飘,风往那边刮,就往那边飘。我有一张没一张地出着,头慢慢往桌上凑,终于跟着睡意走向另外一个世界了,然后又迅速感到肩窝处传来刺痛。我擎直头,盯着老王,说:"放下。"老王恶狠狠地说:"好好出你的牌。"

我便秋风扫落叶,三下五除二,把手上两个拖拉机打出去,又用一个拖拉机扣底,把分数变成两百多了。我不承认自己是在戏弄这厮,只是这把牌太好了,我不想打,他偏偏让我打了,现在好了,牌局可以结束了,我可以原谅他,回到床上睡觉。可是,从嘴里飘出的声音却是"钻"。老王没有反应,我看看他,他正抚着脸上的汗,寻思挽回尊严的策略。我知道他有的是办法,这个贪恋扑克牌像贪恋女人一样的怪物很快将从冰窖嚣张地归来——无论如何,我都只是个可供欺负的实习生。

老王敲着桌子说:"你不好好打。"

我无力地说:"你钻不钻?"

老王敲桌子的节奏更快了,好像要告诉我他的愤怒多么急迫——你不好好打,是你不好好打。

我说:"好,那就不打了。"

说完我站起来。我承认我现在还没摸清老王是什么脾气,我正要走,他又推起半边桌子气呼呼地钻了过去。到此时为止,一切还都属于一个派出所内部的正常活动。

可是,在我被一种凄苦的情绪裹挟住,并促使我做出更坚定的决定后,事情发生了可怕的变化。我知道老王肯定要通过牌局组织更疯狂的反扑,我知道这天我不钻几十趟不会结束,可是想钻忽然也难,是要让他次次打我们小光啊,我觉得这是荒谬而永无止境的任务,就好像西西弗斯把石头一次次推上山,推上去,还要回到山脚继续推。我如果不坚决点,就永远走不出这无聊的圈套,我并不是你的羔羊啊,老王。

老王兴奋地洗牌时,我把那个决定说出来了:"不玩了,到此结束。"然后头也不回地走向厕所。我看到前边是一条十米长的细小水泥路,路两边是肥沃的青菜和一辆废弃摩托,吴教导老婆洗好的床单正在微微飘荡;太阳如此明亮,床单上的蜜蜂在一朵红色大花上清晰地展翅飞翔,花有六瓣,瓣中心有十二根嫩黄的花蕊。可是在我的脑后也有一双眼睛,我看到无数根白发瞬间从老王的头皮生出,我看到他身体筛糠起来,他努力了几次才扶住自己,然后眼睛冒出被羞辱的火。他抽出笨重的五四式手枪。

在警校练习射击时,我就知道五四式比六四式笨重,正因为笨重,瞄起来准,杀起来狠,而我宽大的背部现在就是那硕大的靶子,这块靶子在只有十米的水泥路上强制着镇定移动,随时都可能被洞穿——在这么有效的射程范围内,最笨的射手也不会失手。

我听到后边传来气急败坏的声音:"你让老子钻了,你不来,你不是耍老子吗?你给我站住。"

我听到后边传来焦急的声音:"别啊,他还是小孩子,真是孩子。"

我听到后边枪栓拉响,一颗子弹上了膛。

我的腿微微抖了一下,像是很饿很饿,可我还是昂首继续往厕所走。厕所的边墙写着最后一个汉字:男。那荒谬的汉字近而遥远,那时间凝滞了,我的背部湿透,我在等待飞啸而出的子弹。

可是在双腿自行行走很久后,我还是走进边墙的阴影了,就像士兵走进掩体。那个怪物失败了,他不知道该怎么处理那把枪了,放回去丢面子,端在手里也丢面子,最后应该是司机不容分说帮他塞回枪套了。他连说几声"干什么",没有阻挡住司机的好心。

厕所内有两块长木板,木板下是只大粪缸,蛆虫们拥挤着往外游,游到缸沿一半又溜了下去。我裤子也没脱,掏出口袋里一封揉皱的信,蹲在木板上一边看一边号啕大哭。那是一封致"吞城派出所艾国柱先生"的信。

我昨天接到时看到"先生"二字已承受不住了,急急打开看,种种不祥的预感一一坐实。这意味着,从一九九五年的此日起,我被正式宣判放逐了。这个女孩绞尽脑汁花半小时写了很多温暖的话,又觉得这样会给别人留下奢望的机会,就又加了些严厉的话,想想过于严厉了点，就又去写些温暖的话。她不知道最后写完时，这信已和法院判决书一样硬朗，格式如此：你的行为……导致后果……鉴于此……

她的意思如此明显。而我那么爱她。我对她持久的追求与骚扰，属于我的初恋以及我在这个世界的存在，全部被判定为不合法了。那诡异的事情发生在两年前的一个下午，一个男的因为父亲忙，拿着讨账单上了一艘船，一个女的因为感冒要去对岸看病也上了这艘船，两人素不相识，下船后，男的开始单恋。好了，这事情妈×的结束了。

我把信丢进粪坑，擦干眼泪走出来。太阳模糊了，远处的司机、小李正在接受老王对年轻人虚张声势的批评，我知道他的脊梁骨被我敲断了。我低下头，不去看他，以示我很害怕。我会给年纪大的人留点面子。

敌敌畏

岙城是个有历史的地方，唐宋八大家有三家距此地不远，走到村社，见牌坊不是"进士及第"就是"状元世家"，字迹遒劲，千年不坏，不由人不想起当年"文官下轿武官下马"的盛景，惜乎如今石阶上，新鲜的、不新鲜的牛粪码了好几堆。而村民人等，或荷锄或挑担，躬身不语，一截截走入黄昏，好似一截截走入坟墓。我来这里实习前，爷爷已经入土，只在墓碑上留三个字"艾政加"。送葬归来，我忽然想到一个问题。

我问我："你的曾祖父叫什么？"

我答："不知道。"

这个简单的问题意味着清代末年一个瑞昌农民永远地消失于地表之下，因为山洪、开荒，这几根骨头还可能被狗作为下午的游戏叼来叼去，叼到不知什么地方去了。这是四代之内的故事，今天说的故事却是两代以内的。

话说这日阳光普照，我正在呑城派出所水井边搓衣服，忽见一辆北京吉普杀到眼前，车内跳下来一个戴金丝眼镜、穿白大褂、背工具箱的斯文年轻人，所内民警老王小跑过来，两只手捉住人家一只手，抖起来。

几分钟后，老王召集我和小李两个实习生谈话，我就知道来者的背景了，原来是县公安局的法医，是县长的女婿，此行是来开棺验尸的。小李问："王老师，可怕吗？"

老王说："你们呀，你们等下记得跟着我。"

我心下忽而惶恐起来，可又控制不住"必欲见之"的兴奋。这种心理很难描述，我的爷爷当年听说有个烂醉之人朝天狂喷，急忙去看了，又急忙跟着呕了，我奶奶骂他不长记性，我爷爷说："就是管不住要看，不看过不得。"这好似只可以用"越恶心越想看"来解释了。上车后，我瞅了瞅小李，也是一般的焦急神情，我猛拍他大腿，耳语道："是不是想看那里？"

小李说："是啊是啊。"

在路上，我们弄清了开棺的因由。原来是呑源村叶老汉的女儿嫁到丰源村，喝农药死了，叶老汉的老婆觉得是婆家害的，在女儿入土七日后撺掇叶老汉到县公安局交了八十块钱，申请法医鉴定。

老王说："都喝了，无论人家灌也好，自己喝也好，都是喝下去了，怎么判别自杀他杀呢？"

法医拿纤细如女人的手给老王点着了火，说："也有可能是掐死或者是捂死了，再往里灌，伪造成自杀的样子。这个太好判断了，人死了不会吞咽，死后被灌，毒药根本进不了脏器，《洗冤录》里就有'银针探喉'的办法，针插进去就知道详细。"

车还没到丰源村时，前头就有一男一女两个老人招手，法医说，就是叶老汉他们。叶老汉干瘦短小，皮包骨头，脸上光滑，好似闷紧的鼓皮，嘴角边有颗红豆似的痣闪闪发光，两眼好像刚从洞里小心探出的鼠眼，明亮、虔诚而又惶恐。见到我们后，叶老汉轮番敬一块二一包的烟，说："丑（抽）烟丑（抽）烟。"

法医没有接，他的手就寂寞一下，老王推了一把，他的手又尴尬一下，小李礼貌地说不抽不抽，他就客气地笑笑，我接了根夹在耳根上，他才放心地给自己点火。他说："是这样的啊，是这样的啊。"他老婆是个怒相，大声抢白："什么这样那样，你们可来了，你们要做主啊。"然后就擦眼睛，擦出好些眼泪来。

踩着一个个稻茬儿，我们走向松软稻田的中央，那里又有一男一女两个老人在你一锹我一锹地铲土，我们走到时，棺材已经露出来了，二老正在擦汗，叶老汉老婆大斥："尊敬的亲家，别停啊，别停。"

那婆婆还口道："是你女儿自己要死的，我们拦不住。"

叶老汉老婆听得身子抖了一下，咬牙切齿地说："不是你们逼，死得了吗？"

旁边人看不下去了，也狠狠地说："人家老人都来铲土了，你还要怎样？"

叶老汉老婆便扑在地上喊："政府你要做主啊，他们狗瘪的人多势众，欺负人欺惯了。"

那婆家的人一下拥过来，喊："你骂谁狗瘪呢？"

老王见状，抽枪朝天打了一枪，大家听到声响，住了。老王说：

"你们都给我住嘴，都给我退后，退到一百米以外，不要耽误法医工作。"大家好似不肯走，老王提着枪就赶着他们走了，我原以为他还会回来，谁料他坐在田埂上遥遥地抽起烟来。

这边法医已经打开工具箱，刀子、剪子、镊子、勺子、锯子，林林总总，银晃晃发光，往里边竟然还有一把小银斧，一下让人想到碎尸了。我和小李看着厚黑的棺材盖发呆，都觉得下边深不可测。这时，法医温柔的声音飘过来："愣着干什么呢，抬棺材板。"

我们这时知道苦楚了，磨蹭到坑里抬。那棺材板原来是凹凸吃合的，用了几次力就松动了。猛一揭开时，一股死老鼠的腐气冲出来，好似一堆无形的苍蝇飞舞出来。我尽量偏头，不去理会那具已经存在于余光的尸体。

将将上来，我们不停拍手，谁知法医又令戴上塑胶手套，下去抬尸体。

这会儿，我才算看到恐怖的死者了，却是：头发像干枯的渔网，耳根还有绿色的斑痕，好似墙角的锄头长出绿苔藓；那眼睛微微闭着，露一点眼白，那嘴唇已像腊肠，肥厚且翻卷严重；那腿上裤子还好，上身的确良衣服却是死活盖不过肚脐眼，袒露出来的肚子像是充好气的一只褐色气球。

我几乎就要吐到她身上了。

我不想看了，我想逃，却又只能偏着头探下手去，抓住布鞋时，冰冷的地气忽而传导进身体，使我筛糠起来。

费了九牛二虎之力，将这垂下双手的尸身抬到陆面备好的油纸布上后，我和小李就摇摇晃晃跑开了。我跑到一半坚持不住，蹲在地上，狂吐不止，好似体内每个脏器都拼命往喉管挤，好像要被挤死了，然后我听到前边传来更猛烈的呕吐声和老王阴阳怪气的笑声。

法医在后头喊："快回来啊。"

可是小李还是发疯地往前跑，他抢到人群当中一根点燃的烟，大口抽起来，咳嗽声和眼泪一起喷出来，没个休止。

后来，我们尽量躲避着夹杂尸气的东风，重新走到尸身旁，好似有了经验，镇定了不少，法医让我们手里提着塑料袋时，也觉得能扛下去。这个时候，法医已经剪开死者的衣服，一个褐色女人袒露在我们面前，丑陋而完整，只是不能说话而已。可是亮得反光的尖头小刀只是从锁骨处往下笔直地一划，那皮囊带着黑血坏肉便往两边一摊，暴露出人类的恐怖内在：暗红色的脏器像电风扇叶片倒挂着，一些黑血凝滞其中，绿色的、黄色的肠子像巨大的蛆虫，挤成一团往外游。我就像看到自己躺在那里，我明白我的构造也是如此。

这几乎是人类的最后羞耻，人类像被架在墙上的猪一样，被划开，露出可怖的内脏和肠子，露出一整套将食物变成粪便的工序。

我已经吐不出来了，只是哆嗦着手提着塑料袋，看着那非人的法医伸着带血的手套在腔体内掏来掏去。好像世界遥远了，陌生了，可是耳朵又鸣响起来，那刀子切开后，充气的腹腔曾冒出幽暗的一声——噗。我甚至想到，这个长得像贾宝玉的青年才俊夜来会梦游，趁着他那身为县长千金的娇妻睡熟了，一刀就划开了她的躯体。

待这屠夫躬身把弄出来的胃内容往我手里的塑料袋倒时，我好像感知到他身上冷峻的寒气。他垂着血淋淋的手套，轻描淡写地说："这里边有敌敌畏。"

我觉得不意外，传说中有太多类似的死亡。敌敌畏是广谱性杀虫药，农户家里柜头或墙角都有一瓶，色调像琥珀。死者最后的时光应该是在痉挛中度过的，天地房屋左右晃动起来，肌肉在跑，同时汗如雨下。等到生理盐水和洗胃的管子在翻越山水后到来时，她已顺利离开人间，她在极充实的痛苦中丧失了留恋人世的机会。

我忽然厌恶起死来，觉得没有什么比这件事更愚蠢的了，也没有什么比人类更造孽的了。诸如像一块冰、像一朵花、像一炷香的死去，不过是酒不醉人人自醉的欺骗。安静如吃安眠药、割脉，甚至是无疾而终，肉体本身还是逃脱不开细菌的大规模进军，鼓噪喧闹的它们像是终极的判官，蜂拥至肠道、血管和每一件内脏，使茶花女变成恶鬼，使壮汉变成眼洞跑出老鼠的枯尸。

法医结束对证据的提取后，取出针线，像缝麻袋一样把尸体缝了三针，又拉了拉，让被切开的皮肉外翻着凑在一起，而后弃尸而去。我和小李提着塑料袋也跟着走了。叶老汉的老婆则逆向跑过来，跌跌撞撞，呼天抢地，终于是摔倒了。我的耳朵被她"女儿啊女儿啊"的凄厉叫喊震回到现实中来。我清晰地看到叶老汉赶过来扶起她，他们勉勉强强走到尸体面前，又是一通哭泣。

我们走到田岸上时，老王呵斥着那些围观的人："还不快去帮忙收尸，还不快去。"可那些男女老少闪开走远了，还是死者的婆家人心情沉重地走回到稻田里。

我上车时，看到叶老汉老婆正在训斥她的亲家，说："你们连八十块的钱都不出你们太过分了。"那男老人就在口袋里到处搜，搜了一些又叫老婆搜，凑了一堆钱给了对方。

老王说："没得争了，是自杀啊。"

下午的时候，死者的公公来派出所问结果，我们说："你不是知道是自杀吗？"他说："问问就安心了，就清白了……原来以为她不会死的。受不得气，受点气就喊要死。有次我们一家到街上卖粮，在餐馆吃面，她男人说她不守妇道自己先伸筷子了，她就哭着要死，我们做上辈的说不过，后来看到她又偷偷把餐巾纸塞到裤兜了，就知道她不会死,你想,都知道往家里带东西了,都知道往家里占便宜了,怎么会死呢?可还是死了。"

我们问:"具体因为什么死的呢?"

来者说:"不知道,她给我们说的最后一句是:'你们太欺负人了。'我们能欺负她什么呢?"

傍晚时,叶老汉也来问结果,我们说:"你不是知道自杀吗?"他说:"屋里人要我来问的。"此时的叶老汉还是点头哈腰,给我们虔诚地打烟,凭他的经验,好像安稳了我们后,他才能叹息几声。

我撕下纸,捉着笔问:"你女儿是怎样一个人?"

叶老汉说:"难说了,跟别的妇女一样,不爱说话,一说就急,从小就这样,爱哭。"

我问:"具体记得她怎么受气吗?"

叶老汉说:"哪里记得那么多,就是爱受气。"

我问:"那别的事记得一些吧?"

叶老汉说:"小时候濑尿在床上濑了一阵。在家的时候天天想嫁出去,嫁出去了又天天想回来。有一年数学考了一百分。"

我问:"她叫什么呢?"

叶老汉说:"叫凤英。"

小卖部大侠

是不为也,非不能也。

——《孟子·梁惠王上》

那是个阳光灿烂的上午，丰源村村长打电话到派出所来，说新杀狗一条，请光临寒舍。所长说："小艾，你实习两个月了，还没去过丰源，跟我去趟吧。"我从命。

吉普车在窄小的土坑里哼哧哼哧行走半小时，遇见一个急转弯，司机猛打方向盘，发现前头有个小卖部，小卖部里正开出一辆吉普车，而且也是警车，于是急刹车。所长探出头来，那警车里也有一个领导探出头来。所长恍然大悟，大骂："老子砸了你们的店，你们店里摆个大镜子干吗？"这时村长从店内闪出，作揖鞠躬，说店是他闺女新开的，失敬失敬。村长又说："这店理发、卖货二合一，狗肉还没炖熟，所长不如吹吹风。"

所长坐上理发椅后，说着闲话："张大侠最近还好？"

村长答："还是老样子。"

村长又说："别人拉的屎，我揩不了屁股啊。"

所长轻蔑地笑笑，说"是"。

我接上一根烟，抽了几口，觉得这村落与我故乡的村落景致不同，有股怨气，便生了探望之心，不自觉往里走了。走着走着我就又见到一小卖部了，不过是关着的，而且窗户门上还贴了许多白纸，像大字报。

关了门的小卖部，墙边坐着一个独腿残疾人，四十多岁，瘦得和鸡一样，唯眼里有点精神。我上前问："张大侠？"那人说"是"，欲扶墙起立，被我制止。我又问："怎么个大侠法？"

张大侠说："说来话长了——我少年时进河南嵩山少林寺，本欲习武，但寺里有规矩，剃头的练，不剃头的不能练。我是俗家弟子，只能偷看，看了三回被抓住，本要逐出山门，方丈念我可怜，留我，还嘱我每天用手劈木凳，说劈个十年八载就能劈出'削铁如泥功'来。

我不知是敷衍，天天劈。说来奇怪，劈了十年，凳子还是金身不破，但当我要放弃时，随便一劈，就把木凳劈成两片了。我不信，又去劈柴，发现柴也一分为二了。我知道成了。我现在割肉、裁布也用手，剌咔剌咔，比刀管用。《水浒传》里说杨志卖刀，那刀'吹毛得过'，我现在也是这样，你把头发放在我的掌沿，吹下，定然是要断的。要不试试？"

我说："免了免了。"

张大侠接着说："我练成了，就不想浪费时间，但方丈说，要走可以，先过十八铜人阵。我心想过就过吧，但是一进黑门，却看见几具粉碎的尸身。我吃了一惊，说：'哪来的冤鬼？'这时梁上飘下十八个声音，说：'是想毕业的和尚。'说完他们分六路跳下来，人未落地，十八根棍棒齐齐打将过来，那真是水银泻地水泄不通啊。我要没这削铁手，估计成特级伤残了；所幸我有这削铁手，我的手像高速运转的电风扇，把棍棒们搅和了。他们一看，手里武器短下一截，哎呀妈呀，都溜了。但我还是少顾了一根棍，就是那棍把我左臂打脱臼了。我说'去你妈的'，一掌劈向那和尚的脖子，那里便有道布匹似的血抖出来，可怕可怕。下山后，我知能力大责任也就很大，人不能干为非作歹之事，要劈，只能劈该劈的人，要杀，只能杀该杀的人。谁知这名声也惹来麻烦，宁夏一团伙跟上我，当时是在西域，我孤身走在集镇外头，他们黑压压来了一千人。我说：'不愿死的，退两边。'他们仗着手里有刀，哈哈大笑。我礼数做到，本可毫无顾忌，但考虑到不知者不为怪，便使二分力，只让他们领个痛。谁知里头有个狡猾的领袖，不停推人来扑我，那刀光过来，竟是要凌迟我。我怒了，大吼：'休怪掌下无情。'伸手劈死两人，余人也就退了，但那领袖仗着人多，又不停往这里推人，我伸出手指头，冷冷说道：'欧阳锋，你他妈今天是找死。'说毕,我伸掌前行,就像划船起桨,两边留下两道血花。到得欧阳锋面前,我使出降龙十八掌,他也不敢怠慢,放出七七四十九支暗器。这一战打得昏天黑地,黑地昏天,早上打完晚上打,晚上打完加班打,最后西毒直挺挺倒了,而我也中了一支有毒的暗器。后来毒性发作,一条腿废了。打完了,余人见首领倒下,便集体卧倒,从指缝里偷看我。我呢?我不解气,就去削欧阳锋的肉身。我说,欧阳锋你他妈搞偷袭,不光明,削你手臂。你他妈让弟兄丢命,不义,削你脑袋。你他妈强奸妇女,是不仁,削你鸡巴。东西南北四大天王就你他妈是坏蛋,我对你不齿,削你腰。我削削削,我削。削到最后太残忍了,我看到欧阳锋颈冒喷泉,腰大出血,四肢抽搐,脑袋还停留着九秒的意识,含含糊糊地说:'杀得好,杀得痛快。'我一看,这不是牛二吗?这不是羋嘴吗?上去又一顿削,只削得血花满天,片骨不留,最后成堆肉末子了。削完,我伸出沾满鲜血的双手,对众人说:'大家都活在这个世界上,无冤无仇,是他一而再再而三地逼我!他向我脸上吐口水可以,偷袭我也可以,但他不能骂我老娘,我老娘没惹他!你们知道了吗?你们知道了,好,你们回吧。'"

这时我问:"现在有很多年没这样快意恩仇了吧?"

他说:"是呀,武术本是强身健体,不是争强好胜,一掌劈下去,就是一条人命,开不得玩笑。开小卖部挺好的。按江湖说法,我这是退隐。不过没料到的是庙小妖风大,池浅王八多,英雄退隐竟也要与人理论柴米油盐。最坏的就是老村长。这个龟儿子,我从来没有得罪他,他却总不放过我,总来调戏我。他说你的手掌削铁如泥、吹毛得过、隔空扑火,削来看看。我不削。他就揪我耳朵,掐我脖子,我还是不还手。我知道,只要一掌下去,这快过天下第一快刀的天下第一快掌,就断然是要让他身首两处的。我不削,我忍着。我能忍到什么程度你不会知道。有一回,我回到小卖部,发现老村长趴在我媳妇身上。这是什么?这是给我戴绿帽子啊,是强占人妇啊。我也忍了。我想过,就凭我的关系,也能搞死他。我为什么不能搞死他?我同学李凤友,拜过把子的,他哥是公安,一句话的事情;我自己的二母舅在检察院,快退了,但还是检察长;我老婆的叔是法院院长——吴院长你认识吧,和我们省里吴副书记还是堂兄弟呢。你说,有这样的关系在,一个村长,一个九品都算不上的小芝麻官,算什么?我随便动用一个,就要他好受。我说判二十年,他就老老实实坐二十年,不予减刑;我说判无期,他就无期,每天都劳动,劳动死他;我说判死刑,他就立马吃子弹;我说不能痛快死,他就立马被整得死去活来,王朝马汉会一刀一刀割他的盐碱肉。我还有一招,你可能不知道,是蛤蟆毒功。不是欧阳锋的那种,是我自己研制草药配成的,我只要嘴里含上药,往外吐唾沫,谁挨谁就麻风病,谁挨谁就艾滋病。挨上了,就是一个斑点,一个时辰内,斑点变得铜钱那么大,一天后,变得月饼那么大,三天后,整个人就黑了,就烂了,就出血流脓了。对了,麻风病你不知道吧?得了后,脸像个狮子,鼻子像蒜头,牙齿掉光,嘴角时而流粮食时而流沫,全身发恶臭,百步之内的人都能熏死。可怕,实在可怕。"

我说:"那你为什么不吐呢?"

张大侠顿了半晌,号啕起来:"我为什么不吐呢?我为什么就不吐呢?"

看到张大侠哭了,我就站起来。我看到小卖部门上、窗户上贴了很多的白纸,有些贴了很久,发黄了,有些新贴的,感叹号很是惊人。我简要试录如下:退一万步说,我也是有理的!欠债还钱,天经地义!无法无天,国法难容!!!霸占妇女,横行乡里,是可忍,孰不可忍!!

天大冤枉，老村长罪行实录！！！

后来我回到酒席上，狗肉吃得十分滋润。席间，又听到所长和村长说张大侠了。

所长说："张大侠到底被拖欠了多少钱啊？"

村长："四万吧。老村长赊到两万时，说再不赊，就不还了，结果又赊到四万了。"

所长说："讨不回来？"

村长说："讨不回来。老村长让他直接去找公检法和县委县政府。"

所长说："看来两人都逼急了。"

村长说："是呀，都去过市里了，没用。张大侠也是可怜人，当年和我炸鱼，我丢一只手掌，他丢一条腿。背。不说了，就让他活在那个世界吧，那个世界比我这个世界快活。"

国际影响

公路到达别的县时，还会继续朝前走，去武汉去陕甘宁去罗马，到了我们县却是走到尽头，走不动了。我们县除了有一家温州发廊，没别的流动人口了，而等到全国人民都不玩呼啦圈时，我们又呼啦啦玩起来。我们县就是这样，就是世界的一段盲肠。

但我从青龙山派出所层层叠叠地混到县公安局，又混到政府办，竟是耗费了整整五年。而这五年，我的所长也只是平调到白虎镇继续当他的所长。某天，我和所长、户政科长、退休的户政科长，老中青四代，偶坐于麻将桌东南西北四位，因为科长手气不好，我们转骰子，重新定位子，却竟是按照顺时针的方向往下各轮了一位。我屁股感受着所长留下的余温，看着上手白发苍苍、咳嗽不止的老科长，竟是一下灰暗了。一生就这样葬进去了。

话说这一日，是个中午，我从政府大楼懒洋洋出来，抬头看了看天，蓝得心慌，半空中却又有些黑灰飘着，飘了一会儿，落下来。我看到前头书记副书记、县长副县长手插在裤兜，围在一起叹息，便悄悄绕道，却不料其中一位招手，说："赶快去置办点营养品来。"

我说："什么规格？"

他说："重病。"

我知道是要买足五百块钱，便匆匆越出大门，到对面签字拿了牦牛壮骨粉什么的。老板说："没听说吧，白虎镇三大员全烧坏了。"我问："哪三大员？"老板说："镇长、人武部长、派出所长。"我心一落，过马路时险些被车撞死。

往人民医院走时，我又听到县长们互相交流，一个说"这火不值得打"，一个说"都烧成那样"。我心想，"那样"是怎样？衣服化了？皮肉化了？剩一堆骨头滴着油摊在床上？脚步不禁软起来。进医院后，福尔马林味道杀过来，护士医生大呼小叫，竟使我以为所长快死了。

心魂不定地等了半个钟头，医生才打开急诊室的门，让我们进去。县长们排好队，踮起脚透过门玻璃往里看，个个说造孽，我也跟着去看了。这一看不打紧，里边正好有两道手电筒似的寒光射过来。我平整呼吸，细细瞅了下，才看到那人已黑成了焦炭，好似有些烟没散尽呢。我想这是所长，泪水吧嗒地往下涌。

等到所长夫人抱被窝悲戚地走来，我提起营养品说："这是县里一点意思，嫂子不要太难过了。"

嫂子先是管不住眼泪，眼见着我哭起来比她还厉害，便来安慰我。

这样凄惨几回，她又急急地去眺望病室内的情况，走的却是另一间的门。我心想我看错了，大火竟把人烧得认不出来了。不过这样也好，兴许所长没那么严重，否则嫂子怎么反过来劝我呢。

我便也匆匆去眺，这一眺坏了，所长竟似俄罗斯大黑熊，竟似埃及黑木乃伊，一声不吭地躺在洁白的床上，情况竟是比隔壁的还严重。

几日后，我下班后去了趟医院。进病室时，蓝幽幽的光正照着所长，说是紫外线消毒。我想也是要消消毒，脸上的皮肉黑一块，红一块，脓一块，好似有几十条肉虫恶心地爬在上边呢。不一会儿，脓流下来一点。所长龇了几下牙齿，医生便赶忙拿镊子夹卫生棉去擦拭。

我不敢深看局部，便去看胳膊，胳膊却是漆黑，又去看手，手竟也是红花花、肉浆浆，蜷曲成一团。我咬紧腮帮，咬得牙床都松了，便觉得自己要做点事。我镇定而轻松地说："所长，没有传说中的那么厉害啊，看起来并不可怕。"

所长忽然哭了，说："真没事？红霞，快拿镜子来。"

嫂子也镇定而轻松地说："医生早说了，镜子带光，你现在不能碰光。"

所长又哭了一下，说："他们一开始说，我不信，你说我就信了，你老实，你不会骗我。"

我说："那是那是。"

出门后，嫂子送我，我说所长老是哭，哭得人心里痛。嫂子说："那明明是笑啊。"

又过了些时日，我到医院，所长已经拿镜子左端详右端详了，而身上结了一层厚痂，好似帝国武士。我看到床边有本《故事会》，便拿来看，读得津津有味，所长忽问："你看封三的广告，叫'密丽疤痕灵'的东西，真有效吗？"

我便找到封三读：密丽疤痕灵，祖传秘方，临床实践，传统中医药理论，现代制药工艺，科技含量高，疗效确切，使用方便，独家生产。又看了看图片，左边的人体上有块坏肉，抹了抹，在右边变成好肉了。我说："大约有用吧。要是没用，读者还不跑去砸了编辑部？"

我打开柜头上的一本《知音》看，又不小心看到一则"疤无痕"广告，也有对比图片，用药后，疤痕处非但痕迹全无，甚至比正常人还光洁不少，神采奕奕不少。我心想所长也是看过那些烧伤病人的，哪个脸上不是起起伏伏，好似一块比萨饼的，怎么能轻信这些呢。可是又想，要是没这些，岂不是绝望了？

这么想，忽然听到所长鬼哭狼嚎："痒死了痒死了。"然后他像个巨大的多足甲虫，恐怖地翻动起来，抖起来。我们按也不是，不按也不是，就听他像柴油机一样疯狂喷字，一会儿要铲子一会儿要耙子，要耙耙这一万只蚂蚁奔跑的田地。一万只啊。

我看得魂飞魄散，竟也痒起来，想用手抓，又怕是炫耀，便痛苦地忍着，好似坐了炼狱。所长奔突奔突地喊了好几分钟，才算是咬牙挺住了。

我凄楚地问："好些了吗？"

所长的眼泪像鼻涕一样甩出来，不置可否。

又几日后，我和公安局办公室的副科长老袁一起来到医院。老袁是我写材料的老师，这次我们强强联合，准备给所长弄篇先进典型材料，往上边报功。这时的所长忽然青春了，除了手部花白外，全身红皮泛滥，好似刚煮好的虾，或者出水芙蓉。我想到底是烧得不致命，到底是长新皮了。所长兴致很好，笑了好久，要我们吃罐头，我们哪里敢吃。

所长眯着眼自己吃了一块水梨，开始给我们讲救火的事。

那是傍晚,所长正在平安地发呆,忽然镇长开车跑来,大声招呼,快去救火啊。所长想逃不过,便上了车,开到一半,又接上人武部长。这样到了一座山坡,便看到群众在抽打衣服、浇水,热火朝天地和黄亮亮的火光作战。

车辆继续前行,到了山坡另一边的安全地,三人弃车走上去,像开国元勋一样站在山岗上,平视天边滚滚红云,指指点点,竟也是好景色。叵耐天公作怪,东风忽作西风,那火头一个狮子甩头,转过身子踩着干燥的芭茅秆朝这边跑来。三人木了好久,才知要夺路而逃。而那火兽好似发现了肉食,嗷叫着追杀过来。

所长说:"当时不觉得有大地,不觉得有芭茅,只觉宇宙间遍是吭哧吭哧的呼吸声和叮叮咚咚的心跳声,只觉火爪已抓到屁股上了。"时间就是生命啊。忽然,前头的镇长噗地倒在地上,所长和人武部长也管不了了,两人像奥运会百米决赛的卡尔·刘易斯与本·约翰逊,对上一眼,发疯地向前头冲去。

所长说:"这时我才知道大腿是速度的阻碍了。"

所长跑啊跑,终于跑到虚空境界,已不知是跃是飞了,忽然身子一辣,好像被开水浇了一下,惨叫起来。所长咬牙继续跑,跑了很久,才知火头已在前头,已撒开腿子跑过去很远了,所长不禁眼前一黑,扑倒在地。

所长说:"它都跑过了,我他妈还追着它跑呢。"

所长说:"现在看来,还是镇长懂科学,当时往地上一扑,火头蹿过去,只受个轻伤。冷静啊。我和部长两个当炮灰了。"

我这时问:"芭茅秆经济价值大不大?"

老袁说:"造纸有点用,可惜我们县没造纸厂,运出去路费都补不回来。听说还能编草鞋,可是现代社会谁会编草鞋?"

我说:"百无一用啊。"

老袁说:"是啊,百无一用,我们写材料时一定要把这里写成有大片的原始森林,甚至会危及附近工厂。"

所长说:"还是关系国计民生的化工厂吧?扯吧你们。那就是一路野生出来的芭茅秆,烧完就完了,什么也损失不了。"

老袁说:"没用还去救?"

所长说:"都是镇长坑人,他说,你看看,天都黑了,天黑了烧起来就有事情了,美国的卫星就能拍到了。"

又几天后,我写好材料,送到公安局给老袁修改,老袁修改了两天,对着我抑扬顿挫地朗诵起来。读到关键处,问我:"感人不?"我说:"太感人了。"老袁说:"付出这么大代价,起码也要立个三等功。"

谁料这材料报上去很久都没有回音。我一打听才知卡在县领导那儿了,县领导说:"这不是给冬季防火工作添乱吗?"

面子

每个从青龙山回来的人,都笑话我。起初我还有些不好意思,后来就学会和别人一起笑话我。

事情发生的那个下午,阳光特别大,照清了青龙山土街的每块石头、每颗粉尘。我坐在派出所门口,焦躁不安,害怕有事发生,又期待它快点发生。好像小孩必须打针。

这样坐了一小时,我出了身虚汗。同事小何出门时问:"准备好了吗?"我没力气地点点头。小何诡异一笑,走到台阶下费劲地踩摩托车的启动杆，踩了几十下没踩着，于是推着车跑，跑了十几米，一把跨上去，又熄火了。这嘉陵是八个月前缴获的四台无牌摩托车之一，剩余三台事主都缴罚款领走了，只有这台，事主说还不值罚款的价，就光荣赠给人民警察了。

下午三点，预料中的事发生了。随着一阵轰鸣声越来越响，一个胸前有四只手的年轻人，仰着上身，歪歪斜斜地飘过来。还在老远时，我心里就一阵发酸，我知道年轻人骑的是太子摩托，电子打火，无级变速，油箱巨大，座椅奇低，谁拥有它都值得炫耀三个月。更心酸的是，我的女人坐在他后边，他前边有两只手就是她的。她不要脸地抱着他的腰，脸还贴着他的背部，眼睛还看着我。她看我，雪白的牙齿露着，眼睛幸福得眯成一条缝。

头天晚上，这双眼睛盯着赤身裸体的我时，还喷着愤怒的火苗。她哆嗦着手，一边把衣服往皮箱里塞，一边说："我要让你后悔。"当时我带着尴尬的笑容，伸手拉她，没拉住。临出门时，她又说："我受够了，我要让你后悔。"然后她像打桩一样，用高跟鞋钉着脆弱的水泥走廊，我不能光着身体去追啊。我窝在床上，把玩着软塌塌的阳具，陷入不可知的恐惧当中。我知道有事要发生了。

现在事情基本弄清楚了：她在二十四小时内找到新欢了。我很嫉妒，因为这个男子长得确实好看，也许我不做警察也可以修那样的鬓角，但即使修了，也赶不上他，我没有光洁得像利斧削过的脸庞，也没有高挺得像希腊人一样的鼻梁，我的脸长着痘。我不知道这个年轻人哪里来的，我只知道他比我的女人还漂亮。现在好了，漂亮的女人和漂亮的男人鬼混到一块儿了，漂亮的女人要在漂亮的男人身下发出淫荡的呻吟了。

我低下头，听那好听的轰鸣声渐渐消失，消失到一点声响都没有的时候,我的心跳才平复了一点。我想我已经知道了,女人,够了!

但是摩托车在街西头又重新发动,我知道这东西不是派出所那匹老铁驴,这东西来去自由、随心所欲。我悲凉地抬起头,果然看到对面的屠夫、厨师和菜贩正好奇地看着我。对我来说,这个下午太不可理喻,对他们来说,何尝不是。昨天还是我女人的女人,还去他们那里买菜、买肉、讨教厨艺,今天就抱别人的腰了。

我努力合上眼皮,想:这三个生意人一定在打量我敞开穿的警服和身边的派出所招牌,一定想把热闹看到底。

我合上眼皮,甚至有点故意:你们爱怎么玩就怎么玩吧,赶紧地开到街东头去。但是开过来的摩托车,恰恰在派出所门口停住了。穿着锃亮皮鞋的年轻人用锃亮的手套来回握油门,轰鸣声一下下加大,像饥饿的狮子在笼口呻吟。我把双手从混乱的头发中撤下来,无奈地看着对方,心里说:小子,你玩吧,不用把头尽力仰着,不用蔑视地看着我,我只要操起这把椅子,就能砸破你的小脑袋。还有你,女人,不用和他一样仰着头,不用像两只幼稚的长颈鹿,在土街上可笑地伸脖子。女人你知道吗?只要可以,我就能揪住你的头发,把你从摩托车上拖下来,告诉三个看客,你算个什么东西。

但我克制住自己了,我觉得我不能以这样莽撞的方式输掉战争,我必须冷静。我拿起屁股底下的《参考消息》,像刚睡醒一样,假装认真地看。伊拉克又有三十多人尸骨无存,这是大事啊,对这样大的事来说,我这点事算什么呢?是呀,算什么,男人总得经历这样的事情的。

有一段时间,我想走回派出所,但是又勒令自己待着。我对自己说:你已经有主张了,任何的报复都需要事先受难,事前受难越重,事后的报复才更快意。但我还是有些害怕对视他们凌厉的眼神,我渴望他们快走。我这么想，他们果然走了。摩托车像外国人一样耸了一下肩膀，气势澎湃地蹿到东头去了。这对在一天内、在二十四小时内自由恋爱的男女啊！

摩托车留下的尘烟还没散尽，屠夫擦着手小跑过来，耳语于我："那车没有牌照。"

我拍了拍他的肩膀说："我知道。"

屠夫眨了下眼皮，慌里慌张地跑回去了，我还欠他四百多块肉钱呢。也许我是得把这辆摩托车扣下来，但是小何什么时候回来呢？没有小何在，我向来不敢独自行动。是的，我是个孬种，我经常把被抓到派出所的人踢得大叫，但这些人没有一个是年轻人。对那些年轻气盛的年轻人，我只使阴的，我挑唆他们，让他们互相抽耳光。

小何答应我今天要回来，但是他一定又喝高了。他要是在就好了，他一定会一脚踹翻太子摩托，把那个年轻人提起来甩到墙上："老实点！站好！手放直！"

我或许应该走进派出所，我不能让屠夫、厨师和菜贩看着我放过这没有牌照的摩托车，不但他们，很多人像是打听到什么秘密，也伪装晒太阳，蹲在计生办大楼墙角等着瞧热闹呢。我感到脸上皮肤有些辣，它应该红透了。

我确实进了派出所，但我拿着铐子又出来了。我坐在椅子上，用手晃动铐子，铐子折射着夕阳的光，那些蹲在墙角的看客估计都在吞口水。他们以为这是警匪大片，想想看，匪徒把警察的老婆都抢了呢，精彩程度必然加一倍。只是我知道，我在做样子。也许把这对狗男女吓跑就够了，我不想把事情弄大，弄大对我毫无益处。

想起这个女人，我的下部有些奇异的反应。我怀念她的波浪头发、粉红乳头和蛇一样扭动的身躯。我很难忍受她被另一个人这么看。但有什么办法呢？天要下雨，娘要嫁人，你说要让我后悔，我就偏不后悔。我屄还不行吗？

也许天黑，我才能扬眉吐气。天黑了，买菜的卖菜的，逛街的做事的，都会回家，我也可以好好实施我的报复计划。我的报复计划如此缜密、合理，很难不让我的女人后悔。是的，后悔的是你，才不是我呢。现在，我要做的是命令自己，忘记警服和派出所的权威，不要生气，不要沉不住气。

但是屠夫鼓励的眼神又让我很难下台，我感觉一个警察，在光天化日之下被人连续挑衅，无论怎么说，都是很丢人的事。设想以后，是不是每个人都有权到派出所门口来撒泡尿呢？三皇以来，就没这样的事，今天我却让它成为现实了。这也是我的报复计划唯一不完美的地方。我计划的时间是黑夜，那时大家都睡觉了，我不能敲锣打鼓把大家叫起来，让大家做证。

也正因为如此，我更应该把黑夜的行动完成得更彻底、更坚决。我必须得到我想得到的。

好像是被屠夫提醒了一样，在这对男女重新回到派出所门口时，摩托车前头挂了个牛皮纸壳做的车牌：110。我说沿街的群众为什么笑呢，原来是笑这个。大家本来笑得很小心，但我却听得既清晰又刺耳，最后像是听到一个笑的旋涡，我感觉自己像只可怜的蟑螂，在旋涡里转，要被转死了。我真想有把枪，一枪崩了这年轻人，但当时的我连手铐也不敢晃，我怕晃到地上。即使不晃，后来它还是不小心掉到地上了。这下，人民群众和狗男女又一起笑了，连适才谄媚的屠夫也笑得前俯后仰，加入狂欢的队伍当中。

就好像派出所倒塌了，大家好开心。

我呢，我渴望有个地缝好钻进去，我也许就不该从所里出来。现在坐也不是，站也不是，说话不是，不说也不是，我把自己的怯懦全暴露了，我好孤独。在惶恐的时候，我甚至想要对方给我个判决，比如"滚"，这样我就可以滚进派出所。我滚进去时一定还把门顶上。

漂亮的男孩伸直胳膊，展示了完美的肱二头肌，他没有说"滚"，而是说"喂"。

"喂！喂！喂！"

我没有应对的勇气，彻底缴械了，只想惩罚早点结束，求求你们了。恍惚中我想去捡手铐，但是我怕引起他的怀疑，他要是上来把我反铐住怎么办？我把头埋在臂弯里，像鸵鸟把头埋在土里，大脑一片空白。

我听到漂亮的男孩又向大家说："聋子，瞧见了没有，聋子。"

我对自己说："事情不大，忍住，不要出任何问题。"

这样的灾难最后结束了，那年轻男人没有上来吐唾沫，更没有揪住我对我施以老拳。群众散了，这一男一女觉得也没意思，就走了，再也没有回来。我最后听到女人的声音是"他还是没有后悔"，她为什么会这么说呢？女人真是不知道餍足。

夕阳落完后，小何像张果老骑驴，骑着嘉陵摩托慢悠悠回来了。这个时候我还在门口坐着，小何把车停下来，轻声问："准备得怎样了？"看到他，我的精气神回来了，说："万事俱备，就等天黑。"小何说："这就好。"

小何和我年龄相若，一起被分配到这里，再也没有比他更好的哥们儿了。

天黑后，所长开着吉普车从邻乡回来，小何把一些早已包扎好的东西塞到后备箱，我和所长握了握手，所长问："不喝一杯吗？"我说："不了。"然后我和小何、司机开着吉普车走了。在吉普车经过空无一人的土街时,我在想我的女人也许正和漂亮男孩上床呢。

吉普车的车灯打在出青龙山的界碑上时,我从后窗回望了下,确信没有摩托车跟上来。车子翻过长长的山头后,我的心完全放下来了。我长长地出了一口气,说:"可真是一个疯狂的女人啊。"

小何接话说:"这你得感谢我。她竟然信我的话。"

我说:"你都跟她说了什么啦?"

小何说:"男人最怕女人跟别人,男人吃醋了,才会在乎女人。"

我说:"那个男人你认识吗?"

小何说:"长什么样?"

我说:"留鬓角的。"

小何说:"不认识。"

吉普车停在县城后,一种城市的感觉终于回到身上。我再也不用害怕我的女人发疯地纠缠我了。我们的故事到此为止,我要去追求副处级的女儿,要重新开始人生。感谢我的女人在关键时刻向青龙山人民群众展现她的叛变,感谢她让自己无话可说。

第二天,我去局里上班了。我接到的第一个电话是小何打来的,他说他把漂亮男孩的摩托扣了,后来又放了,因为调查清楚,那男孩是我女人打工回来的表哥。后来小何也调回县城,跟我讲起青龙山的事情,说我女人后来走路都低着头,因为大家都知道她玩砸了。卖肉的屠夫嘴里恶毒,说这样的女人活该,一哭二闹三上吊的话,还有机会,结果偷鸡不成反蚀一把米。屠夫这么说,是因为她欠了他四百多块肉钱。她反驳说:"那是畜生吃的,不是我吃的。"屠夫也不打算上县城找畜生讨,来趟县城路费六十元,来回就要一百二。

每个从青龙山调回县城的人,都笑话我,说我在那里还有这么个风流韵事。

作家的敌人

> 靠已经获得的荣誉安度晚年。
>
> ——爱伦·坡：《辛格姆·鲍勃先生的文学生涯》

年轻人就坐在那儿（他叫什么来着）。那是由当代艺术家张春条设计的半截公园椅，钢制腿，红木的颜色，但是塑木椅条，隐喻着尼侬家的沙龙性质。公共场所，人来人往。平时，他们将它拖到牌桌旁，当茶船用。今天，年轻人就坐在上边，右小臂搭在仅只有这一边的黑色扶手上，露出可怕的形似竹荪的手背，从这瘢痕可以推算出，或许有一天他真的将什么呕心沥血的东西投诸火中，然后又伸手去取。这只手捏着一只用红色绸带系着吊在颈前的只值几十元的海泡石烟斗（他的烟抽得很笨）。左手的两根指头按压住腹部，暗示那里藏有宿疾。一双腿穿着滴过不少调味酱与棕榈油的牛仔裤，显得过于寒瘦，上身着枣紫色的保暖内衣，外罩一件不知是哪个女人馈赠的雪氅。

每个人进来时，都瞟了一眼这怪物。简直是从菜市场拎回来的由火鸡与家鸡杂交出来的东西。他们在将外衣放进衣帽间时，用眼神交流了一下对此人的看法。而那早衰得看起来就像有四五十岁的年轻人，想必是度过了初期的尴尬，正一劳永逸地摆着那不卑不亢的姿势，一动也不动地坐在那里。在他那苍白得就像放完血的脸庞（连嘴唇也如此）的外沿，髭髯相连，呈黄色，就像是马戏团里点燃起来的火圈。他的手微微颤抖，显示有很长一段时间（至少一年）他处在极度营养不良的状况下。他不吃饭，或者说是吃得少而不及时。可能就这样打发：

早餐：法式软面包 4 枚合计 80g、即冲咖啡 1 杯合计 150ml
午餐：法式软面包 2 枚合计 40g
晚餐：法式软面包 3 枚合计 60g、纯牛奶 1 盒合计 250ml

面包是成袋采购回来的，纯牛奶则请小卖部的人整箱送上来（有时需要一点热食他就扛回一箱老坛酸菜面）。他可能已经向人解释过为何要吃面包，因为一旦做饭就要刷锅，吃饭只需 5 分钟而做饭刷锅则可能要耗费 1~2 小时。出门吃饭也要费些周章。写作最忌讳被打断，犹如做梦。有时，一位作者仅仅只是离开自己的作品一小会儿，去接一个不见得需要接的电话，便再也没办法回去。据说南方一个省的曼亚洲文学奖得主就拒用手机，后来即使是打进座机，也只是他内人在接听。吃面包是最节省的方式。另据说清华一位教授废除了自己的午餐，以保持写作的连贯性。

不过也因为此，年轻人的免疫系统看起来已坏得差不多。间或他会捂住嘴连咳数声，痰中时有血丝。他现在就处在这种大作已成的虚弱状态中，力气用尽，再也没法从坐下去的座椅中站起来，然而衰竭中又满是踏实。他将打印稿交给尼侬大姐，由后者逐一分发给这三三两两进来的文学界的看守们。现在，他的眼珠与其说是在看着什么，还不如说是在勉强感受着外边。感受点光。眼眶，那下睑部分业已松弛，然而眼袋内并没有堆积出什么脂肪。透明的耳廓露出细细的血管。几乎没有颧骨，倒是有法令纹。轻轻抿着的嘴唇神经性地微微抽搐。这27岁的年轻人如今就是带着这样一股神情坐在这儿：就像是已经接过噩耗，然后放下所有的事情，平静而慵懒地沉浸在那理应受到人们同情的悲伤中，他交出一切自己应当肩负的义务，对此有恃无恐。他冷冷瞧着将这里当成自己家的文坛前辈，等待他们坐好，一只手端起青花瓷茶杯，将之送到唇边，吹几口放下去，然后展开那打印稿。那是他过去一段时间以来焚膏继晷、发愤忘食所写出的作品。

窗户朝室内凸起，木质窗框用砂纸磨过数次，但未上漆。业主尼侬认为这种未完成的感觉更好。用的是没上色的老式平板玻璃，又薄又脆，一共两组，共分八格，供上下推拉，它们时常蒙灰，这种稍稍蒙尘的感觉也是老尼侬所要的。如今，光线自玻璃窗射入，披盖在年轻人身上。这里只有他一个人觉得冷。

在接到打印稿的同时，绑架就开始了。发到陈白驹（1961—）面前时，尼侬发现少了一份，这使陈白驹心里添了些被忽视的落寞。然而当尼侬从诗人兼画家潘和平手里取回一份（"你一画驴的就别看了"）并交给陈白驹时，后者又为自己终于没能逃过这场奴役而沮丧。倒了血霉啊，他握着被卷成筒的它，掂量出应该有20万字。20万字，每晚夹着一泡溺，慢慢写，慢慢改，一晚700字，得弄多少个夜晚啊。也因此，别说是批评了，就是对它表现出一丁点冷漠，事主可能都会记恨("这些不识货的老东西。"他们在心里愤愤不平地骂着,准备结一辈子的仇)。虽说,在每一份打印稿的封面上都写着:敬请批评。可要是细看,就发现这加粗了的霸道的黑体字,意思其实是:奴才,来赞美吧。

对这些脆弱的写作者来说,他们写作的历程就是这样:

  1. 自以为是地弄出一堆文字
  2. 搜刮和收集各界人士特别是业界人士对它的赞美(最好是仰视式或跪拜式的,灵魂上来点战栗之类的)

总而言之,你表扬也得表扬,不表扬也得表扬。也因此,经常接到这类打印稿的人都储藏了一堆废话,用以应付这些难缠的、歇斯底里的、疯狂的、容易记仇同时对荣耀又极为饥渴的文学界的恐怖分子或者说上访者。现在的这位,难说不是这样。陈白驹最怕别人这样半死不活地瞧着自己。

陈白驹总是劝尼侬少招惹这些水平可疑的外省文学青年。有次一位叫帕潘的即兴诗人还盗走她的铜雕花圆盘。大家都看见了,她却让大家闭嘴,任高度近视的他将它搬出门。这些个货自认高贵却又管教不好自己的自卑,显得特别敏感和神经质,一批批的,遮蔽得天昏地暗,日色无光,堪比蝗害,陈白驹这样说。

可你当初不也是这样出来的嘛。尼侬说。

陈白驹能说什么呢。尼侬还保留着她的母性。我到这儿是来喝瓦罐汤的,可不是要读什么主张道德重返的现实主义巨著的,他真想这么对她说。

墨鱼猪肚汤，花生排骨汤，茶菇土鸡汤，食材简洁明了，从菜名上就可看出，莲塘人尼侬虽然隐瞒了中间加入的药材，但能加出什么呢。就是这样灌进去井水加点精盐炖出来的清汤寡水，吸引着一堆来自五湖四海的诗人、小说家和评论家。相比之下，粉蒸肠、啤酒鸭、狮子头只能算是给它的配菜了。早上，陈白驹在有条不紊地给自己打领带时，就在惦记这个。他想到，在办公室随便坐一个上午之后，中午就去尼侬家，从中午到下午享受她两餐饭。尼侬的先生是名热爱山水的画家，前年随手拍卖了一幅画，付完佣金，纳完税，剩余的钱够尼侬买 400 年的菜。

令尼侬眉飞色舞论及再三者唯三样：

1. 在国外读书的 25 岁公子（谈及他犹如谈及襁褓中学笑的婴儿）
2. 偶然发掘抬举出的几名小说写手（全他妈是势利小人）
3. 做菜

这其中最为其擅长的正是最后一项。她常说自己就是名暗娼。是啊，来自暗娼的勾引深入骨髓。她的厨房里放着天平，对佐料的配放精确到克，她知道甲对花椒的接受是两颗半而乙迷恋李锦记家的蒸鱼豉油。她熬取猪油给他们做菜而不是采用超市买回的各类植物油。她有条不紊，耐心细致，耕耘着这些老友的味蕾，使他们魂不守舍，一日不见如隔三秋，像驱逐不走的老狗那样三两天就跑回到这里来。早上，陈白驹像往常一样离开自己鳏居多年的二居室时，想到的就是《这一天的美好》（恰如韩东诗歌《在世的一天》所言：今天，达到了最佳的舒适度，阳光普照，不冷不热……或者如雷蒙德·卡佛《一天中最好的辰光》中所言：灯亮着。水果在碗中。你的头在我的肩上。一天中这些最愉悦的时刻……）。那时他并不能预见自己当天会像落水狗一样归来。他记不起挽在右手小臂的银灰色西装丢弃在哪里，应该不是在尼侬那里（价值两万多呢，当初阿姨一股脑将它和别的衣服一起洗了，他切齿地问：你洗前不看标的是吗。结果阿姨翻出标来，显示是能洗的。他又气得差点哭了）。大半个晚上，他都捏着自己的名片（上边写着他是诗人、作家、博士生导师，市作协、书协副主席，中国小说学会理事，师大文学院院长及归有光文学院荣誉院长，《文库》杂志联合主编，袁枚小说奖、归有光文学奖、恒安散文奖等奖终审评委），沉浸在一种想要去投缳自尽的沮丧情绪中。当他去卫生间撒尿时，发现小便淋漓不止，颇像台风下飘刮的细雨。而柜镜中的自己，发根那里已白白一片。早上看还是黑的。

　　早上他意气风发。出门前鼓动两腮与唇部，用李施德林漱口水漱口，然后又在好一阵犹豫中拉开冰箱的门，伸出右手中指好好蘸了一块黄油。之所以用中指而非食指，是这样揩油的面积会大一些。"好吃极了。"每回陈白驹都这样，一边舔一边对着它忘情地赞叹。

　　两年前，或者三年前（时光真是快啊），如果没记错的话，陈白驹是见过这年轻人的。当时是在虎坊桥的一家餐馆。说来奇怪，陈白驹能记得这一日的细枝末节，还是因为包厢脏兮兮的墙壁上挂着一个凶残的钟。它就像是在铡草，一边铡，一边将碎掉的让人心慌的时间拨落一地。闷坏了。什么样的出价什么样的就餐环境。掮客范春三像领着待售的奴隶一样将年轻人领过来。"这是两届鲁奖得主。"春三介绍陈白驹，然后捉起那拘谨的年轻人。他姓甚名谁，陈白驹已忘了，只记得春三说："他也是位写小说的。"此语一出，一团火便在年轻人的脸上燃烧起来，那是羞惭的火。不是不是，年轻人嗫嚅着，痛苦地摇晃脑袋。也因此，当时陈白驹就判断他一篇小说也没发表出来。

人人都是这样过来的，没有人一生下来就会走路。陈白驹斜睨着他，想起最初的自己。虽说如此，可有些人还是到死也不会走路呢。

在春三的张罗下，年轻人从帆布包内取出一叠打印稿。齐齐整整，边沿新得可以划破手。这些不能到期刊杂志分一杯羹的文学青年，往往苦心经营打印稿（这虽然是永恒里最低级的一种，但毕竟隶属于永恒不是吗）。他们反复校对、排版，为标题是居上还是居中，字体用仿宋还是黑体而纠结。（有的人不知怎么想的，会用哥特字体做标题，用的还不是英文而是拼音）。他们选择最雪亮的纸。如今它们就像一团团的光被分发到各位手中。稿子是用彩色长尾票夹夹好的，纤巧的小铁夹像一只只妖冶的蝴蝶，在桌间飞舞。瞧瞧，瞧瞧，捐客是这么说的，那些接过稿子的诗人、作家也是这么说的。他们这一桌被请的，都像是建立了功勋的船只，满载而归靠了岸，如今虽抛锚多年，却还是拥有太多的经验与荣耀。他们就是受捐客的邀请，来评定这即将起航的年轻人。

因为过于局促，年轻人一直笔挺地坐着，右手手指搭在筷子上，自始至终没吃什么。有些人在席间就翻起来，每当此时，年轻人就紧张地望过去，有时眼皮是抬起的，有时则视线下垂，陷入一种沉思或者说是没落的情绪中。嘴角则始终保持若有若无的笑。陈白驹觉得不自在。当然对这一伙长袖善舞的人来说，也没什么自在不自在的，有些人越是这样被看着，越是来劲（你看那唤作蒋併乡者，某刊副主编，这会儿掸烟也掸出一种姿态来，就像是医生在用手指敲打什么体温计）。

"哎呀，这是好稿子啊。"有人故意这么说。

好什么呢，只是随手那么一翻（就如为了达到动画效果而快速翻动书页一样），陈白驹便感知出对方的水准。比文盲稍好一点，准确地说，作者为了证明自己比文盲稍微好一点，对每句话、每个词汇都实施了装裱。看起来就像是还乡的打工妹，臃肿，妖冶，形同夏威夷火鸡。就有那么夺目，那么刺眼。虽说很久都没有实战操练几篇文字，但陈白驹对自己的评断能力或者说是鉴赏力还是深信不疑。知道何为好何为坏，并轻易走出坏的榜样所布下的迷魂阵（那些坏的东西就像是盛夏飞舞在农家厕所的长着金色翅膀的肥蝇），然后选择最适合自己的路子去写，是当年陈白驹能火上一阵子的资本。

这个年轻人是词汇的穷人。没什么幼功。他能认识到自己这一点，然而摆脱不了来自虚荣的诱惑。他开始往死里打扮自己，使着劲儿地打扮自己。他所表现出的执拗与固执，一看还是说服不了的。他用词，不用走，用行，不用没有，用无有，不用也能，用亦能，不用都有，用皆有，不用为什么，用为甚，总之，是怎么别扭怎么来。有时他还会得意扬扬地用上一些"呵烘""安惬融洽""龟裂""憨莽""叶的臂展饶沃""袭照"之类大家好像明白又在过去的文献中查无出处的词儿。怎么说呢，他写作的第一要务就是摆弄这些奇形怪状长着彩色瘤子的词汇，像是穷人晾晒腊肉。他自以为展现的是富贵，却不曾想人们看见的都是荒凉与贫瘠。什么"擦过皮层的空气抚扫出无可名状的实在感，似被丰润的流质包裹、充满""是将生活泥泽中咕哝发酵的菌种酝酿成一坛黯然神伤酒""清明与深远就在这沸腾中""造物主遣罪于殁亡之际又给我们淫欲的恩赐""他（也许是她，他中有她，或者"是她还是他"）耳窝里早已植下这名字""风吹起如幻梦般破碎的流水之年，而你的笑靥闪晃，成为我命途中奔跑犀牛一般的点缀""尼采在哀绝呼喊上帝已死后隆誉的酒神精神与超人意志的美学琼浆，重新在21世纪的金钱崩毁游戏中灌入上帝遣来的救世主唇纹里"。

这种令人恶心的节奏或者说腔调，

这种过于庸俗过于空洞就像是毛毯盖住一粪缸蛆虫的字句，

这种穷酸，

让陈白驹无名火起。他将稿子扔在旁边空着的红色椅面上。这种作者连起码的羞耻心都没有。散席时，他拉开范思哲皮包，将桌上的诺基亚 Vertu Signature 手机、普拉达名片夹及固特齿牙线盒逐一收进去，西服挽在臂间，一切都收拾好。他反复看了几眼，甚至掸掸座椅，确定不曾遗留什么，才走掉。那份就像阳光照在冰面上一样、闪闪发光的文稿，就留在原地。小伙子看着它，想提醒他，然而又没有。最后小伙子悄声嘟囔：省得再花钱打印了（他得胜了，瞧，他都知道自己找台阶下去了）。陈白驹半举着一盒由西北翻译家胡宗锋带来的茶叶，用脚推开那门。

　　士别三日，即更刮目相待。

　　　　　　——《三国志·吴书·吕蒙传》

这一次呈现在小伙子稿子里的，却无一处不合适。那些花里胡哨、可笑、像骨刺撑起皮囊、舍本逐末因而不值一提、当时想让陈白驹拎着对方的衣领叫对方滚的词汇或修辞，全部消失了，或者说，它们不是消失了，而是在一种新的、宽大的，又很严苛的秩序的安排下（那是只有上帝才能制定出的秩序），奇迹般地生还。你甚至能看见这些语词残废在获得新生后泪流满面的样子，它们在新的交响乐中显得极为驯顺、振奋，对创造者感恩怀德。陈白驹打开文稿，一看那开头，就被一种"准错不了"的评断冲动裹挟，虽说这么多年来，他对年轻人的东西早已形成刻板成见，充满不信任，有时还没看稿他就认为对方语言各色、情节支离、结构毫无心机、人物难以成立，要么就是思想还停留在幼儿园层面（大班）（他总是对私交掏心窝子，评审工作无非就是从一伙侏儒里挑出那么几个不矮的），而年轻人也以自己的表现差不多100%地验证了他这一傲慢的论断。今天，他和这些来到尼侬家的同行，心态都是这样的，这样的心态是他们长年以来所积累的心态的一个写照。他们慢悠悠地拆开系在卷筒稿纸上的红丝带（真他妈搞得隆重啊，弄得跟国宴上拆茅台一样），好好舞动脑袋以缓解颈椎的压力，然后才拉开那总是止不住要蜷缩回去的全木浆A4稿纸。过去他们会貌似认真地看上好大一会儿，场面看起来很安静，静得能听见有人在吞痰，而其实他们的脑袋什么也不接受，只是草草记住几个词（当然能记住完整的一句话最好），好等下根据它们谈出作者目前所展现出的实力、水平、令人鼓舞的东西以及未来所拥有的希望及空间等。他们腹中藏着十几万套废话，他们因人制宜，因地制宜，因货制宜，精心地挑出一套来宣讲，保管立意又新又宏大然而从根本上讲又毫无所指，既适当地满足对方的虚荣，又避免使自己看起来像一名全无原则的吹鼓手。今天，情况有变（甚至可说是突变），至少是他，陈白驹，像中弹一样，死在了对方的第一句话上。

整个中国很少有人能写出这样的第一句话了。

这句话让陈白驹想起阿尔贝·加缪《局外人》（在郭宏安、徐和瑾、柳鸣九、郑克鲁、袁筱一等人的译本里还数柳鸣九的流传最广）的开头：今天，妈妈死了。也许是在昨天，我搞不清。或者像奥地利作家奥斯卡·叶林内克的小说《演员》（瞧瞧他们连标题都起得如此精到和节制）的开头：青年演员恩斯特·路德维希在得到一个角色的同时得到了他母亲病重的消息。这些开头使用的都是最平凡的字眼，然而却像 1 一样制定了 2、3 以及万物的规则。它们充满预示性。像海面上所显现出的，冰山那最玲珑剔透同时最富于线条的一角。你对将要了解的世界有了一个轮廓上的把握，对其中所隐含的人物脾性、使命以及彼此之间注定会有的矛盾冲突了然于心，然而这丝毫减耗不了你往下探索的欲望，相反欲望还会变得越来越强烈。你觉得作者的感觉真他妈对极了。你为自己能和这样一个富于极高理性、非凡概括力同时又在细部拥有极强敏感性的作家同行而自豪。你恨不得敲其坟茔，进去与他卧谈。陈白驹将脑袋凑向压在镇纸下的文稿，以不可遏止的速度（就像被狗拉的铁橇拖着疯跑）朝后阅读。此后所有的检阅毋宁说都是为了论证这一起初的评断：准错不了。与此同时，一股难以名状的痛苦从他的内心生发出来。不是作者出了什么差错，相反，是作者——那稳坐在一旁，几乎是揶揄地看着他们（是的，揶揄！）的人——奇迹般地，什么错也没犯。没有一个字不妥，没有一个标点不妥，没有一句话不妥，没有一个段落不妥，你自负鸿儒硕学，没有你斧削改订不了的文字，然而今次你却往里插不进任何字，也无法从中摘出什么东西来。不可以再多，也不可以再少，即使是那偶尔出现的错别字，你也害怕去修改，因为正等你提笔要将正确的字写下去时，分明又看见那隐藏在文字下边的作者的笑。作者对此本就了然于心。在紧张的阅读间隙，陈白驹偷觑了一眼旁人，却是发现他们个个也像是被冰冻了，正陷入巨大的惊愕中。啊，就像狂信者见过圣子的裹尸布或者佛的舍利子，就像山区的人望见大飞机，或者街上走来已在史前灭绝的动物。了不得啊，他们感觉自己的双手都快承托不住这神圣的稿纸了。那剩下一两个还没动手看的，或者打开稿子还处在心不在焉状态的，这会儿都追读起来。女主人尼侬像打满鸡血，昂首挺胸在厅堂来回走动，不时握拳，向后抽动小臂（Yeah, yeah）。她不停给那些根本已忘记喝茶的人加茶,脸上露出扬扬自得的红光。我说吧,我说就是个天才。她实在是没办法更开心了。

出于一种害怕,就像行夜路的孩子情不自禁蒙上双眼,陈白驹合上文稿,以为凭此就可以躲开那种优秀对自己的折磨。然而徒劳。在掩盖好的白度较好的纸张内,各种被制定了基本条件(命定)的人物及他们之间注定会发生的事情还在有条不紊、生生不息地运转着,就像装了什么神奇的小齿轮或有魔力的大转盘。这种人物与事件在读者离开后仍然自我循环、自我运转的奇迹,以前陈白驹只在格非教授的短篇《迷舟》以及列夫·托尔斯泰的长篇《安娜·卡列尼娜》里领略过,如今他又在不知来历的青年作者这里再次看见。他们是在虚构,然而虚构的东西却比真实世界还不可被剥夺。现在,即使陈白驹忌妒得发狂,夺下每人手中此人的文稿,将它们投入壁炉内全烧成灰烬,这被创造出的人物、人物关系以及他们之间注定会发生的事还是会自成体系、分毫不差地运转和演进下去,就像上帝已经撒手不管的漆黑宇宙,在其深处,无数星球像钟表的齿轮细密地旋转,彼此影响,而空隙间穿梭着总是能安全逃生的彗星。这实在是太瑰丽太可怕太恐怖了,简直是超越于自然的巫术。

如果我只是名读者就好了——去年刚斩获黑斯廷斯奖的陈白驹想——我就可以单一地、纯粹地来享受这伟大的作品了。这种阅读的快感如何形容呢:就像赤身站在刑房,栗栗危惧又极为焦渴地等着狱卒甩下浸过水的鞭子,尽管从精神上他从未出现过什么虐恋的倾向。啊,年轻人,只用了三年,或者说是两年,就达到他陈白驹几十年梦寐以求想达到却怎么也达不到的境界。就完成了他的梦想。那所有的文字都是陈白驹想要,想据为己有,想捂在胸口反复抚摸的。在过往的某一天,在大病一场之后,陈白驹理智、清醒或说是无奈地中止了这一对理想文字的求索，他判定以自己的资质不可能完成这样的作品，放眼望去，整个文坛谁也不能，而且以白话文目前发展的态势瞧，怕是五十年内也不会有人完成。然而今天他却实打实地瞧见了。如果我只是一名普通读者就好了，我就可以全身心地投身于这疯狂的阅读，一头扎入那密集的有如绵绵不绝的橙色暖雨的长句子——那干净、透彻、带有一丝甜味、像一堆堆银鱼飞来、似乎是由南方种植园主后裔威廉·福克纳亲授的长句子——中，放肆地哭泣。就像饥寒交迫的旅人跋涉到了尽头。然而我不是。我恰恰是一名和他一样的作者，是吃同一碗饭的同行。陈白驹痛苦地闭上眼睛。

　　那些打定主意来尼侬家混吃混喝的，此刻和陈白驹一样痛苦。今天来的恰恰都是些诗人或小说家。所幸没来什么以领养和占有新人为己任、就像是生意人的职业批评家，要不然他还不得大喊大叫，将这一可怕的消息满大街地宣布：天才！我们这个时代最伟大最为欠缺的天才诞生了！毋庸置疑！他们面面相觑，就像一群贼，心怀鬼胎地围在一起。他们关心的不是对方的前途（那是毫无疑问的），而是自己因此要被大幅削减的影响力。他们感觉自己一下子被置身于无足轻重的位置。牛爆了、实在是牛爆了、简直是牛炸天，他们仿佛听见别人一边这样称赞年轻人一边疯狂地朝其涌去，而他们只是被当作一名被问路（请问年轻的大师在不在这儿）的圈内人（就像在传言中，文学青年纷纷涌入陕西省作协，向尚不知名的陈忠实打听路遥在哪间屋子）。用不了多久，普天下流传的都将是年轻人的名字，传唱的也是他的文字，他将盖过余华、莫言、高行健、哈金、阿城、耶利内克、凯尔泰斯·伊姆雷、布勒东、科塔萨尔、凯鲁亚克、巴尔加斯·略萨、雷蒙德·卡佛、耶茨、麦克尤恩、波拉尼奥、乔治·奥威尔这些可疑的名字，混进奈保尔、吉卜林、马尔克斯、胡安·鲁尔福、弗兰纳里·奥康纳、巴别尔、霍桑、坡、菲茨杰拉德、梅里美及卡夫卡的序列,不,这还满足不了他的野心,也满足不了那些批评家的胃口,说真的,就是将他保送进雨果、福楼拜、塞万提斯、托尔斯泰、陀思妥耶夫斯基、歌德、斯丹达尔、莎士比亚、但丁这样的巨匠体系也不为过,他们拥有共同的特点,就是在高度上极度接近上帝,又在广度上覆盖整个人类。这并非没有可能,毕竟你还没找到它有哪一点不像名著的地方,你还没找到它有哪块地方显得不结实(关于它是不是一部只是带来短暂阅读快感的伪经典,他们已做过多次检测。对他们这些有皮有脸的人来说,最怕的就是在冲动之下将赞语送出去,然后眼瞧着它每日减色几分,最终露出贫瘠的本来面目来。往昔,他们总是在受邀看过电影的首映式后,未加反刍便妄加赞唱,反而让那些后知后觉的观众笑掉大牙。有一次他们在醉酒后盛赞一篇据说是由一匹文坛黑马写出的代表作,酒醒后便后悔无及,后得知那果然是好事之徒在测试一种叫"小学生作文速成"的写作软件。其实检测一部作品是不是尖货很简单,就是闭上眼睛想今天后或者几个月后自己还会不会这样激动。只要这样冷漠地等待一会儿,那原本可疑的作品就会把持不住,露出自己的平庸来。现在他们反复计算,确信自己的判断并没有受到冲动或狂躁的影响,它就是要比《白鹿原》《围城》好上几倍)。这会儿,从孤独的公园椅那边传来试图起身的响动,想起身然而未遂,又坐回去了。年轻人诡异地笑了一下,抬起眼茫然地望了眼天花板,然后继续一动不动,悲伤地坐在那儿。陈白驹为此打了一个寒噤。他想到自己迟早是要与对方再次打照面的。自己是要重新去面对他的。这回去面对他,情形将发生根本的转变:他不再是那傲慢的文学圈的看守,而仅仅只是一名给大师提鞋都不配的羞惭的门外汉。他无法想象自己将怎样去掩饰那现在就已经到来的耳赤面红以及低眉顺眼。他感到口干喉燥。他不怎么敢总是去瞧那坐在角落的作者。他心态复杂地感受着这样一个又贫寒又伟大的人，感受着他由很差的身体所传导出来的囫囵的呼吸声，不敢相信自己与对方竟然同处一室，紧张得像一名歌星的粉丝。而对方呢，正像被泥壳包裹的皮蛋或者塑料薄膜覆盖的树木，还不知道自己的本来面目，还不知道自己是这世上最为罕见的人物之一，是神呢。他（那年轻人）正半是羞惭半是赌气（赌气是为着提前迎接他们的奚落）地坐在那儿，并不清楚，作为阅读者之一的陈白驹，此时心里正大片大片地淌血呢，而自己作为翱翔于天空的巨翅鸟，早已用阴影遮蔽了他们原本安然享受的暖暖阳光。他还在紧张地、忐忑地、惴惴不安地，然而又控制得很好地等待来自他们可能是差评的评价。

　　该怎样去评价这头已走到房间来的大象？在阅读过全文的1/4时，他们都忍着不说话（往昔看完电影或话剧，他们总是彼此相问：怎么样），都不甘于将自己此时的真实心态交出去。此时无论是吹捧还是攻击，都无法掩盖住他们内心强烈的酸楚。唯愿他早点死！陈白驹从他们沉默的脸上（痛苦像闪电一般从上面擦过）读出这样切齿的话，不不，最好不要马上死，因为早逝恰恰会放大一个人的声名。最好让他活下去，用酒精泡着他，泡软，像泡张枣泡余华那样泡着，将他泡成一个比庸人还平庸的人，泡成一个连文盲都敢哂笑的反面例子。有的是比自己还按捺不住的人，陈白驹想自己永远也不要第一个出手，就让他们先忌妒起来吧，目下要做的就是借用别人的嫉妒来掩盖自己的忌妒，就让那些迫不及待的人去咬死他吧，咬死他咬死他，咬死。陈白驹这样想时，用余光偷觑年轻人，后者就像死去一般，深陷于一种原本只应雪莱、济慈、切·格瓦拉才有的衰竭气质。按压腹部的手指已经没有力气了。唉，吃多了成都小吃、桂林米粉、沙县小吃、驴肉火烧，经历太多地沟油的洗礼，只是为了恢复战斗的体力才去睡眠，屋内贴满备忘的纸条（到处加满粗暴的感叹号），身体不差才怪呢。陈白驹想起自己当年最疯狂的时候，曾经在长考写作中的一处梗阻时，陡然吐出一口鲜血，他对着它发怔良久，后来竟然忘记这墙壁的血迹由何而来，竟潜心描摹起来，将之当成是剧中人怨愤的表现。而现在呢，现在这个陈白驹，已经用健康交换走伟大，用的是红木书桌，整整一上午待在那儿，却只是利用光滑的桌面玩撞棋子的游戏（就像是在玩冰壶）。除开将几位女性抱着搞出胎儿来，他在这儿什么也没播出来。他回想自己一生只写出一部反响不错的长篇，接下来的两部等而下之，没有获得评论家的持续关注。当时情况如此：只要是推动一下（比如召开研讨会，发车马费），关注就来一下，否则就死如灰烬。陈白驹将三者勉强凑成三部曲，走出版社出了所谓的集子。当然他也写出不少连自己都瞧不上的短篇。因为名气，是的，不知道怎么就积累起来的名气，而不是作品，他一步步混迹到现在，当上文学院院长及多项协会职务，每次印刷名片时都要挑落不少不那么紧要的头衔。他现在的生活逐渐被——

    观看

    798画展

    云门舞集演出

    孟京辉话剧

    王晓鹰新剧

    过士行新剧

    青戏节

    国家大剧院演出

张艺谋新片首映式

姜文新片首映式

刁亦男获奖片国内首映式

参加

文联会议

作协会议

出版社会议

政府会议

学院会议

新浪组织的智库会议

中日韩三国作家座谈会议

两岸四地作家交流会议

参与

各类文学奖评审

学科项目评审

杂志重点稿件终审

……

  等等事务，给塞满了。他用最新款式的手机，用里头的记事本管理着这些事务，那些懂事体的年轻男女总是凑过来，装着好奇地看着他拨拉屏幕，啧啧称赞，说驹叔您可真时髦。他喜欢这些孩子，他对此感觉良好。到哪里都有吃的，自助餐，西餐，中餐，中西餐结合。他的肚腹因此愈来愈大，再也望不见交合时彼此迎送的性器。他对性欲的追求也不再是高潮，而只是将自己停留在对方年轻的身体内。这就够了。早上，他就是带着这样一种满足感出门的，他感觉一切好极了，然而，在这享受的终点，在这飘荡着世俗烹饪美味的厅堂，他看见那原本只应该在噩梦中出现的敌人，或者说：给他敲响丧钟的人。年轻人十分凄惨地坐在那儿，就像陀思妥耶夫斯基一样令人作呕、讨厌，又令人害怕。陈白驹看着他，就像看着一面镜子，他无法不审视自己，他意识到这些年来，自己的创作能力其实已永不可逆地衰竭了，消失了，就像绝经的女人。他开始埋怨自己有一张比床还大的书桌，埋怨这像温水煮青蛙一样的富足生活，开始憎恶自己在签字时使用的是一支7000港币的钢笔——这些有什么用呢——你还写不出这孩子的1/10。其实他早已意识到这种灵感与技能的消失，他曾找朋友马原打听，马原告诉他人工光要比自然光好，后来马原还实践用口述的方式来写，即作者说弟子打在电脑上，然后投影于墙上。陈白驹照这种方式实验，却发现他和马原一样，都未能召唤回当初的自己。现在，他感到老本吃完了，好日子过完了——不知道他为什么会这么想——他甚至在幻觉中看见年轻人走过来，交给他一份皇帝的任命书，然后耐心地退到一旁，等他交出意味着权势的钥匙与公章，并离开过去很长一段时间属于他因而使他误会自己对此拥有所有权的座椅、办公室与宫殿。在比自己小几十岁的年轻人面前，陈白驹窘迫如热锅上的蚁子。如果是年轻人有意来赶自己走就好了，那他就可以指斥这是一场针对自己的不公的阴谋，是一场蓄意的夺取，然而不是，年轻人表示来这儿并不符合自己的意愿，是上意要他如此。

27岁，让人艳羡的黄金年龄啊，一个爆发的年龄啊：

欧内斯特·海明威写出《太阳照常升起》；
阿尔贝·加缪写出《局外人》；

约翰·斯坦贝克写出《黄金杯》；

川端康成写出《伊豆的舞女》。

"我想，我们还是应该一起过去，无论从哪个角度说——"最终，陈白驹意识到众人沉默，还有一个因由，就是数他最为年长，理应由他先发声。就在此时，角落传来一声闷响，是年轻人扑倒在地，公园椅跟着倒了。众人愣怔着，看见这陌生人有如中毒，脸色铅青，上颈部连续鼓涌着，呕出黑血来。他就这样死狗一般扑在地上，凄惨又充满敌意地看了眼他们，用雪氅上的毛领擦了一下嘴角，昏死过去。大家慌乱地冲过去，又颇富自知之明地止步于外围。尼侬抓着急救包，心急如焚地跑来（这是所有人第一次见老妪她如此奔跑），她将年轻人抱入怀中，探察鼻息，掐人中，而后让保姆解开年轻人裤带，自己用剪刀剪开他那闷坏人的内衣圆领。在毛毯递来后，她扯着盖向已躺下的他，心疼地叫唤：崽嘢，崽嘢，我崽嘢。她把什么样的年轻人都当成自己的儿子。她就这样大颗大颗地出眼泪，悲惨地呼唤，试图唤回飞逝而去的这伟大流星，让开始凋零的昙花复还。

陈白驹趁众人惊魂未定，悄然离开尼侬家。他对抢救毫无经验，也不愿掺和此事。也许只是饥饿和营养不良引发晕厥，不过从吐血看，也可能是由重疾带来的休克。他就这样搭乘出租车，和奔驰而来的急救车相向而行，回到家中。一路上他都无法原谅自己：在这仓皇的逃亡途中，他还不忘扯走女主人留在门前烘烤着的半张煎饼馃子，另半张尚粘在煎饼炉上。他把它吃了。吃完还吮舔指尖。就像小偷忍不住还是去偷，赌徒忍不住还是去赌。这种难以遏制的食欲再度无情地发作，进一步论证了他是这场文学较量中平庸的那一方。

他仓促埋怨着尼侬家的多金有钱。要多有钱，才能在寸土寸金的大都市拥有一间像农家院那样的大宅子啊。院内还掘了一口井。然后在将钥匙插进自家居室的锁孔时,他想起那件在途中就隐隐不安的事:他还不知道年轻人的名字。他不记得对方的名字,只是记住那文字所带来的刻骨铭心的感受,比如只要闭上眼,就能意识到有一滴闪光的水珠正从发黄的岩壁滑落,或者看见青苔掩盖下的蚁路有一谨言慎行者正在耐心等待猎物,或者闻出一股自密林深处飘出的由阳光照耀然而又被自然打湿的清新气息。伟大、令人发狂而且是终生不可磨灭的感受啊。然后他记不起来那件 Brunello Cucinelli 西服遗失在哪里,原本挽着它的右小臂空空如也。他匆匆推开门,大步走到书架前,翻开自己的作品就朗读起来:

  如果上帝他老人家是长了眼睛的……只读了不到十句他就为自己的笨拙哭出声来。他将自己的一本本书扯拉下来,坐在地上,悲伤地发呆。他这样发呆时,荷马、维吉尔、薄伽丘、普希金、巴尔扎克、大仲马、狄更斯正驾驶着金色马车轮番从墙壁上绕着圈儿跑过去,后边跟着新晋的年轻人。此时,这病人脸色正红光着。一切得其所哉。

剧本：李伟

本片拍摄多承

××

×××

鼎力协助并参加演出

特此致谢

本片根据阿乙小说《永生之城》改编

外景　鸟瞰　多个时间

镜头自画面右方向左移动。俯瞰小城麻雀虽小五脏俱全的概貌。在这一相对缓慢的移动过程中，可以显示时光迁移，比如出现热浪或者沉坠的细雪。

可出现如下生态：

私家车

一辆轿车从镜头右上一栋楼前驶出，到镜头底部车道与镜头同步朝左缓行，转至镜头左上（即同一小区的另一栋楼下），停下，并被继续行进的镜头抛离。然而我们仍能听见拉手刹、嘭地关车门以及驾驶员离开后摁响警报器的声音。

投篮者

周末学校篮球场内孤独的投篮少年。

快递

快递员驾驶藏青色的铁皮车，另一名快递员驾驶明黄色的铁皮车。他们从不同方向驶向同一目标。然后有一蓝色铁皮车加入。

交谊舞

体育公园，水泥场地，交谊舞无声地进行，一对对整齐地盘旋，人们表情冷漠。跳舞的人当中多数衣着灰暗，唯有一位老妇着红色马甲显得醒目。

大酒店及婚礼

城中心，地标型建筑物，孤独、唯一，高高在上。三棵树酒店。新婚夫妇在饭店前送别无情的头也不回的四散离开的宾客。

市场

酒店南边是三棵古树,围绕古树的是热闹的市场。

旧城楼

与酒店相对的是旧城楼。镜头掠过旧城楼,看不见城门洞,但听得见里头老人们用器乐合奏。城外有老人摆下棋盘,互相请,很多老人围来,如秃鹫遮蔽棋盘。

麻将

四六二十四名女人围坐六台麻将机边,流水线工人那样节奏明快地抓牌、将牌塞进牌阵、出牌,抓牌、将牌塞进牌阵、出牌。我们听见麻将机腹内传出自动洗好牌的声音。

电瓶车

电瓶车星矢一般飞来飞去;间或就有一辆;骑乘者戴着面纱、袖套,有的膝盖还戴着护膝皮具。电瓶车的车把此时也配上手笼。她们无一不像是罗马武士。

开往乡下的小客车

小客车在城市边沿(西客站)的泥泞道路走走停停,女性售票员踩在踏板上招徕客人。

工地

施工中罩着绿色防护网的楼盘,泥地中的挖掘机,杏黄色的吊臂高悬。忽然有一辆推土机以极快的速度从画面左方冲向右方。

城管

一辆三轮车翻倒，所载脐橙遗落一地。三名城管踩瘪脐橙。

城标

在入城口，有一组抽象意义的不锈钢城标，城标积满灰尘，被涂写了办证广告。

这组镜头，涉及到人的活动时，最好能有一点歌舞片那种动作夸张整齐的意思。

字幕在此过程中出现。

内景　教导员办公室　日

红木办公桌，简直比床大，占据房中心，上方电线结满灰尘，吊着一只灯泡。桌子怎么运进来的都存疑。桌体上的封条尚未撕扯干净。桌面积满灰尘，通过灰尘上遗留的痕迹（梨形）我们知道有人在这儿坐过。

一盆水对着桌面浇过去，水沿着桌沿淌下。

刑警大队三中队教导员，蔡斌，穿着没有佩戴警衔的制式衬衣，对着该桌喷威猛先生清洁剂，反复擦拭。他目前主持三中队工作，然而又未升级至中队长，因此只能分到这相对简陋的办公室。刑警工作比较忙碌，五斗柜、墙角、（破裂的）黑色皮面沙发上堆满文件、皮鞋、牙膏、公文包、方便面、半条香烟这些东西。墙上挂着流动红旗，"优秀中队"四个字的"中队"二字脱胶。观众不能及时识别出这是一间刑警的办公室。

蔡斌时而弓下身体在水桶内清洗毛巾，拧干。

传来毛巾在桌面机械、反复甚至是病态地擦拭的声响。次数需略微超越观众耐烦的次数。桌面本已干净，经擦拭变得无比光洁。在观众以为这项工作业已结束时，蔡斌又抓着毛巾在上边擦拭几下。最后他将毛巾丢向皮面沙发，显示他对清洁房间其他的地方毫无兴致。

"这件事没有一个地方不是设计好的。"他对坐在镜头外单人椅子上的不知名的人说（因为对方是外地人，所以蔡斌此处采用的是普通话，以下凡普通话对白都标记为楷体字体）。那是张让人坐下去后又几次起来摆弄的不舒服的折叠靠背木椅。

内景　同一间办公室　日

蔡斌将一台较脏的笔记本电脑（甚至贴了长长的医用胶布）摆上桌面，将钥匙串中的U盘插进卡槽。他晃动鼠标，点击，在找到什么后，将电脑移转过来，对向不知名的人，也是对向观众。被打开运行的文件是一份对着高铁站月台的监控录像。

透过黑白色的模糊画面，我们可以看见在车站耀眼的灯照下，一对男女背对观众站在月台，男子穿西服，憋尿一般，交叉将双脚跺向地面。

"你看。"

外景　月台　黎明前

强光使月台亮若白昼。男女站在月台上，因为寒冷——这是一个春天已经到来但早晚温差较大的季节——男子像鹤一样，提起一只脚，很久才放下去，同时提起另一只脚。

男子名叫李伟。穿水红色西服，白色西裤，尖头皮鞋。

女子名叫盖靖华。他的妻子。短发。橄榄绿冬装制服（可采用已废止的89式女式冬装警服，不要强调她是哪个单位的，只通过服装表明她是公家人），黑色高跟鞋。她双腿并拢，裤线笔直。双腿间严丝合缝，不漏一点光线。

他们一言不发。高铁像无声的兽闯入镜头。

车门移开，乘务员走出，他提起行李箱走过去，乘务员请他出示车票，他稍作解释，乘务员做出礼貌而果断的手势拦住他。因此最后是她推着（而不是提）行李箱进去的。她行走时，头仰着，双腿如军人剪动，姿势严肃标准，有不可褫夺的公家人气息（乘务员禁不住后撤半步，捉住双手，点头致意）。她在车厢，他在月台外探头探脑，他们平行着朝镜头右侧行走，直到她找到座位。在她收拾停当后，他们毫无感情地对视了一小会儿。她朝他掸手，请他回去。在列车无声地驶离的同时，他隔着裤子搔了一下自己的下体，就好像忍受不了这来自自己的袭击，他的身体很大幅度地弯了一下。

内景　教导员办公室　下午

盖靖华的声音："他就像催着我走。"

蔡斌在前，盖靖华在后。他们爬上楼梯。在爬楼梯时，我们通过镜头认知到，此时她已经是罗圈腿，和月台上那个双腿并拢的她截然不同。他们从走廊走向办公室。行走数步时，她甚至停下，张张腿。他们鱼贯进入办公室。她握住锁球，推上门，并将反锁按钮摁下。他感到害臊。她年龄比他大。他强自镇定，示意她坐向镜头前的折叠单人椅。他则坐在红木办公桌后，桌面靠近她的这块此时铺着一层明显的灰尘，就像一层未被污染的积雪。

镜头转过来，长时间读取这个不受观众欢迎的女人的脸（中间她因为椅子的不舒服而低头去拨弄固定椅子的螺丝）：短发、马脸、眼睛窄长、鼻孔方正、嘴唇向下扣、脸色铅青、永远占着理、天下人都欠她钱。

镜头转向蔡斌，蔡斌用铅笔敲打嘴唇。他在控制自己，不让自己脸红。

镜头转回她，这回对准的是她制服靠胸部那里。胸部微微鼓起，有如稍微起伏的沙丘。镜头上移至她那张可憎的脸上，她的嘴唇像是在上了锁的脸庞上牵动起来。

她接着说："之前一天，他表现得太兴奋，一直守在我身边，就好像不是我——而是他——要出门一趟一样。"

内景　李伟和盖靖华的家　夜

普通两口子的居室，墙上错落有致地挂着几幅僵硬的婚纱照（只有在这里我们才看见盖靖华奇怪的笑容）。行李箱摊开，盖靖华蹲着收拾东西。李伟对面蹲着，往一只半透明塑料储物箱里翻找，不久递过来一包抽纸，并一直等着她。她反反复复规整捯饬，偶尔抬头记忆什么，看见这只伸过来的手。

"卷纸，我要的是卷纸。"

她站起来没好气地说。没多久，他递过来另一包颜色的抽纸。

内景　教导员办公室　下午

"我说我不要，请给我卷纸。我这样说了三次，他还是将那包抽纸递过来，你说他心不在焉到了什么程度。"她对蔡斌说。

内景　李伟和盖靖华的家　夜

李伟继续回去熨他的水红色西服。这时滚烫的熨斗底座已将熨衣板某处烙得焦黄（滋滋冒烟？）。他凑过去闻，似乎还有股臭味。盖靖华凶狠地将行李箱关上（啪嗒），匆匆走过去（我们看见巨大的黑影追随上她），掰过熨衣板就看："你瞧瞧，你瞧瞧这里，这里被你烧得跟屎一样。我跟你说过多少次（她抓起熨斗把手，将它竖着就撅在熨衣板上），竖着放竖着放，竖着放就不会烧坏熨衣板了，懂吗，这里有一个竖立底座的，你怎么就那么笨呢。"

李伟让到一边。任其训斥。

"还有，一把年纪了，你熨什么衣服啊？是要去嫖娼是吧？"她说。

内景　李伟家厨房、客厅、卫生间　夜

李伟走冰箱取出胰岛素。穿过客厅走向卫生间。卫生间像是公共卫生间一样，贴着细长的蓝色瓷砖。马桶老旧。照明灯昏暗、压抑。李伟说："就没有卷纸。"他一边说一边打开浴霸的灯，先打开一边（一边两盏），试探着打开另一边，室内一下光明了一百倍。这时关闭的玻璃门响起恼火的敲门声："电费不要钱是吗，开这么亮的灯，又不是看不见。"他迟疑着要去撅灭，却见她已扭开门，老练地关掉这两盏灯。

门被重新拉上。

他拉开盥洗池上方的玻璃门，我们发现柜子里陈放的90%都是盖靖华的用品。他从中取出注射笔，背对着镜头，粗笨地进行消毒等操作（中间有一次错误操作，不得不重换），而后揭开衬衣，对准自己腹部虚晃，随即就是一捅。在我们能看见的他裸露的腰窝那里，刻着蓝色的刺青：忍。

内景　李伟家客厅　夜

客厅，饮水机旁，他找到彩色翻盖式28格小药盒，翻开一格，倒出早已配好的一堆西药。其中有一粒掉在地上，他弓着身体在地上寻找，找到后，吹干净，而后将所有药倒进嘴里，嚼起来。牙腔像碾磨，碾磨着大小颜色不一的药丸。饮水，将药吞服。

"准备好了么？"画面外出现盖靖华的声音（她可能在卧室）。

"准备好了。"他说。

"你将早上的药都吃了？"她问。

"吃了。"他说。

"你吃药跟吃豆子一样。"她说。

外景　小区楼内　凌晨

他侧身用大腿垫着，吃力地提着行李箱，趁着交换手时，跺脚，将感应灯跺亮。透过灯光，我们知道楼道墙壁上密集贴（喷）满办证、管道疏通、开锁等小广告。她走在后头。

外景　小区楼道口　凌晨

楼道口，灯泡聚光，照射着歇息的李伟，他细心而用力地掸水红色西服及西裤。行李箱立在一旁。我们这时可以知道这栋楼是一栋建于八九十年代的老居民楼。墙体糊的是水泥。

外景　小区门口　凌晨

小区口，荒废的门卫岗，他们等待很久。从这时起，因为寒冷，他就开始像鹤一样跺脚。她将双手插在裤兜,斜睨着他。一辆辆车飞驰而去。她嘟囔着:"连台车都没有。"

一辆出租车停下,他赶忙探过头去辨认。司机下车,一边说自己有点事不好意思晚了点,一边过来开启后备箱,帮他们将行李箱拎进去。他的手搭在司机肩膀上,间或摇一摇,显示他们有交情。

内景　出租车内　凌晨

盖靖华副驾,李伟后座。司机专心驾驶,中途从工作台抓来一包软包装的烟,将一根烟抖到自己嘴上。抓火机点燃。将火机抛到仪表盘上。

借着内灯,李伟凑过来看一本边角翻卷的《读者》合订本。身体偶尔做怕冷哆嗦状。然后本着分享精神,他照着书念:"根据一则普鲁士轶事的说法:半路上犯人——当然,这里指的是死刑犯——老是抱怨上帝,说他不得不在这么坏的阴沉沉的天气走这么一段讨厌的路。传教士想以基督教的精神来安慰他,说道,你这家伙你还抱怨什么,你只要走一趟,而我还得在同样的天气在同样的路上走回去。"

他原以为会有所回应,盖靖华却只是看着车外。风将车体某个不牢靠的物件吹得噼啪直响。令人难熬的沉默持续了好一会儿,盖靖华说:"跟你说,不要送,你偏要送,你来,跟我坐同一辆车,固然不多出一分钱,但你一个人回去就得花一笔钱。现在的时间出租车又不打表,这么点距离要三十(说到这儿她瞟了眼司机)。里外里就是六十。"

"我也没怎么赚哪。"司机说。

"你攒几个钱哪。"盖靖华向后座的李伟搭话。

又过了一会儿,盖靖华跟司机说:"问你开空调呢,你又说空调坏了。"

"是，是。"司机说。

镜头停滞在车门内把手上。

内景　教导员办公室　日

墙上有一张本地区的地图（褶皱处鼓起，积满尘灰）。小城只是其中的十分之一。蔡斌一边用教鞭指点，一边对着镜头外坐在单人椅子上的不知名者说："说来不怕你笑话，我们这地儿建市时，定级别是县级市，本地人还很不服，认为祖上都是个州，现在好不容易升格为市，还是县级市，还不如不升。因此去争取。但是你地盘就这么大，人口就这么多，你能争取到什么呢。你猜最后上头给你定了一个什么规格？"

"什么规格？"不知名者说。

"副地级市。"

蔡斌继续说："在我们市的隔壁也有一个市，就在这儿，规模也是比地级市不足，比县级市有余。高铁兴建时，打算在我们两市之间设一个站，为两市共有。我觉得从科学布局看，设一个也就够了。站点都建好了，两边忽然觉得跟对方搭伙嫌丢人，都跟上面吵，说自己应该独立拥有一个站。因此上面决定再建一个站。这原定的站，因为隔壁市先抢到手，就给隔壁市了。后加的一个站就归我们。这样就出现一种情况：隔壁市的那个站，叫高丰南站，位于他们高丰市工业园区，距他们高丰市市中心有35公里，距我们三棵树市的市中心呢只有7公里。而我们市的高铁站，三棵树西站，位于我们三棵树市洪一镇吴家村附近，距我们三棵树市市中心有25公里，距他们高丰市市中心却只有15公里。因此，我们搭高铁都走人家高丰南站，人家高丰人搭高铁呢又都走我们三棵树西站。李伟跟他妻子说,'如果是从三棵树西站走也就罢了,偏偏走的是高丰南站,高丰南站又不在咱的控制范围之内。'是有道理的。我不知道这么说你懂么?"

"有一些些懂。"不知名的人回答。

"李伟是个心思缜密的男人,"蔡斌继续说,"但是他老婆并不这样认为,他妻子认为他前来送别只是为了完成内心的一种确认。就像案犯在作案前,先要在睡着的仓库值班员眼前晃晃手掌,确信他已完全睡着。"

内景　教导员办公室　下午

盖靖华向蔡斌倾诉:"他就是要亲眼看着我离开,好去——"她没说完,又难过又气恨,低下头去,抬起时眼睛发红。

"好去干什么?"蔡斌问。

"搞小三。"她说。

接着她调整精力,语速极快地控诉:"实际上他就是罪犯,他背叛我和这个家庭,这还不够吗,难道不应该称之为罪犯么。我们还没要孩子,我真不知道他会从别的女人身上带来什么性病,有的性病是潜伏型的,十几二十年查不出,害人害己。"

外景　高铁站　黎明前

李伟看着列车悄无声息地驶出站台,他弯下腰抄了一下下体。在确信列车已经完全消失后,他突然双腿跃起,朝空中狠狠击出右拳。在落下时,西服的下摆跟着扑落。这种兴奋就像足球运动员刚刚完成进球。此后,我们发现这位三十多的中年人,像刘德华那样,意气风发、精神百倍地走离月台。

内景　教导员办公室　下午

盖靖华对蔡斌倾诉。她就像是被芥末刺激到，鼻子一酸，"他穿着水红色的西服，白色的西裤，尖头皮鞋，我记得他开始还试了带黑边的银色礼服，打扮得就像鸟叔或者是婚庆司仪一样隆重。我直到如今才知道他的用意。"

"唉呀，唉呀，姐。"蔡斌在劝解她。

内景　高铁站　黎明前

李伟穿越甬道，阔步走向高铁站大厅腹部。

内景　高铁站　黎明前

一碗滚烫的吃到一大半的面，冒着热气。汗珠沿着李伟发梢滴落。李伟吃完走出这一家站内的面馆，走向大厅。我们通过欢快的镜头了解到站内高耸的穹顶、足有几十平那么大的悬于半空的广告牌、反射着洁白光芒的赭黄色大理石地面。旅人像是背插几面靠旗，面色凝重而认真地走过这块现代化的田地。

一位捉着一串钥匙与对讲机，穿着制服的工作人员走来。他笑着说："怎么样，送走了没有？"

"托您的福，这不刚送走回来嘛。"李伟说。

"建高铁后，一般月台是不准送人的。"来者并未停止他的脚步。

"那是，谢谢您啦，王主任。"李伟朝他背影说。

"谢什么。"

镜头继续跟随李伟朝前移动。我们不时听见有人跟李伟打招呼。这些打招呼的方式包括点头示意、举手示意，以及言语问候。

有人:"伟哥这是来干吗呢。"

李伟:"送老婆出差。"

该人:"现在又做嘛去呢。"

李伟:"去理个发,我这头发实在是太糟糕了。"

该人:"老婆走了不搓个麻?"

李伟:"不了,最近手气臭。"

该人:"你们这些人真没得劲,赢了就不来,还说手气臭。"

镜头继续前行。我们看见两排不锈钢机场椅夹道而立。个别疲倦的乘客将鼓囊的编织袋、水泥色的旅行袋堆在椅子上,自己以手枕头休息,多数则茫然坐着(有的还穿解放鞋,有的赤脚穿带泥的皮鞋,或者国产品牌运动鞋,有一人在不停吸电子烟),座椅上间或有吃剩的方便面、尼龙索以及其他足以与这现代化场合格格不入的物品。这时一名穿着香蕉黄羽绒服、奶白色裤子、长筒靴的还乡村姑超过李伟,走到镜头前,很明显她身后还跟着同行人,只不过在李伟后头。我们看见村姑走到两排椅子中间的那条道,忽然提膝,以小腿带动脚,摇晃着快要挤出来的屁股,走起猫步来。她这样右手叉腰,行到道路尽头,止步,回头,摆了个姿势。而后又走猫步,消失在转角处。我们能听见她发出有如母后登基的放浪笑声。笑声在升高时戛然而止。

(画面渐黑)

外景　李伟家所在小区院内　傍晚

我们听见画面外蔡斌向不知名的人介绍:"李伟原本在地区的外企有一份待遇优渥的工作,每周只能回来一天,为了这128公里的路程,集团宁愿派车,也不愿让他搭乘那'只有乡下人才挤'的中巴车。因为这关系到集团声誉。"在话音中,我们看见一辆早已卸完乘客、破旧、车体沾满泥浆像是水牛的中巴车缓缓从马路转过来，在残阳的照射下，车顶行李架捆着的一张由油纸包裹的进口床垫尤为显眼。小区铁门被打开，中巴车一直驶到李伟家所在楼层的楼道口，并且一直不曾熄火。

约有十几位邻居端着饭碗，在小区内吃饭，边吃边张望过来。

李伟显得比任何时候都瘦弱、衰竭。他拄拐下车，似还乡的国民党人，看着自己的居处。小区保安，一大一小跑来，大的对自己能帮到这个忙感到十分庆幸，脸上溢满笑容。他们就像猴子攀上中巴车，麻利地解开绳索并将之抖下。然后，我们听见李伟伸手半是恳求半是着急地说："小心，小心。"可床垫还是被两人欢快地抛在地上。一时尘土飞扬。李伟撅着拐杖，似乎要责怪，然而考虑到人家是帮忙，又没有损害到床垫，因此什么也没说。李伟的父亲，李广塈，非常不快地坐在楼道边的小矮凳上——他在逐渐明显的暮色中坐得就像一枚秤砣——自顾说："平时也没见谁吃饭跑楼下来。"

我们听见端着饭碗的邻居，甲说："这会儿搬家回来，估计是不想让大家看见，怎么看不见呢，这会儿都下班了，正瞧见呢。"乙微笑，大力点头。甲接着说："你看，这垫子厚的，总有皮箱厚，怕是值得上万块，说是根据顾客的睡姿专门定制的。"这时甲的孩子走来，甲对他说："孩子，这床垫是根据你李伟叔叔的睡姿度身定造的。你知道度身定造吗？"

"不知道。"

"这个度呢，写起来就是百度的度，但不读度（他放下碗，用筷子另一头在沙地写字和拼音）。这个度字的意思是计算、推测，比如忖度、揣度、审时度势。度身定造呢，就是根据一个人的身材来定制。懂了么。"

"懂了。"

"懂了你读。"

"度身定造。"

"唉对，床垫公司为你李伟叔叔度身定造了一张专属床垫。"

"度身定造了一张专属床垫。"

接着，甲又向乙说："说起来还是考上公务员好啊。你看，一开始还觉得外企工资高，转眼饭碗说没就没了。"

"那是。"

有几人提着行李上去，两保安搂着床垫就上楼去，李伟挂着拐杖颤巍巍跟过去，路过李广堃时，说："爹。"他爹的眼里积满怒火。他爹转过身，对着别的地方。

镜头停滞在楼道口，对准它。我们听见床垫在楼道搬动以及有人让路的声响。传来对话：

"病好了？"

"好了。"李伟答。

"出院了？"

"刚出院。"李伟答。

"出院就好，身体是第一重要的。"

内景　医院　日

两位教授（一博导一硕导）自刚停稳的医学院大巴跃下，麾下各跟随十来名狐假虎威、装作对沿途围观者目不斜视的学徒。医院的科室主任疾步迎出来（他对着手机最后交代几句，"来了来了"，而后合上手机翻盖），像汉奸一样，将大队伍带进去。我们看见这一批白大褂跃上台阶时，下摆翻滚如浓云。

病房内另外三位病友被临时赶出去。

镜头对准李伟。我们看见他穿着病号服，坐在床沿。在床头柜里摆着墨绿色的开水瓶以及蓄意摆放得突出的豪华然而百无一用的果篮（贴着红色纸条，写着萧歌集团董事会主席 George Wong 谨致慰问）、保健品。窗前站着一位穿棕色灯芯绒修身西服、戴金丝眼镜、后脑勺某处留下无法长毛的疤疤的凤凰男。他不时像是要发言那样咳嗽。他望着窗外。在大队伍进来后，李伟扶着可移动的床上桌，坚持站起来。在他脸上闪耀着一种能为医学界做点什么的光荣。一种献身的饥渴。同样感到光荣的是他的主治大夫，她让李伟侧身坐好，撩起李伟的病号服，用听诊器听了一会儿，说"您听"，将听头让给博导。博导接过来听了一会儿，眼睛向上翻。

"嗯。"博导意味深长地发出鼻音。

硕导瞧瞧这位师长，也跟着来听，听完思考了一会儿，又听听，划拨着手机里的资料，给博导看，博导说："是吧？"紧接着，硕导一挥手，那跟班的学徒一二十人排好队，一个个跟上来，侧着脑袋听。"吸气，呼气，吸气，呼气。"每当有一位来听，守在一旁的主治大夫就对李伟发出指令。这些个学徒（本科生）多数一言不发，有的则堆着笑，对着李伟点头。李伟开始很配合，后来麻木了，有如关公刮骨疗毒，只顾坐着，看一本小说。

我们听见博导在问：

"增强 CT 做了没？"

"做了。"主治大夫回答。

"CT 引导穿刺呢？"

"做了。"

"痰培养呢？"

"做了。"

"气管镜呢?"

"做了。"

"骨穿呢?"

"做了。"

"淋巴结活检呢?"

"也做了。"

"目前倾向什么结论?"

"还是和您汇报的那样,到目前为止,肺结核、间质性肺炎、结缔组织病、细支气管炎、真菌感染、血管炎还有肿瘤都排除不了。非常难办。"

"切片借出去没有?"

"借出去了。"

"那就看那边病理科的谢莎莎怎么说。"

"她也拿不定。"

"把片子给我看看呢。"

于是主治大夫从李伟病床的褥子下抽出一堆 CT 影像。博导一张张举起来,抖抖,对着光看。然后说:"考虑开个胸,艾教授你说呢?"

"我赞成开胸。"那被称作艾教授的硕导回应道。然后博导转过来拍拍刚放下书的李伟的肩膀,说:"小伙子啊,你要做好思想准备,这个手术还只是检查性手术,并不是有针对性的治疗。不过什么病都是这样,只要查出是什么病了,治疗起来就快了。你说是不是?"

"是,是。"李伟一边说一边剧烈地咳嗽。

"这样吧,先给他开点阿斯美。"博导对主治大夫说。

备注:只要是白大褂,口袋都应该佩戴至少三支笔。

内景　医院病房　日

凤凰男从窗前转过身来。这时大队伍已经撤离,密集的脚步声消失在楼道,传来导师的和众学徒的对话。

"我让你们听,你们听见没有?"

"听见了。"

"特别是在这方面的反应一定要记牢记清。"

那被驱赶出去的三位病友,拖着自个儿,回到病房。他们睁大眼睛,无声地询问李伟。李伟摊摊手,苦笑着。

"Wilson,我代表集团董事会,特向你宣读慰问信。"那长得就像中统的外企 HR 负责人掏出一张打印好的粉红色信纸。

"David,不需要这样。"李伟说。

"程序就是这样,我开始念了。"凤凰男严肃地说。

他念(剩余三位病友好奇地瞅着他):

Wilson 以及 wilson 的家属:

你们好!

近日,集团董事局 Wong 主席惊悉你罹患重疾,深感不安,他于万忙之中再四叮嘱我们要掌握你的情况,及时向你提供必要的帮助。21 日我们致电你后,将你病情已告稳定的情况汇报给 Wong 主席,Wong 主席深感欣慰,特嘱我们代表他前来探视,并带来集团上下对你的关心与慰问。在此衷心祝愿你早日康复。

回首过往,展望未来,我们有理由豪情满怀!过去一年,是集团紧盯市场紧抓机遇,发展最为迅猛的一年,是集团上下响应董事局号召,打造"更高、更精、更特"这一现代型国际化集团最为关键的一年，更是集团各营销领域全面开花、捷报频传、实现销售总利润破300万元港币、人心最为振奋的一年。在过去，集团的昌盛是你不倦的追求，集团的崛起有你留下的汗水，集团发展的每一步，都离不开全体员工特别是像你这样从集团创立伊始就加盟的老员工的辛勤付出。今年集团图谋二次创业，征途险峻，任务艰巨，集团盼着你及时复出。为此，集团及集团董事局Wong主席望你能积极配合治疗。虽然说你目前正经历治疗的疼痛，但心若坚强，再大的风雨都不要逃避！请选择坚强，选择忍受，风雨过后必定是彩虹！请相信，我们一直在为你守候、为你祈祷、为你祝福！

内景　医院电梯间　日

David在等电梯时，对着粉红色信纸，做举拳状，继续念："为你守候、为你祈祷、为你祝福！"过了一会儿，他又说："钦此。"

内景　医院病房　日

李伟一边对着处方笺念一边将药分进彩色翻盖小药盒早、中、晚的格子里：

泼尼松片　每日1次，一次9片（每隔3周减1片，到1片时停止减服，直到医生有新的布置）

雷公藤多苷片　每日3次，每次1片

环磷酰胺片　每日2次，每次1片

沐舒坦　每日3次，每次1片

阿斯美　每日3次，每次2片

碳酸钙D_3片　每日2次，每次1片

盖三淳胶囊　每日1次，每次1粒

然后他对一直站立旁边的主治大夫说："大夫，我的病能好么？"

"怎么说呢，"后者回答，"走我们这儿出去的，我是说走我们风湿免疫科出去的，就没一个能好的，所谓好也就是控制得好，终生都要控制，你要做好这个思想准备。"

床头柜及床铺上放着打包好的东西，李伟上身还穿着病号服，下边已经换上西裤、皮鞋，显示他即将出院。我们看见凤凰男站在窗前，手插在裤兜里，西服的后摆隆起。他在窗前来回走动，就像他的嘴巴欲言又止。有一会儿他抬头去看早已拉开没什么可看的窗帘。他在看的时候眉头皱得是多么紧啊。最后他取出那只明显是装着钱的白色信封，过来就觅李伟的口袋要塞进去。李伟挡着不让他将钱塞过来（来者先是想塞进病号服的口袋，未遂后，又去拉床头双肩包的拉链，试图放进去）。"拿着，wilson，拿着。"他焦急地说。

"不带这样的，我不需要这个。"李伟说。

"你拿着，这又不是我私人的钱，你先拿着。"

"我知道不是你私人的钱。"

他们就像两个东北人抢着结账一样你推我搡很久，直到那叫David的突然站直，严肃地说："你被集团解除合同了。"David将信封扔在洁白的床上，扬长而去。镜头停留在信封上，通过它鼓起的程度，我们判断里边有三四千元。

内景　医院电梯间　日

David对着不锈钢垃圾桶掸烟灰（烟大概只抽了1/3就摁灭了），长时间看着广告，自言自语："从此萧郎是路人啊。"

电梯开。他进去。电梯门关上时，我们看见他对着镜头摆手。"拜拜。"他说。

内景　教导员办公室　日

我们听见画面外蔡斌向不知名的人介绍:"李伟回到我们本地,不想再去找工作,或者说,在我们这副地级市他也找不到什么像样的工作了。而让劳动局介绍工作,就像普鲁斯特说的。"

"普鲁斯特说什么?"不知名者说。

"普鲁斯特说:客人想要点的女人,老鸨一概佯称不认识,而她提出的又尽是客人不想要的女人。"

在话音中,我们看见李伟捏着一只档案袋探头探脑走进这间办公室。在他游动的视线下,我们注意到这间形同仓库的办公室还有这些细节:刷着齐腰高的绿漆,报夹沾满灰尘,办公桌上放着几堆材料,材料被取走的地方则留下四四方方的痕印。李伟揉搓着手腕(隐喻着那里曾戴过手铐),评议着("堂堂一个教导员的办公室,这么破"),用眼睛请示蔡斌,像闲置已久的厨子或工匠急于等待分配工作。

李伟穿着一件水红色的西服,西服背后沾上一块灰尘。并有一枚脚印。

"坐。"蔡斌一边说一边抄起一盏台灯。他连吹数口,吹掉上边的灰尘,而后将它卡在桌沿,使灯头对准李伟。李伟坐上那张椅腿是X形的坐着让每个人都难受的折叠椅。啪。台灯被摁亮,强光对准李伟的脸。纹理尽显。这是我们第一次认真而仔细地审视这张脸。因为被光照着,这张脸显得不太耐烦。

在李伟紧张地注视下,蔡斌招手,让站在门外的在此实习的学员警进来(我们可以通过学员衔交代学员警的身份)。后者坐在蔡斌旁。蔡斌自抽屉取出材料纸,摊开,转开墨水瓶盖,给钢笔尖蘸水。李伟凑过去看材料纸抬头,像是发现什么(我们看见抬头写着"讯问笔录"四个字),说:"怎么还是讯问呢?不是已经解除怀疑了吗?"

"什么意思。"蔡斌说。

"讯问笔录是针对犯罪嫌疑人的(语速稍迟疑),询问笔录是针对证人、被害人的,你们现在既然只是找我调查情况,就应该用询问笔录纸。再说,只有在讯问时,问话的人才不得少于两名(这时李伟看了看那加入谈话的学员警)。"

"询问也有两个一起问的。"

"没有硬性规定,但是讯问笔录一定是要两名警察一起问的,你刚才叫你这位同事进来,就是在照规矩办事。"

蔡斌长时间看着李伟,说:"这么说吧,如果你有事,做的是询问笔录,也免不了你有事;如果没事,做的是讯问笔录,也不能将你弄成有事。对吧。这不过是形式问题。"

"不,这在根本上是态度问题。我不喜欢你们将我定性为罪犯的态度。"

"我们没有将你定性为罪犯。"

"你们心里是这么预设的,或者说是这么期待的,或者说,至少是你还没有放弃这种可能。"

内景　教导员办公室　日

"姓名?"蔡斌一边等待记录一边问。

"这些不是都问过吗?"

"还得问。"

"李伟。"

"性别(蔡斌未等回答就记录为男)。民族。"

"汉族。"

文化程度、出生、籍贯（哪里人），一问一答，若干。

我们听见画面外蔡斌向不知名者介绍："李伟没找到工作，就待在父亲开的那家餐馆，每天坐在那里，瞎混，被人嫌碍手碍脚。后来，李伟自己都说，就是连自己的名字，自己看着都丧气，为什么起这样的名字，父亲对自己得有多冷漠啊。"

内景　久君餐馆　日

一桌对坐两人，一为李伟父亲李广堃，一为他的朋友，据脸色及盘中剩菜情况看，两人已喝了一阵子。

"说起来有一件事，几十年我都没跟人说过。"李广堃说。

"什么事，广堃？"朋友。

"就是小伟的名字，他妈生他后，我原本给他起名李骄阳，然而一到派出所，我却觉得非叫李伟不可。当时民警翻了下户口登记簿，说，'有太多人叫李伟。'"

"是啊，全国加起来怕是有四五十万。"

"这正是我想要的，"李广堃显得兴奋，"我的想法就是，就让这孩子消失在人民群众的汪洋大海之中，永远不被人注意和算计。"

"倘要是犯了罪，警察可能还会抓走另外一个李伟。"朋友补充。

内景　教导员办公室　日

"身份证号？"

"我找找。"

"你不记得？"

"记是记得，我怕记得不准。"

一边说，李伟一边自档案袋里取出手拿包（隐喻此前档案袋内的物品曾被扣押，现已返还），又从手拿包内取出身份证。我们看见这是一只啡色长款真皮手拿包，内胆是荧彩粉红色。我们听见画面外蔡斌向不知名者介绍："当时他拿的钱包一共有13个卡位、2个大钞位、1个大拉链袋、1个相片位、1个证件位——不知应该怎么形容，就像是古罗马圆形大剧场，建造得雄伟、庞大、豪华同时秩序井然，一早就在那儿等着尊贵的客人——然而，夹在里边的只有几十块钱，皱巴巴的。里头可能还有几个镚子儿。"

外景　久君餐馆　日

餐馆。门口。李广堃，既是餐馆老板还是门童，他总是在门口招迎客人："来了您呢。"镜头此时应该有对餐馆外部的描绘，它装的是对开的玻璃门，门上贴有招贴：

不求千人来一回

只求一人来千回

以及：8元吃饱，16元吃好

这是家中等规模的餐馆。它偏向于进食本身，从功能上说无法承担大型宴请。

我们听见蔡斌继续向不知名者讲述："钱包里能放几张钱，取决于他的父亲的施舍。其妻盖靖华不可能给他钱。他也不至于要。"

内景　李广堃家平房　日

李广堃老两口居住的平房，李伟盖靖华周末回来探视的地方。一间灯光偏暗的内房。李广堃用右手指指尖蘸口水,翻动账本,记上一笔,然后取出扎好的钱,交给盖靖华,"你数数。"他说。而她也真数。她的数法像银行工作人员一样职业,讲究技法,五张五张地数,动作不大而效率极高。"放进去。"在她数完后,李广堃说。因此她输入密码,又掏出钥匙打开保险柜。柜门被拉开时,我们发现里边还有不少沓类似今日这样的纸钞。"锁上。"李广堃说。她锁上,输入密码锁。每当这一仪式完成,李广堃眼中便放射出一道极为喜悦的光。她的脸也微微一红。

内景　教导员办公室　日

蓝色的烟雾像云层一层层悬浮在低空,显示此次针对李伟的补充问话已进行好一会儿,已经深入。但是镜头内不要出现人抽烟的具体动作。李伟红着眼说:"我都在想,他们是不是存在私情。只有私情才会使人产生如此这般的信任。我的父亲似乎是在取悦她:把钱给你,我的钱是你的啦,你的啦,由你保管,呵呵。"

我们的镜头似乎在等待他消化这一情绪。

过了一会儿,他接着说:"我怎么能这样去揣度自己的父亲呢,我分明是在嫉妒,我嫉妒妻子——而不是我——获取了父亲的信任。父亲认定她是公家人,而我不是,因此将账目、现金都委托给她管理。说不定他取悦于她,还是怕她有一天离开我。他是在挽留她。"

内景　久君餐馆　日

大概有十余张餐桌,每张桌上都放着消毒筷子盒、抽纸、牙签盒及台卡,深处(左侧有楼梯通往二楼,右侧有甬道通往后厨)摆着收银台。我们不妨将这家餐馆定义为主营面食、兼营炒菜的特色餐馆。

镜头里的内容开始像流水一样流动。顾客、服务员的活动被加速。唯有李伟长时间坐在一张没人坐的餐桌旁（发呆，一条腿搭在码齐的两张椅子上）。有时他会为某位顾客而让开这张餐桌，有时则悻悻然地走上二楼，又走二楼下来。

　　流动结束。李伟靠在墙上，一条腿搭在椅子上。头仰着。这时一名顾客吃完，扯过餐巾纸擦过嘴，从钱包数出钱，放在餐桌上，走了。李伟几次鲤鱼打挺，艰难地起身，走过去将那钱抄走，然后将它交给深处的收银员。后者啪的一下，敲响某个键，于是一只屉子从收银机里弹出来。收银员麻利地将这十几元钱分门别类地规整进去。

　　镜头继续快速流淌。墙钟跟随快速转动。当它转到19：30时，李广堃幽灵般闯进餐馆，粗暴地抓起遥控器换台（从中央六台换到一台）。天气预报。当看到播音员介绍某地有雪时，他爆发出幸灾乐祸的笑声。"下雪，你看，整个西北都在下雪，雨夹雪，下，下，下死它。"他一边看一边说。

　　我们听见画外李伟对蔡斌说："他一天要看三种款式的天气预报，市里的、省里的以及中央的。这是他的娱乐活动。"

外景　公园　日

　　镜头出现在公园某条水泥道上，行走于此的多是55—75岁、已然老去但尚未老掉牙的老人。他们两手空空、相对自然地走着，忽然会抒情地来一下华尔兹舞步或者某个旋转，他们所祭向半空的右手（五指半握），就好像真的握着什么舞伴的手。镜头来到原为篮球场的舞池，并在人们身上容易显老的部位停留（比如银灰的头发、浑浊的眼睛、卸走假牙的干瘪嘴唇、藏青上衣、过时的皮鞋、将钥匙串挂在结实的臀后、手机套别在腰间）。我们听见蔡斌对不知名的人说："在体育公园，李伟跳了一段时间的交谊舞。（在这里）很少有像李伟这样刚过而立之年的男子。他在这里跳得最为卖力、认真，也可以说他材质异禀，很快他就在这里跳得最好，就像是专业运动员来到业余运动员中间。有时我会走公园穿过，我和很多人一样注意到了这个异常的舞者。他使几乎所有人相形见绌（那些其他的舞者要么受制于羞怯，他们往往只敢承认自己是来锻炼的，要么受制于天赋或身体条件，要么受制于受训练条件不够，要么所有条件都好，就是鼻翼边生长了一个瘤子）。在他身上展现的是只能在教科书上看见的舒展、毫无保留并且不会打任何折扣的激情。每天他都会穿着擦得锃亮的拉丁舞鞋以及那件短马甲准时到来，颈上系领结，有时他甚至穿着大红色的紧身表演服，就像一名男妓那样妖艳那样显露着衣服下紧绷的胸肌及隆起的乳头。在舞曲结束在所有人都冷漠无情地甩手而去时，只有他还在姿态优雅地向舞伴做出致谢的动作。"在镜头中，李伟不停地交换舞伴，不停地盘旋。直到他和一位跳得同样出色的穿着黑色塔裙（扎着红色束腰）的女士牵手。继续蔡斌的旁白："不久他便结识这里的'皇后'，早年在剧团唱戏的张艺大姐，他们整首整首、整小时整小时、整天整天地跳着，直到被舆论认为是跳出了问题。"

　　镜头里，李伟和张艺就像是要冲上峰巅一样，加快速度，不停旋转，直到猛然停下，不停喘气。汗水甩向一边，用头巾包着的长发也扑落回来。从张艺那起着细密皱纹的洁白脖子里渗出新的汗珠。李伟看着一直戴着琥珀色蛤蟆镜并且一直笑着的张艺，说："你的每一个动作，都那么流畅，就像是流水中不可分割的一部分，符合我对这种动作的想象。我想到哪儿，你的动作就到达哪儿。我的感觉好极了，就像我们是一母所生。我的背也出了一层汗，毛茸茸，有点刺痒。我再没经历过这种诱惑。我要喝水。还要和你做爱。"

"我也是。"她说。

接着他们抚摸各自的背部,高举起互相握着的手,在舞池里重新飞旋起来。但只飞旋了一会儿,张艺似乎出现脚疾(镜头对准她苍老多皮的脚踝部),她停下来看。

在公园里跳舞、锻炼的人群中,有一位是穿红马甲的白头发老太,她就是后头出现的杨老师。这里镜头对之有所驻留。

内景　公园卫生间　日

肮脏的盥洗池,破旧而灰暗的镜子。有一块比较明亮。显然用什么擦过。张艺对着它审视自己仍显年轻的脸庞(但也不年轻了,怎么说呢,就像水果熟得绽开了皮)。后来她摘下蛤蟆镜以及头巾,我们看见发根那里一圈都是白的。她就像初次经历这种恐惧一样,惊慌而束手无策地看着镜中的自己,又像干哭,又像是喘气。她的双手半举在空中,像沾满了罪恶的鲜血。在她身边,有一些同龄的但早已大腹便便的老年女人茫然地进进出出。

有人跟她打招呼:"大姐,今儿又来了?"

跟着那人的小女孩遵命叫她(特别脆的童音):"奶奶。"

内景　教导员办公室　日

李伟对蔡斌说:"说到送我老婆,我送呢,她说我花冤枉钱;不送呢,她又说我心里没有她。其实是她要我送的。如果她不要我送,那我一定是送不成的。"

外景　高铁站及城区　黎明前

李伟走高铁站出来,打喷嚏。他钻入一辆前车窗前亮着小红灯笼的黑车。车门被拉上，发出响声。司机要抽完那还剩好几口的烟，踩灭，才钻进车内（中途他曾想扔掉烟头，瞧瞧还有还长一截，又多吸了几口）。

车灯像勘探一样，在漆黑的城区游移（方向是从东到西）。通过声响的变化——起初是轮胎哗哗的声音，接着是碾压砂石的声音，后来车身出现颠簸并轻微弹跳（"你慢点师傅。"李伟提醒道）——我们知道汽车由宽阔大道进入路况较差的地方。可能是城中村。

我们听见画面外蔡斌对不知名者说："根据李伟的说法，一出高铁，他就去找服务员吉晓华的住处。"黑车在某处停下，我们听见拉手刹的声音，在黑夜中车辆只是更黑的一块轮廓。车并未熄火，一直半死不活地哼唧着。车内传出李伟的声音："我明明记得的，她住的地方就靠路边，墙体上刷着蓝色广告，首付 8 万起。"

"别急，您慢慢想。"司机说。

内景　讯问室　夜

讯问室的设置要与蔡斌所拥有的教导员办公室不同。讯问室封闭、单调、干净、压抑，从低矮的天花板上放射下不放过任何细节的强光。墙面是银灰色的，被线条分为均匀的一块块。看起来这里就像是宇宙飞船的舱体。在讯问室的右侧，装着一扇铝合金窗户。窗户外有一间办公室，刑警大队大队长（王大）戴着茶色眼镜，嘴叼牙签，架着二郎腿，坐镇于此。此刻仍有很多警察陪着王大，特别是蔡斌。

讯问室中间摆着一张同样是银色的办公桌。桌面放置的是玻璃杯，旁边有黑白两色不锈钢电热水壶。

通过审讯双方松垮的姿态表示审讯已进行到一定程度。

李伟对两名审讯的警察甲和乙说："我应该打她的电话。"

"打谁的电话？"甲问。

"吉晓华的电话。然而我却没有她的电话，她的电话号码贴在餐馆收银台边上，然而我却没有餐馆的钥匙。"

"打她电话干吗？"乙问。

"告诉她我想她，现在就去找她。"

内景　讯问室外间　日

几名黑车司机低头站成一排。李伟反复辨认，还用鼻子嗅，最终他停留在一位长胡髭的师傅那里。"我就是搭他的车去找吉晓华的，一直找到天亮。"他说。

"是吗？"警察乙问该司机。

司机抬着布满血丝的眼睛，辨认李伟，说，"拉是拉了很多的客，就是没载过你。"

"行啊你。"李伟虽说是戴着手铐，但还是用拳头去擂对方的肩骨。接着他说："拉谁没拉谁你还不记得吗？"

"是啊，拉谁没拉谁我还不记得吗？"黑车司机说。

外景　城区　黎明前

漆黑的天空下，警报器大响，一台警车左奔右突，艰难地驶上主干道，自西向东疾驰。不久，从另外一个地方，也蹿出一台警车，同样警报器大响，奔向同样的地方。

我们听见画外蔡斌对不知名者讲述："如果李伟说的是真的，那么他还在赌博式地，凭借不可靠的记忆寻找服务员吉晓华的租住房时，我们正赶往教师村。"

内景　教师村杨老师住宅　黎明前

第一台警车载着接110指挥命令出动的巡警离开，第二台警车则载着负责前来侦破案件的刑警进驻。轮胎碾过大门外的减速带，将石子碾压进地面。车门次第关上。

三名刑警（甲、乙及技侦人员丙）在蔡斌带领下鱼贯进入由厕所余光及应急灯勉强照亮的小客厅。这是老式宿舍，窗户上的玻璃部分被击碎，纱窗被从上到下割开，窗台上有不少碎玻璃。

我们看见惊魂未定的老妪：杨老师。她戴着带眼镜带子的眼镜。面色蜡白。双手发颤，正捏着药瓶和盖在上身的毛毯的一角。眼睛失神望着前方，思想似乎还停滞在事发的那一刻。发皱的嘴唇半张开，正在有节奏地喘气（牙套没戴，因此嘴唇显得极瘪）。她穿着老年人那种羞于示人的粉红色秋裤。上身除睡衣外还披着一件红色的马甲（与前头她在公园锻炼时穿红色马甲呼应）。花白的头发因为不及梳理，像触过电，左一根右一根地竖立，而且稀疏。

有同为女人的邻居蹲着陪侍她。

她说（老知青，带有江浙口音的普通话，声音锈迹斑斑）："我被打碎玻璃的声音惊醒了。"

镜头对准五斗柜上立着的杨老师丈夫遗像。

内景　教师村物业办公室　日

破旧。简陋。蔡斌站着，工作人员坐着，后者拖动鼠标，快进，调看监控录像情况。我们看见一个黑影走监控镜头的最边远处走入教师村大门。然后就是一片黑，只有代表时间的数字在监控录像上跳动。

"就这么多？"蔡斌问。

"是啊。"工作人员说。

内景　杨老师住宅　黎明前

镜头对准黑暗中窗框漆了红漆的窗户。忽然，板砖敲碎一块窗玻璃，接着是另一块。一个人从砸开的窗口伸进一只戴着劳保手套的手，转动长插销，打开窗子，并用小刀割开绿色纱窗，钻了进来。

镜头注意到他鞋上套着蓝色一次性家用塑料鞋套。

他像野兽一样在室内闯来闯去，毁坏财物。在遇见摇摇晃晃出来的杨老师后，他抓住她双肩，拼命摇晃，然后将她一把推倒在老式布面沙发上。镜头注意到他戴着幽灵面罩。我们听见面罩里他粗重的呼吸声。他呼吸了一会儿。观察了一阵子室内，又从来路大摇大摆地钻出去。

外景　教师村　黎明前

多个摄像头。它们藏身于小区出入口、树上以及道路上。像猫头鹰一样警觉（作横向旋转360°、竖向移动180°以及镜头收缩伸出运动）。

内景　教师村物业办公室　日

蔡斌弓着身体看着，工作人员坐着，电脑屏幕呈现同一时段小区多个摄像头的监控结果，四帧画面显现的都是黑暗（那画面就像是做B超）。直到其中某一帧出现黑影走出来。不久，这个黑影在其他画面中渐次出现。

"你看。"工作人员指着屏幕里的黑影说。

"等于没看啊。只能确定他是个男的。"蔡斌说。

"至少能估测到身高呀。"

"有个卵用。"

内景　杨老师住宅　黎明

三名刑警中的技侦人员丙,用镊子在地上夹起一根毛发,并用电筒照它。众人凑过来。与此同时,门外传来汽车驶来并停车的声音,王大带领扈从推起军被做的门帘走进来。众人耸立,齐叫"王大"。他摘下洁白的手套,说:"怎么样了?"

众人看向那根发现的毛发。这时室内传来猫的叫声。一只猫从沙发的靠背走过。王大过去抱起它,它叫了一声。他翻动它的毛,举起那镊子,看着镊子上夹着的毛,闻了闻,然后连镊子带毛一起抛到下属准备的托盘里。他轻蔑地说:"猫毛。"

这时镜头对准杨老师的背影,她在镜头里缩小了很多,就像一个侏儒。这更符合她的真实情况。她一边拿出书信一边对警察甲说:"这些就是敲诈信。"

王大问:"杨老师,你的子女呢?"

"在迪拜啊。"

"在迪拜干吗?"

"务工,去年去了到现在还没回。"

王大向蔡斌耳语:"她现在精神状态还正常吗?"

"不知道。"蔡斌答。

"这样,老人家,我们一定会找人帮你把铝合金窗装上,"王大说,"先装上,至于这个钱是学校出还是谁出,都不要管,重要的是先把它装上。"

内景　讯问室　夜

李伟和审讯者的对话：

警察甲：唉对，像你这样敞开了说比较好（甲起身将一杯水作为奖赏推到李伟面前，因为晃荡，有一点水溢出杯外）。

李伟：是。那种时间流失的感觉太可怕了。一天就分四块，早晨，上午，下午，晚上。我先是将早晨给浪费了。接着你看还会有上午和下午。那种时间所剩无几的感觉太可怕了。特别是对一个深陷于爱情中的人来说。实际上在早上我就感觉到时间所剩无几了。这是她——盖靖华——第一次出差。对她和我而言，这事情来得都有点突然。她没有说具体的归期，只是说和领导去省里交个材料，时间可能一天，也可能是两天三天。如果以一天计，那么当太阳升起时，我已经浪费走这由她恩赐的一天的 1/4 了。你知道她从不出差。

内景　理发店　早晨

在橙色的晨光中，李伟拢紧西服，抱住双臂走来。寒风将地面的纸屑或什么吹起来。地面甚至有霜。我们要让观众感受到寒意。他粗暴地敲打理发店的卷帘门，后者发出破铜烂铁才会有的声响。乳白色的灯箱仍然闪亮，写着理发店的招牌：美容美發。

门被拉开，一个颏下及脑后均长有垂肉、皮肤松垮的秃子看了一眼，拍了一把李伟，带着与生俱来的和善说："你呀。"秃子将煤炉拎出来，拎着火钳走出镜头，不一会儿像小偷一样跑回，火钳上夹着一块烧透了快要粉碎的煤球，他将它垫在炉底，然后加上新的煤球。而后又将加过冷水的水壶放在煤炉上。

李伟就像在自己家一样，找到万能遥控器，对准空调，反复摁，直到空调的出风口打开，暖风徐徐吹来。

"理成什么样的?"理发师问。

"这样的。"李伟说。然后李伟掏出宽屏手机,拨拉出贝克汉姆的照片。理发师弓着身子看了一会儿,说:"了解,懂,帅哥。"理发师总是笨拙地奉承,他从不放过任何一个奉承的机会。

"剪得尽量短一点,不要留下任何颓废的姿态。"李伟说。

"了解,焕然一新,帅哥。"

冰冷的推子架上李伟的后颈。李伟的大腿不时夹紧,后来还架起二郎腿继续夹紧。理发师的眼神心领神会地看着那里。

内景　讯问室　夜

李伟对警察甲与乙说:"理发师叫黄延乓,我们都叫他老黄,是在劳动就业培训班认识的。当时盖靖华一定要我去参加这个培训。这使我感到极为羞耻,我也据此认清了自己在对方心目中的位置。结业后,我就还是在餐馆瞎混着,而这位同桌,老黄,已经开了理发店。"

内景　理发店　早晨

"一般人我是不给他开空调的。"老黄说。

李伟的双腿夹向发胀的阴茎。

内景　久君餐馆　日

我们看见一个类似油画般的场景:一个光明的下午,服务员,吉晓华,擦拭桌面,因为什么掉下桌面,她弯下腰去捡,仿若拾穗。布袋般结实、沉甸甸的乳房因为重力缘故,悬吊着。她穿着餐馆制服,那是件依靠圆形透明纽扣扣起来的白色带花边衬衣。墨绿色的围裙系在腰部。在她脸上长有一颗和梦露分毫不差的痣。她永远都保持着笑容，从不曾对谁拉下过一次脸，即使是独自一人，这张脸也没有像伞一样收起来过。

内景　讯问室　夜

李伟向警察甲乙交代："一想到今天就有可能和她行床笫之欢——就要将阴茎推进她那潮湿、温暖、润滑，对它百般容纳、百依百顺的阴道——我就感觉全部、到处、什么都酥软都融化了。"

李伟继续说："而她盖靖华，一想起她穿着哥特式的内衣，还有冷冰冰的脸庞以及一副就像谁欠了她钱似的德行，我就觉得寒气凛然。这种恶心简直罄竹难书。"

内景　李伟和盖靖华的家　夜

昏黄的灯光下，盖靖华在拉扯她墨绿色的大型胸罩，不时将指头伸进去扶正胸垫。她是平胸。皮肤又黄又黑，有些地方是鸡皮。在铁丝上还挂着几只同样森然的像是由钢筋打造的胸罩。像一排板鸭。

内景　理发店　早晨

"你说啊。怎么说到一半不说呢。"老黄说。

"没什么好说的。"

"你看看，你一个才子，看不起我们没文化的人咯。"

要过了好一会儿，待老黄扶着李伟的脑袋，让他从洗头床上起来，并走到大玻璃前，他才说："你们这个招牌，美容美發的'發'字是错的。"

"我就说嘛。"

"正确的应该是这样写的。"

李伟以指蘸水,在玻璃镜上一笔一画地写出"髮"字。

内景　理发店　早晨

理发进入收官阶段,老黄用手持的理发后视镜照着李伟后颈部。我们看到李伟的发型有了极大的改变。老黄问:"帅哥大清早理发去干吗呢?"

"去肏个屄。"李伟说。

"什么?"老黄拢起耳朵问,"我没听见。"

"肏个屄。"

我们看见他的水红色西服挂在后边。待一会儿,老黄就会像世代的仆人,眼含欢喜,提着这件西服。他一边反复吟诵着"肏屄""肏屄"(就像是在品尝什么)一边等待李伟将手伸进去。李伟穿好后,掸掸衣服,捉紧翻领,照照镜子。结账时我们看见他的钱包里还是有两张一百元的。而后他恢复刘德华的姿势(右臂稍抬,像搭着一毛巾什么的),阔步离去。

外景　体育公园等多个地点　早晨

出现配乐。应该是节奏明快的晨曲(比如 One Thousand Suns / Chicane & Ferry Corsten)。镜头显示李伟(显眼的红色西服),如何经过体育公园、路边闭着门的发廊、人行道、酒店、三棵树、市场、旧城楼。行走时,他处于一种半舞蹈的状态。太阳越来越不可逼视,当然也越升越高。

在穿过公园的水泥舞池时(此时只有几个晨练者),他曾旋转一圈;在发廊前的电线杆上显现着"真情求子""诚聘男女公关"的牛皮癣广告,地上散落"24小时上门服务"的名片——他曾捡起一张观看,然后在行走途中扔飞盘一样扔出去；他笔直穿过本城地标大厦（三棵树酒店）、老城楼的门洞，酒店前市场有很多摊点，正在摆上货物，此处显得特别嘈杂，声音嗡嗡地飘浮在半空，这种声音逼退了电影的配乐。

在整个行程中，镜头或近或远，总是追随李伟的背部。就像是一次鬼祟的跟踪。

内景　讯问室　傍晚

我们看见作为优雅象征的水红色西服（昨夜还熨烫得笔挺的）已揉皱，早间经洗剪吹打理好的新发型也变得凌乱不堪（发尖沾有银灰色的泥浆，现已干硬）。十几名警察将他共同押送到灯火通明的讯问室来。他双臂反剪，被抬高，头被迫仰着，膝盖弯着，臀部还得翘着。有时还得挨上几脚。警察们个个都生怕自己没有功，纷纷抢占他的肉身，那没有抢到手臂的也尽量抓到一块衣角或者捞住皮带尖什么的。

李伟脸色苍白，额头堆满抬头纹，汗从下巴颏儿滴下。

"进去，进去。"警察们喊。讯问室的门被猛地推开，并撞击到内墙。李伟滚到地上。西服沾上一点灰尘。有人将他拎起来，给他铐上手铐（所谓铐，就是用手铐的铁圈击打对方手腕。这会儿不要用戴）。

王大嘱咐蔡斌：你们去审吧。

蔡斌给警察甲乙使眼色。两人走进讯问室内间，坐在主审的位置。李伟坐在他对面。

讯问室的外间涌进很多明显是一同参与抓捕行动的警察，以及那些闻讯赶来看热闹的同事。讯问室外间挤满警察。在这一场景里，警察有的是便衣有的着制服。

内景　讯问室　夜

镜头：起初，李伟只是低头坐在那里，每当主审二人开始问话，他便扭头避开。中间还愤怒地捶了几次桌子。后来，讯问室内走进来一人（蔡斌），交代了一段时间，自他离开后，李伟开始坐定，并且逐渐开始讲述。讲到后来，他似乎有了激情，双手虽然戴着手铐，却仍然像交响乐指挥那样挥动起来。在讯问室外间，起初，随着李伟被带进来，人群一度拥挤并逐渐散去，后来随着李伟交代得越来越欢快，重新又涌进来。那些后来的向先来的打探，先来的指着玻璃那边的李伟，示意后来的人先不要急。（这一组镜头就像哑剧，全部无声）

我们听见蔡斌向不知名的人讲述：在被带到讯问室后，李伟长时间一言不发，像是要等律师前来处理一样（中间他还愤怒地捶桌子，喊叫"吃药，我要吃药"，迫使我们不得不派人去药店给他买药）。但在意识到沉默对自己其实非常不利后，他转而开始积极坦白。对这件发生在自己身上、注定要在城市传翻天的丑闻，他讲得巨细无遗。对那些过于玄虚的感触、那些让人怦然心动的部分——往往只可意会不可言传——他也尽量物化或者量化出来，以使我们感同身受。我们的点头称是，对他别提是多么大的鼓励。当李伟为了清白而不惜厚颜无耻地出售自己的奸情时，我们中的很多同事，那些感兴趣于"阴阳两个电极的事儿"究竟应如何促成的好学之徒，纷纷挤进讯问室。

内景　久君餐馆　日

镜头继续追随李伟的背影，他反背着的双手抓着一束塑料纸包扎的湿淋淋的百合花。餐馆已开门，服务员若干正在做开业前的清洁。李伟转弯，小碎步跃上门前的数级台阶。正是由于这小碎步形成的欢快的加速度,使他一下与出现在门口的吉晓华擦肩而过。(那跃起的腿好似在空中有了停顿,然而落地后它就继续按照自己的节奏,疾步朝前走了)。她吃惊地看着他的新发型,低呼出声。

"早。"他扬起手,向身后的吉晓华打招呼。然而却是别的服务员在回应("早")。然后他像是完成这一顺手做的事情,借助惯性跳上楼。我们看见收银台后上方的钟,指针走到8:30。

内景　餐馆二楼办公室　日

二楼,像一楼一样摆着若干餐桌,墙角堆着十几箱空啤酒瓶。办公室与楼梯口相对,系李广堃专用,李伟失去工作后,每驻扎于此。我们听见李伟上楼的声音,此时,负责保洁的马姨正将办公室铁丝网垃圾桶内的东西倒进簸箕里,她磕打着,务使没有残留。中间她还在这些纸团、废报纸及茶叶末中间扒拉。她一边叹气(含带对年轻人的指责)一边抓起其中的空饮料瓶,塞进自己背着的黄色的旧书包。

李伟阔步走来,她慢悠悠地走出去。彼此像是不认识一样。经马姨打扫过的办公室,在晨光照耀下显得敞亮,特别是墨黑色的实木办公桌。办公桌后是一把德国造的没上漆然而扶手油光闪亮的老式理发椅。李伟坐上去,双手握着。在他背后,窗帘上方,同样挂着一只钟(它的数字黑而粗大)。

内景　二楼办公室　日

起初,他在貌似稳重地研究指甲,抠指甲,用工具剪指甲。抖了一会儿腿后,他拉开抽屉,搬出工具盒和剪报夹,我们发现盒内藏着鱼头剪、家用剪、办公剪、刀片、镊子、直尺、装订机、铅笔(多支)等。他拿起原本就放在桌上的报纸,抖开仔细阅读,对其中有价值的内容，他沉吟、思考，熟练地动起剪刀，裁剪下来，小心推进剪报夹，再用手抚平。

他今天剪了三四条。

他将剪报夹放进办公桌自带的小立柜内，我们发现在柜中有几十本不同颜色的剪报夹。他抽出一本，认真地阅读起来。镜头显示铝合金窗上贴着窗花。某处墙面则贴着洋人女郎那高鼻子、波浪卷发的剪影。

内景　教导员办公室　日

李伟向蔡斌及学员警交代："只有在做这件事时，我才不会受到父亲的训斥。就好像它不是玩物丧志一样。这是一项传统，从我祖父起就开始剪报了。"

内景　餐馆二楼办公室　日

他坐在理发椅上，在50°左右的弧度内来回旋转。剪头尖抵着自己的下唇。有电话进来，他抓起手机，走到窗前，声音出奇地大，啊，啊，他应答着。这时钟表行进到9∶30，摆在桌沿的百合花不再滴水了。

内景　餐馆二楼办公室　日
内景　讯问室　日

"无论怎么说，这样的事在上午做总不合适。你见过谁在上午打炮的？"

在餐馆二楼办公室，他自语。

在讯问室，他对警察甲乙说。"是吧？"他还加了一句。

内景　餐馆　日

我们听见有噔噔噔下楼的声响。

刚刚有一位顾客离开，吉晓华擦拭桌面，因为什么掉下桌面，她弯腰去捡（此处与前边李伟所想念的场景一致）。在李伟路过时，她停下动作，看着他。他脸色发红。他好像有什么事要对她说，迟疑一下，又阔步走出去。

内景　药店　日

他走进药店，在药店的多重柜台间走来走去。售药的是老阿姨，戴老花眼镜，穿白大褂，烫发，文绿色的眉毛。她抬头推眼镜，朗声问："要买点什么？"

他用手戳戳身前玻璃柜下的避孕套。

她移动过来。看看它，看看李伟。说："计生用品啊，要什么牌子的？"

他继续用指头戳着。

"就这。"他说。

"几盒？"

"一盒。"

"一盒五十九块九。"

李伟出现迟疑。

她说："会员价五十八块八。"

见李伟仍未说话，她说："你要的不就是延时的这一款吗，想要延时，就是五十九块九；不想延时，这有三十几的。"

内景　李伟盖靖华的家　夜

盖靖华将熨斗撇在熨衣板上，李伟犟着头任其训斥。盖见其不吭声，拎起熨衣板上的西服，摸它的料子，而后又捏捏。"您可真有钱。"她说。

内景　教导员办公室　日

盖靖华对蔡斌说："他就像要去参加什么婚礼一样。他参加自己的婚礼也没有穿得这么好。那料子真好，少说也有几千。我在家这么久都不知道他有这样一件衣裳。"

她说得愤然。

她像是对自己沉吟：怪不得，怪不得。

接着她说："结婚都现在他就没给我买过一件衣裳，当时买戒指，我挑了好些日，好不容易挑中一枚4800的，他非只肯买3000的。一生只一次，非差这1800吗？"这么说时，她眼一闭，眼珠走脸庞、法令纹一路滑下来。"唉呀，姐。"我们听见蔡斌隐含着不耐烦的劝解。他越是劝她哭得越厉害。她并无多少哭的经验，最终只知道"咦"起来，那声音就像是一道让人烦躁的直线。她在装成一个需要照顾的小女孩。

画外蔡斌对不知名者讲："有本事到法庭上跟法官哭啊，跟我哭什么。她就根本不知道怎么哭，但她又知道哭对自己的好处。因此她就像拉锯一样哭起来。她哭出来的声音锈迹斑斑。（沉吟片刻）她就像是要账一样毫不节制、毫无羞耻地哭起来。我对这样粗鄙的行径难以忍受，真想过去摇她的肩膀，对她说：你多少也是个公务员也是个国家干部啊，年龄比我大，行政级别也比我高，这样老鸟依人地哭是几个意思。兄弟，我很不适应她这时候在情感上对我的有意迁就。或者说是有意利用。而且我听李伟说，戒指买4800还是3000的，取决于她——盖靖华，是她自己权衡来去拿不定主意，一会儿想要4800的，觉得东西不好看，一会儿又想要3000——不，应该说是2999——的，好看是好看，东西贱了点。是她自己最后选择了便宜一点的，现在赖她男人小气。她男人当时说的是，两个一起买了吧。您瞧盖靖华怎么说的，那好，我就要这个，你先把那个的钱给我，我存起来。她就存起来了。兼听则明啊。"

在埋头哭过后，盖靖华缓缓抬起头来，看着沉默的他，忽然说："你是不是在说我什么坏话。"

"没有啊。"蔡斌说。

"你心里在说，别以为我不知道。"她说。

内景　餐馆　日

李伟从药店归来，脚步匆匆跳进餐馆。这时我们看见餐馆有了30%的上桌率。收银台后上方的钟显示是11∶30。李伟上楼去了。此后，我们通过镜头看见时间流逝，顾客越来越多，不得不拼桌子、加位。然后又像潮退，在13∶30时，变得一个顾客也没有。桌面变干净。

李广堃走外边回来。

李伟从楼上下来。

餐厅内部人围拢在一桌吃饭。因为有李广堃在场，众人显得拘谨，特别是李伟。李广堃先是说"餐馆的修缮你要顾着点"，接着说"下午有个会你去参加下，多结交下人"，然后一直举着筷子想第三点要说什么，"还有，还有"，明显是记不起来了。众人却只是要等他想起来。最后他只是对着李伟说："不小了，莫光玩，做点正经事，年轻人以事业为重。"

然后大家方才开始吃饭。气氛也有限度地活跃起来。李伟凄苦地看了眼吉晓华，后者同情地回望他，就像他害了什么病。吉晓华面前摆着最好的菜，显然这是年轻的厨子安排的，厨子两次给吉晓华夹菜（椒盐皮皮虾，唯其分量少，才值得献殷勤），都被她悄然拨回到盘中。然而等下她自主夹菜时，夹的又是这虾，当然不是厨子夹过的那两只。这一切李伟都紧张地看在眼中。

内景　教导员办公室　日

李伟对蔡斌说："老大，我想跟你说，如果是使障眼法，我完全可以手淫，用不着专门去找一个女人。"

对面沉吟片刻。

学员警（外地来的）说："也是哦。"

蔡斌："难道手淫也戴套吗？"

李伟："是，我习惯这样，手淫有时比做爱还难收拾。"

内景　教导员办公室　黄昏

盖靖华在哭。蔡斌说："我完全懂你的意思，我明白。"而她仍然在没完没了地哭，哭的途中她将垃圾桶捉过来，拇指与食指夹住鼻翼，清晰地擤下鼻涕来。她说："蔡斌，你还记得小时我们在一起的故事吗？"

插入画外蔡斌对不知名者的讲述："我不记得有啥故事，只记得自己还在地上爬着找吃的时，她已经背着书包上学去了。路过我家门前。马尾辫在曙色中跳跃着。现在，她的头发太硬了。"

镜头对准走廊那脱了漆的红地板。收发室老人一一收走各人放在门前的纸篓，下楼了。镜头对准远处单位的铁门，穿制服的人像鱼流自那里出闸，逐渐消失一空。

盖靖华的脸上仍然挂着像疱疹那样的眼泪。她站起来，走到办公桌前，像小时玩游戏那样召唤蔡斌："你过来，过来，你过来。"蔡斌迟疑地绕过来，来到她面前。她反身坐上办公桌，挪动屁股，对着他。她瞅了会儿他，双手抓住他的脑袋，呢喃着："弟啊，弟啊，我邻居家的弟弟啊。"她让蔡斌的鼻尖穿过她正解开纽扣的制服，隔着保暖内衣去蹭她鼓起的腹部。她激动地忙活了一阵后，猛然推开蔡斌，开始脱裤子。制服的裤子就着内裤，一起推下来。推到快到膝盖那儿。

"我不知道该怎么开始，我就直接来了，你来肏我吧，快点。"她说。

插入画外蔡斌对不知名者的讲述："看起来经过出差这些天的历练，久旷的她已经尝到性的无尽好处。也许她的上司只是觉得两人既然一起出差，一男一女，就应该发生点什么，却不曾想到点燃的却是她身体与灵魂内觉醒的大火。现在我都怀疑她是不是就是传说中的性瘾患者。"

"对不起我，这样的男人就应该去死，所有的男人都应该去死，死绝。"她说。

"你得把裤子完全脱下来。"蔡斌说。

她瞅瞅他，将裤子完全脱下来。又要弓起腿脱袜子，蔡斌说无须。男的背对镜头。阴茎似乎极不振作，怎么都硬不起来。他可能在不时翻动包皮，以使它能勉强应战。我们听见他这样解释："有很久没有做这事情了，工作忙。"不久他朝前走了一步。又过了好一会儿，我们听见她幼稚、认真同时老气横秋的一声叫床。

"别吵。"男的说。

于是她无声地掐他。镜头黑掉，从黑暗中传来她既软绵绵但仍坚硬的声音:"肏我啊。"

内景　刑警大队办公楼　黄昏

盖靖华一步一步踩着高跟鞋（努力不使之发出声响，然而还是有），蔡斌相隔五米随之。盖靖华下楼去之，蔡斌继续沿走廊朝前走，进入卫生间。静默。我们听见卫生间里传来呕吐声。

内景　教导员办公室　黄昏

我们看见在红木办公桌的积灰上，有盖靖华落座的痕迹。

外景　餐馆外街道　日

街道办的朱大姐（戴红袖箍以及胸牌——"溢城街道办五里桥居委会　朱孟子"，体形显胖，而嘴利索，是早年知青，说着普通话）一家一家商铺地叫唤，"都出来啊，该走了啊，让我们赶点紧。"李伟跟在后头。不久在朱大姐身后跟着一溜没精打采犹如鬼魂的商户。像是拉了一群壮丁。此时自城楼方向传来声浪较大的报时声音：北京时间14点整。此时太阳还十分耀眼，不可逼视。

内景　居委会会议室　日

红色横幅：溢城街道办事处五里桥居委会食品安全工作会议

主席台有一位男性戴眼镜的领导，手执一份看起来很厚的讲话稿，此人讲完一页，就用手指蘸口水，翻下一页。他的特点是喜欢在讲话中间加入"啊"字，（啊，一会儿，街道办的罗茂罗主任还要赶过来做重要讲话）。他用的是夹杂本地口音的普通话。他始终在以一种让人昏昏欲睡的语调念稿。

拍摄方式采取常见的地方新闻联播会议新闻拍摄方式。

镜头几次顾及到李伟。

时间，14：30讲话至：三是"食安古城"创建迈出新步伐。各地各有关部门认真制定实施方案，实施抓点、拓面、建规范"三步走"计划，各类创建活动扎实推进。

时间，15：00讲话至：二、明确任务，突出重点，不断推动食品安全工作再上新台阶。2015年是"十二五"规划实施的收官之年，也是食品药品体制改革完成后的开局之年。

时间，15：30讲话至：刚刚我们讲到第二个方面，现在我们讲最后一个方面，最后一个方面一共分五点，我们先看第一点，这第一点简单概括起来就是三个强化。

李伟突然站起来，推开一张张会议桌，从坐席中间艰难地挪出来，径直走向主席台。讲话者仰头吃惊地看着他。他抓住对方的肩膀来回地摇（注意这种手法和推杨老师是一样的），问："告诉我，你到底要讲多久？告诉我。"然后他就要将讲话者往后猛然一推，将要放手时他又捉住对方。

李伟朝门外走。全场愕然。朱大姐说："回来。"未能叫回。朱大姐说："现在的年轻人啊，一点素质一点礼貌都没有，一点公德心也没有，一点组织性纪律性也没有。"

"报警。"讲话者说（恢复方言）。

"我看他是不想开这个店了。"朱大姐说。

内景　居委会会议室　日

李伟拼命摇动门，很显然会议室被从外边扣上了。开门，开门，李伟叫道。外边传来拔下门闩的声响。

内景　餐馆　日

李伟疾步走进来，收银台上方，钟显示 15 : 45。他走收银台左侧楼梯噔噔噔上楼，而吉晓华走右侧通往后厨的甬道出来。他意识到了。他停步，借助着由会场带来的愤怒，问："今天买菜了吗？"

"买了，"对方显得愕然，"早上买了。"

"明天的呢？"

"明天的明天买。"

"好。"

他继续噔噔噔上楼。镜头多停留在她脸上一下。他消失于楼梯口时，她才扭头看了一眼那里。

内景　二楼办公室　日

有人粗鲁地敲门。李伟过去拉开，看见一名穿着邋遢工装的工人，手拎石灰桶，肩背人字梯，站在门口。他先是将石灰桶放下（石灰浆已调好），接着侧身小心卸下人字梯。"有报纸没，地上和桌子上垫几张报纸。"工人这样说。

我们看见办公室的天花板墙皮剥落。

"修什么呢，改天吧，好吧？"李伟边说边将对方往外推。

"今天有事。"他补充道。

内景　同上　日

镜头被切成一截截，表达时间的流逝及人心的焦躁：

他从旋转的理发椅子上起身，在窗前来回踱步；

他双手插在裤兜，望着窗外（一成不变的景物）；

他用双手拢头发，手有黏液，他意识到发型是早上才做的，去抽屉找镜子与梳子，坐下来，细心将发型恢复；

他拉开抽屉，寻找合适的剪刀，欲再剪报，找到报纸就要剪，又拉开抽屉将剪刀扔进去；

看手机上的时间；

一个人对着镜头僵硬地笑；

反复喝水。

内景　同上　日

马姨探头探脑地推开房门。他不知为何语气很重地说："夜黑下班了再打扫嘛，马玉冰马姨。"然而这并没有挡住她捉起废纸篓——还是单手捉起的——凑近看了看。我们尤其要注意她铁灰色的头发以及炭火般锐利的眼神。

内景　讯问室　夜

李伟对警察甲乙的陈述："每次当我自以为是地提着垃圾袋下楼时，她都会出面拦截，对垃圾袋进行检查。她总是一边教育我，一边从垃圾袋里取出可以卖到废品收购点的矿泉水瓶或者烟盒。"

内景　餐馆二楼办公室　日

镜头继续表达时间的流逝及人心的焦躁：

李伟抽烟，弄出一大堆的烟雾，不是掸烟灰而是磕打烟灰，或者说是戳烟灰；

开窗散烟；

在窗前做深呼吸，做操；

回到桌前坐好，双手一遍一遍地抹脸；

走到橱柜前，抽出一本《吕氏春秋》，诵读，放回；

感到胃在痉挛；

捶打玻璃窗；

再次看手机时间；

额头冒汗；

给自己倒酒，一口喝掉；

传来有女孩上楼的声音，端坐好，感到虚脱。但是脚步声并未靠近办公室，而只是在楼上短暂停留便下去了。我们听见女孩的声音，"是收拾好的。"不一会儿上来一伙吃饭的，拼了桌子；

捶击桌子；

显示窗帘上的挂钟，它的特点是数字与指针漆黑、大、显眼。在走到17：00之前，机械出现一种躁动不安的弹响，预示着钟鸣即将到来。

外景　久君餐馆外　日

五声铛响如约而至，隐隐有暮色，餐馆门前显萧条。走来一位急性子的街坊：卖鞋的晓荃。她大声叫唤："晓华，晓华，怎么还没出来啊。"

我们听见吉晓华回应："来啦。"

（从声调和举动上应该极力体现出一个人的急性子以及别人对这个急性子的安抚。）不一会儿，吉晓华就从餐馆内冲出来，这会儿她已经将工装换掉，穿上了黑色丝袜以及一条牛仔短裤。

内景　餐馆二楼办公室　日

李伟站在窗前,看着吉晓华冲到外边,找到晓荃。

我们听见画外李伟、蔡斌等人吟诵一段诗:

(李念)呵,黄昏

(蔡斌念)呵,黄昏

(一齐念)可爱的黄昏,那些人期待你,

因为他们敢于(加入一人,三人一齐念)伸出手臂,诚实地

说:(加入两人,五人一齐念)"我们又劳动了一天!"黄昏抚慰着

那些被剧痛吞噬的心灵:

那孜孜不倦地沉思的学者,

那重新找到卧床的腰酸背痛的工人。

"这段诗是波德莱尔《薄暮》里头的。"蔡斌对不知名者补充道。

"而我一事无成。"李伟一个人在画外说。

外景　餐馆外　日

"好吧,咱们走吧。"吉晓华说。这时厨子拿着手机走到门口,他一边目不转睛地看着手机(假装如此)一边问:"晓华你去干吗?"

"我去买东西。"

"买完东西呢?"

"回家啊。"

"哦。"

接着厨子又说:"就回家啊?"

"是啊。"

厨子玩着手机回餐馆里去了。吉晓华抬步将走时，反身朝二楼办公室望过来。镜头显示李伟像冻死的阴郁的特务站在窗前。

"你再等一下。"吉晓华说。

晓荃显得极不耐烦（"唉呀。"）。

吉晓华一边摘下鞋一边闪入餐馆。我们看见门楣上的招牌：久君餐馆。

内景　教导员办公室　日

蔡斌在墨绿色小黑板上写出粗大的"歺"字。接着又写出"邦"和"汄"。又在"歺"、"邦"、"汄"下面添加"馆"、"忙"、"都"等字。又给"歺"、"邦"、"汄"画了圆圈（粉笔哔哔的响声）。

他对不知名者说："这些都是二简字，也就是国家1977年颁布使用的第二批简化字，1978年就告停用，宣布彻底废止是在1986年。那时候李伟还不大，也许听都没听说过二简字。这个发现对他有利。也许，写敲诈信的是一名穷愁潦倒行将退休的老人。"

他擦掉黑板上的字，接着又写出如下几个字：

並、扩、苓

他接着说："犯罪嫌疑人信里的字有的是完全剪贴的，有的是用笔写的，用笔写说明他的耐心不够，或者说时间不够，但是即使是在这种情况下，他也不是信手去写，而是比着尺子一笔一画地画，横平竖直，不暴露任何笔迹。"

过了一会儿，他又补充："用的是早已废弃的工会信纸。"

内景　久君餐馆　日

吉晓华摘下那白色的舞鞋（虽然穿上它不会发出什么响声），将它们捉在手里，屏息，开始在有着诸多障碍物（人及实物）的餐馆穿行。这种穿行就像是一名神偷在密室里翻越不时移动的会触动警报器的红外线。她始终必须确保是在他们的视觉盲点里穿行。

她在躲闪、屈身、旋转，甚至翻越。

镜头必须始终关注她修长、敏捷、因谨慎而紧绷、穿着黑纱的犹如小鹿的腿部。

她总是在将要被发现之前，逃出对方追来的关注。

当时餐馆员工的情况：

大厨正仰望悬挂着的仿佛随时会掉下来的电视机，正高举手臂徒劳地摁着没什么电的万能遥控器（她走他腋下走过）；

马姨佝偻着背，眼如炭火，巡视着地面，仿佛恶犬嗅来嗅去。她都差点顶到吉晓华的腹部；

灯是刚开不久的，吉晓华的影子很明显经过正凑在一起玩宽屏手机的两名脸色红彤彤的服务员，她们一个在玩，一个试图插手而被第一个人阻止；

外送员倚靠在通往厨房的甬道边，腿边放着外送箱，正将夹着的卷烟移送到嘴边，仰头思考人生；

另一名外送员扑在餐桌上打盹，头不是朝下点一下，他闭着眼时吉晓华走过去，他睁开眼时她已经走远。他试图转过脑袋去看，然而眼皮却再也睁不开。

收银员在戴着耳机打电话，语调逐渐愤怒，在最愤怒的时刻她将站起来，而那时吉晓华恰好已经跳上楼梯；

小厨子面壁坐着，玩手机，似乎游戏进入关键时刻，他几乎是全身心地投入。可就在同时他意识到她似乎进来了，他一边加紧对着手机用力，一边转过身来，这时她恰好从楼梯口移动自己的脚后跟。

一名眼睛通红的顾客在自顾喝酒，庄重地端起酒盅，仰头喝过，而后来夹花生米。他是全程看见她的，然而他是顾客。

她消失在楼梯间。

他们继续自己的活动，但是都迟疑了一下，仿佛察觉到有一名隐身人潜入了餐馆。

内景　餐馆二楼办公室　日

虚掩的门被推开。我们看见吉晓华单腿跪着，将鞋拔上。李伟坐在理发椅上，像刚蒸过桑拿，额头与颈部流满汗汁。眼里充盈着泪水，一副随时要哭的模样。

（脸沉得就要滴下水来。）

她打着手势问，我可以进来吗？

"有什么事？"他没好气地问。

"我上来请个假，想去淘几件衣服。"

"好吧。"他就像经理那样揉着鼻梁，丢掉手中的圆珠笔，然后又说："要钱吗？"

"不需要了，谢谢你，伟哥。"她同情地看着这几乎是病了的男子，手指翻着衣角。

"那好，你去吧。"他不耐烦地挥手。

他在这样安排后，嘴唇拢着，不自觉地嘘起气来。我们听见画外他对警察甲乙的交代："我只感觉全然虚脱起来，完了，一切全他妈完了。今天死掉了你懂吗，这一天都死掉了。甚至于这一生我和这个女孩的可能性——"

内景　讯问室内间外间　夜

"——都死掉了。"

李伟向警察甲乙激动地交代。那些关心到这一步的警察都笑起来。

内景　餐馆二楼办公室　日

李伟捶击着桌面，突然霍地站起，恶狠狠地对已经走向门外只剩下五根手指（它们正准备将门拉上）的吉晓华说："你一直喜欢我是不是？"

门停止被拉上，手指仍然在上边。沉默了一会儿，这个人回过来，对着他点头，"是，当然。"

他愣怔着，大踏步走过去抱住她吧嗒吧嗒就吻起来。她吃惊地看着他，然而只是稍微抵抗便松软了。

外景　餐馆外　日

卖鞋的急性子的晓荃拉扯着买煤气灶的文君走了。

"文君，我们走吧，她这个人没一次是靠谱的。"晓荃说。

内景　讯问室　夜

我们听见画外蔡斌对不知名者的讲述：回忆那一场余温尚在的风花雪月的事，使李伟泪流满面。

我们看见讯问室内，李伟开始比画着讲，有时在讲的途中他还会仰躺在座椅上，似乎能通过天花板看见吉晓华一样。警察甲在匆匆记录，镜头注意到他的喉结大得离谱，他吞了两次痰。警察乙老觉得自己姿势不对，交换着二郎腿。警察乙抱着双臂，不时长出一口气。

讯问室外守候的警察凑到玻璃墙前。交换着意见：

"说了?"

"说得可欢呢。"

内景　餐馆二楼办公室　日

表达如下场面:

李伟搂着吉晓华的脑袋,他们疯狂吞食彼此的津液,他们不是他就是她,总是意味未尽,去撬开对方的嘴唇。他们眼睛紧闭。脸部的皮肤仿佛火山爆发前的表层,能吞吐会呼吸;

李伟推起她的上衣,露出她那像黄昏吃饱饭的孩子一样挺得圆滚滚的小腹,他巨大的手掌在她白光闪闪的腹部旋转;

她的乳房在衣裳下膨胀、起伏;

她瘫软得几近不省人事,呢喃声;

她捉住他的手,引导它去拉牛仔短裤的拉链。我们听见吱啦一声。她又匆匆捂住那只手,带领它悄悄、慢慢、无声地拉下。

内景　餐馆二楼办公室　日

门是锁住的,门上有一块毛玻璃。我们看见吉晓华嘴里衔着一朵百合花,扑在桌上。通过她那犹如堆了一朵黑云的浓密头发(闪光)不时的颤晃,我们知道他们在忍住不发出声响的行欢。但还是有一些克制不住的声响。

我们听见两位餐馆的姑娘上来,传来将餐具落放在桌面的声响。她们在说:"晓华最精了,越是忙越出去。"

"是啊,就知道偷懒。"

吉晓华和李伟停止动作,直到二者下楼去之。

"你差点把桌子推倒了。"吉晓华将百合花吐到一边。

内景　刑警大队某间办公室　日

通过背影我们意识到坐在两名女警察对面接受调查的是吉晓华，她说："我是自愿和李伟发生关系的。"

"是基于爱情么？"

"是基于爱情。"她说。

"这是你们第几次发生关系？"

"第一次。"

"之前互相有意思吗？"

"有。"

"有多久？"

"这个说不清楚。"

内景　餐馆二楼办公室　日

这一会儿是吉晓华显得主动，她舔他耳根，松松软软地问（特意用普通话）："喜欢吗？"

"喜欢。"他说。

"喜欢你就到最里头去。"

她抠住他精赤的脊背，两腿夹紧他的臀部。他们试了几番姿势，几番他都要丢了，被她劝止。她说："哥，不要走，不要丢下我。"

最终像是被什么抽了一鞭子，他在她身上疯狂动作（在进入射精状态中，他的一条腿似乎还踩空了一下，但他很快让它落实了），一泻千里。

内景　讯问室　夜

李伟对警察甲乙说:"射了有平时三个量那么多。"

甲忍不住哈哈大笑。

内景　餐馆二楼办公室　日

然后他端详着她受难的姿势,泪水呈降雨之势,滴落在她白光闪闪的身体上。她的脸上也像是泼了一盆水。

内景　教导员办公室　日

李伟对蔡斌说:"我没有跟她说,在那一刻,她的脸就像是波光粼粼的河流。我从来没有经过如此大、如此深刻的信任,跟一个人。"

内景　刑警大队接待室　夜

通过铝合金窗外走来走去的刑警以及他们对案情的议论声,我们知道对李伟的讯问就在这间接待室不远处的讯问室进行。每有人走动,李伟的父亲李广堃都抬起头来张望,而后又埋下头去,将十指插入斑白的头发。

接待室内还坐着蔡斌。在热水壶烧开水后,他极其细致地给李广堃泡茶,第一道茶晃荡着倒掉。李广堃说:"好几代的名声,好名声,就这样毁了。"

茶的热气在飘荡。

过了一会儿,他又说:"暂时不要通知他老婆,她还在外地出差。"

内景　留置室　夜

经过突击审问,李伟已十分疲惫,然而透过铁栅栏看见父亲走来时，他还是显得很兴奋。他高举着手铐挪过来（脚镣拖动的响声），脸色扭曲，让李广堃感到害怕地说：

"你怎么才来啊，我是冤枉的呀，天大的冤枉。"

李广堃压抑着怒火（眼神定着，呼吸有意识放慢，嘴唇紧扣）。看了很久自己的儿子，最后才冷漠地说："你安心在这里改造吧，这里挺好的，我看了，这里的警官很好。"

"我是冤枉的啊，爹，我是你儿子啊，你还信不过我，我是冤枉的啊，我真冤枉。"李伟说。

李广堃看看带领过来的蔡斌，又看看儿子，说："你们每个人都是这么说的。"

内景　教导员办公室　日

"至少有一点是肯定的，那就是他背叛了我和这个家庭。"盖靖华拉扯着蔡斌的衣袖，说。而后她又说："只要一想到他，我的眼前就会浮现他用手去抓自己胯裆的场景。"

内景　久君餐馆　日

吉晓华离开李伟所在的办公室，踩着她轻盈的步伐走向一楼。我们透过她的暗恋者，那名厨子悲愤的眼神察觉到她腿上原本穿着的丝袜这时没有了。她的腿因为白而放光。

在下一个镜头，走进刑警大队时，她的步伐也是这样的。

这里有配乐（类似 *More Than I Can Say–Leo Sayer*）。

内景　刑警大队　日

配乐继续。

吉晓华穿着白色衬衣、红色呢子短裙、丝袜、舞鞋，面对着镜头，正面走进刑警大队。此后镜头对着她背部，看着她走进刑警大队走廊深处。不少警察让到路边，看着她走过去。

上楼梯。

继续在二楼走廊走。

一种皇后或者说交际花的姿态。

敲某间办公室的门。

内景　刑警大队某间办公室　日

镜头对准吉晓华的面部，浓妆艳抹，鲜艳的口红，长时间一语不发。直到她很突兀地开口（显然经过思考）："你说我只是一枚被安排的棋子，我也认了。你们不要将事情复杂化，我的脑子理解不了那么复杂的东西。我只相信一点，我只是多一句嘴，我说你的头发真不好看，应该理短一点，他就将头发理短了。我就认准这一点，他看得上我。我也喜欢他。多了的事我也不想，你们怎么说我都不会信。"

时有人走窗户或者虚掩的门那儿探过脑袋来。

内景　同一间办公室　日

盖靖华走进问话现场，吉晓华看了她一眼。盖靖华旁听询问。灯火通明。

"我什么时候回家啊？"吉晓华问。

"处理好了就回家。"主持询问的两名女警中的一位说。

"华姐。"吉晓华朝盖靖华打招呼。

"华姐，哼，华姐，"盖靖华说，"我叫盖靖华，你叫吉晓华，过去我父母都叫我晓华，人都叫我晓华，你也叫晓华，你凭什么，啊，你告诉我你凭什么。"

沉默。

一名女警揭开盖子，发现茶杯内只余茶叶，因此去饮水机那边加水。另一名女警则一只手插在裤兜，一只手捉着手机，看着振动的它，走到办公室外边去。盖靖华趁机占据她们原来的位置，双手撑在桌子上，因为灯光的效果，她的影子投放在墙上，显得特别巨大。她的影子以及她逼问的姿态，显得她就像是巨大的狮子。吉晓华瑟瑟发抖。

"告诉我，你凭什么，"盖靖华吼道，"说话啊，怎么不说话啊，是不是只有下面的嘴会说话啊，骚货。"

"我不想得罪你，华姐。"吉晓华说。

"得罪都得罪了。"

"对不起。"

加完水的女警走回来，她用杯子焐着自己的手，并不急于回到原来位置，而是任盖靖华继续教训吉晓华。我们瞧见盖靖华原本俯身，此时站直了，她舒展了下身体，两只脚先后蹬蹬高跟鞋，像是要走出去。吉晓华的眼神一直跟着她。盖靖华路过吉晓华时，吉晓华坐着的身体也跟着转过来。

"谁让你坐着的？跪下。"盖靖华说。

吉晓华猝不及防，迷迷糊糊站起来，这时盖靖华已经抬起鞋钉，踩下来，"我让你偷人，我让你偷人。"吉晓华一边说"对不起，华姐"一边试图用手捉住对方的脚，同时躲闪。

"谁是你华姐。"

只见盖靖华找准机会，一鞋钉踩向吉晓华洞开的腰腹，鞋钉踩过之后，白皙的那里反弹回来，留下一个红印。我们看见鞋钉猛然蹬在地上，盖靖华扬长而去，同时撂下一句话："我们妇女的脸都被你丢尽了。"

内景　同上　日

盖靖华离去后，两名中女警之一在场，斜睨着吉晓华。此时吉晓华头发散乱，白色衬衣沾上尘灰，蜷腿坐在地上。口红被抹到脸颊上，显然是盖靖华抹的。

内景　教导员办公室　日

李伟对蔡斌说："我人生最大的失败就是听从于懒惰、怯懦和害羞，由着别人将自己的亲事定下来，如今一想到自己的妻子，那个比小姐还要功利、虚伪、俗气的人，我就感觉作呕。"

画外传来蔡斌对不知名者的讲述："可不是。只要一想起自己和这样的女人产生过肉体关系，梅花便落满了南山。"

外景　市场　日

俯拍：

三棵树酒店
市场
市场　柳杉　银杏树　柳杉　市场
市场
旧城楼

因是黄昏（乡下人返乡及城里人下班之时），这块地方显得特别繁华。三棵树被铁栅栏围起，尤以银杏树为醒目。传来永恒的广播声音：由旧城楼向北行约50米即到三宝树。此处浓荫蔽日，绿浪连天，三棵参天古树凌空耸立，其中两棵是柳杉，树龄600余年，一棵为银杏，树龄1600年，主干数人合抱不拢，形同宝塔。三宝树相传为千年古可柯，树下石碑上镌有"晋僧昙诜手记"6字。宝树已被重点保护。

我们听见画外蔡斌对不知名者讲述："这是一次非常愚蠢的行动。行动尚未开始，差不多就已在半个城区泄密。"

外景　刑警大队操场　日

"tra（出发的连音）。"刑警大队长将右手劈下来。穿戴整齐的特警及刑警慢跑向警灯闪烁的警车，后边跟着跟拍的五台摄像机。有提着的，有扛肩膀着的，有在前头端着后头对准拍的。我们通过摄像人员的马甲知道他们分属不同的机构。分别是：本省卫视公共频道、地区一台、本市一台、本市二台、公安局政治处（制服）。

外景　市场　日

消防车、救护车（二辆）开到市场一侧。司机打开驾驶室门，下来，嘭地关上。点烟抽。有一人凑过来（身后跟着几个好奇的人）问："什么事？"

"你说什么事呢？"司机吐出好大一口烟雾。

"不会有什么好事。"接着他说。

在询问的人转身走掉后，他又说："可能要动枪。"

在没有人时，他眯着右眼，举起右手（食指像枪管伸着），作瞄准射击姿势，口中不时模拟发射的声响：嚓、嚓。

远处：东边，有白色警车悄悄关上车门的声音。西边，也有。南边，也有。北边，也有。警察抱着警戒带等器具在光天化日之下蹑手蹑脚行走，好像害怕惊动大地一样。

外景　市场　日

的士驶到现场，市民某端着望远镜跑到可掩护的某处高处，发现那里已有数名好事者。他们也拿着望远镜。一些私家车停在附近，车内有人，车窗后有市民举起望远镜。

望远镜对准银杏树后一排小叶黄杨球。黄杨球都是绿色的，其中一株是紫色的。望远镜晃来晃去，最终对准的就是那株紫色的。

外景　市场　日

近景，黄杨球落满尘土，显示这里很少被打扫、清理。密集的页面上有揉成一团的卫生纸、痰渍、废纸、名片甚至卫生巾。

外景　市场　日

便衣警察在劝说黄杨球附近的摊点老板撤离。

"暂时别开了。"警察说。

"为什么？"老板。

"有任务。"

"有什么任务。"

"有任务就是有任务。"

"有什么任务嘛。"

"抓人。"

老板开始气恼地收拾摊点，他对那仍然守在摊点前的顾客说，"十九就十九吧，你拿走。"我们通过镜头知道，其他摊点也在遭受这种疏散。特别是对老人与小孩。

外景　市场　日

我们看见楼顶，有狙击手在快速移动。他们跑过去了，又跑回来，择好位置，将枪口对准下边。透过瞄准器，我们再次看见那一排小叶黄杨球。枪口摇来摇去，最终定格在那紫色的黄杨球上。起先呼吸是急促的，后来我们听见的是平稳的呼吸。

外景　市场　日

经过"改装"后的市场重新运转。有"店主"，有"顾客"，有"行人"，甚至有"乞丐"。

我们听见画外蔡斌在向不知名者讲述："你得说罪犯极为明智，选择在公共场合取赃，人越多对他脱身其实越容易。我们更绝，就像换血一样将市场上所有的人都换了。"

"所有人？"

"当然很多不是换掉，而是劝离。"

接着，蔡斌继续介绍："天上的、地下的，到处是我们的人（我们听见镜头里狙击手拉动枪栓的声响）。我们张开了一个口袋，就等对方自己走进来。"

接着他又说："值得玩味的是，我们一直想当然地认为嫌犯不会是这附近的什么人，他甚至可能还是个外地人（真不知道当时我们是怎么想的）。当我们将人抓住后，我们还大吃一惊，因为该人所惯于活动的地方距离三棵树还不到一里呢。如果他足够警惕，足够专注于自己所犯的罪行，或者说，足够对自己的狗命负责，那么他就一定能瞧出当天这坨地方的明显不同来。也因为如此，我们几次将他否定，认为他并不是作案人。局领导作出批示，建议我们再观察一段时间，看在控制住他的这段时间内，是不是还有新的敲诈信出现。如果有的话，他的嫌疑就可以排除了。不过有一些人也认为,事情早已闹到打草惊蛇的地步,这时候就是有别的嫌犯,也不敢再采取什么行动了。"

内景　久君餐馆　日

二楼,李伟右手插在裤兜,左手拉上办公室的门。他站立了那么一小会儿。镜头对准他。他穿着水红色西服,闭着眼,深呼吸三次,而后出发。

即使下楼,他也没有抽出插在右裤兜的手。楼梯下的马姨火眼金睛,紧盯着李伟插在裤兜内的右手。李伟路过时没有减速,但脸色显得极为不耐烦。

一楼的员工都看着他路过。他们之所以看他,是因为他们清楚地知道:吉晓华刚刚失身于他。他们看看他,又看看吉晓华光溜溜、洁白、几乎是炫耀的腿。吉晓华转动自己的光腿。大胆而亲昵地看着他。他感到害臊。步伐变得更快。离开餐馆。

外景　多个场合　日

他一直沉闷地走着。就像有一个罩子将他罩住,使他脱离于世界。我们可以用与他人冲撞、差点被路面上的箩筐绊倒等手段来体现他的这种专注于自身世界。

镜头尽量贴近人。

外景　市场　日

经过一整天的准备,冒充市民的便衣警察们早已懈怠。市场死气沉沉,就像结束了战事的战场。大家躺的躺,坐的坐,跷二郎腿的跷二郎腿。甚至有的还打起扑克来。

穿水红西服的李伟走进来。他蹑手蹑脚，舒头探脑，似乎在思考此地与往日的不同。他脚步迟疑，似乎在做出选择。

我们听见画外音（蔡斌对不知名者）："平时，我们总是嘲笑电视剧里那些负责盯梢的特务，这一天我们发现，在反应迟钝与演技粗糙这块，我们有过之而无不及。"

市场上那懒散的就像死去的便衣们，看见李伟站在市场当中，慌乱地起身，纷纷干起自己的活儿来。这种活儿就像涟漪一样扩散开来。整个市场活了。好像因为这一个顾客而全部活过来。我们看见：

有人抖开阔大的《人民日报》，念念有词，报纸却是拿反了。他念叨了一会儿，才将报纸反过来。

有人举杯痛饮，杯中空空如也。他只能再去倒。可是那琥珀色的啤酒瓶中也没有了，想来是在等待途中早已喝干了。

有人仓皇骑上自行车，掉链子了。

等等。

我们听见画外蔡斌对不知名者的讲述："李伟一路走来，就像是——摁开机关，使我们这些僵硬的木偶人都跟着迟钝地活动起来。"

李伟单手插在裤兜，匀速朝那五株黄杨球走去。

分别有如下视觉对准五株黄杨球中的那株紫色的：

李伟的眼神；

走《人民日报》上撕开的一个小洞（有便衣在窥测）；

市民在掩体内架起的望远镜；

围绕此地的众多肉眼；

楼顶狙击步枪的瞄准器；

李伟走到黄杨球附近时放慢脚步，那些来来往往行走的行人此时也表现得特别像电视剧里最笨拙的群众演员，一边走着，一边用特别暴露自己的余光瞧着李伟。有的走着走着走过去了，又折返回来，就像人手不够一样。

李伟对准黄杨球咔地吐出一口痰。然后他停留在那株紫色的黄杨球面前。他左右张望。茫然地想了一忽儿。在将要干什么时，他还转过头来一次。他转过头来时，起码有五名便衣赶紧回转身，咦，咦，咦，装作是在路上寻找什么东西。

李伟抽出插在裤兜的右手，弯腰去紫色的黄杨球后边探查。

外景　市场某处角落　日

一个临时指挥点，我们看见一个手势虚掩了两下，忽而自空中劈下。"行动。"刑警大队长下令。

外景　市场　日

市场内突然传出异响，所有人要么站，要么蹲，都掏出枪，对准李伟。接着传来的是频繁拉动枪栓的声音。记者猫着腰提着摄像机和话筒匆匆跑入现场，选择位置。

"举起手来。"

镜头显示一只巨大的喇叭。刑警大队长洪亮的声音（声音甚至在墙壁上产生巨大回响）正是从这里传出来的。李伟像是被人猛推了一下，全身抖动。接着我们看见一红一绿两束激光射线射在他的额头及鼻翼边。李伟的眼珠紧张地转动，看着这微微颤动的激光射线。忽然之间，两束射线交叉换位，原本对准额头的红线对准鼻翼，原本对准鼻翼边的绿线对准额头。

显示狙击手瞄准的镜头。

指头在扳机上。

李伟尿了裤子。镜头记录这一泡肥尿涌出来并淋湿一条裤腿的完整过程。

从那蹲着的持枪者后边跑步出来一批手持盾牌的特警。他们的脚步嚓嚓地响。

"转过来。"

镜头又显示喇叭。刑警大队在远处发出第二道指令。

第二泡尿在已经尿湿的地方又洇开来。

李伟转过身来,举起手来,在他的右手举着一只足足装有二两精液的粉红色避孕套。镜头围绕李伟转动。

"跪下。"

喇叭。

于是李伟跪下。

外景　市场　日

警察撤离岗位,救护车及消防车离去,市场正在重新被店主接管。刑警大队长双手捉着皮带,走进已经给他拉开车门的警车。起码有十名警察将李伟仰面朝天抬起,抬向远处藏青色的特警车。架势就像打猎结束后将猎物抬回庄。

内景　教师村杨老师宿舍　日

茶几上,一堆信件,最上一封,是由各种剪贴的大小不一的字组成:

你得到过警告,你没有听从,你会因此受到更严重的警告。

在那被压着的信件里,其中一封画了示意图,有箭头及黄杨球图样。

画外有蔡斌对不知名者的讲述:"一段时间内,发往杨老师那儿的恐吓信越来越多。有时第一封信还没拆开,第二封信就已送来。就像事主急着要用这笔款子,留给他的时间已然不多。不知怎么我想起守候在弯道处的接力赛选手,他们一边摆好起跑的姿势一边迫不得已,继续等在那儿。"

画面中,杨老师显得极为衰朽、可怜、孤立无援。和墙上照片中健康、自信的自己形成鲜明对比。她很明显是对前来调查的警察说:"起先,我只敢相信它是玩笑,(后来),没想到真的砸碎玻璃,找上门了。"

内景　讯问室　夜

"我只是去那儿丢掉避孕套。"李伟对警察甲乙说。接着他又说:"我不知道应该把它扔在哪儿好,我曾将它丢进废纸篓,但又捡了回来。"

甲与乙面面相看,甲站起来走到讯问室外,向蔡斌及坐镇于此的大队长说些什么。蔡斌看看大队长,后者一拍大腿。仰躺着,看着天花板。

甲回到讯问室。

"丢哪儿都不合适。"李伟说。

内景　教导员办公室　日

蔡斌架起二郎腿,抖腿,对不知名者说:"我不该考入公安系统啊,全班那么多人,就我一人考进公安系统。"

不知名者说:"为什么?公安不是蛮好的吗?"

"好是好,就是看到很多不该看到的事。它就跟医院一样,没有事的人是不会来的。这里就像是社会的风口。这里只有罪犯和受害人。社会就像是个熔炉,将罪犯和受害人提炼、淬炼、过滤出来,送到这儿来。我在这儿见到很多让自己不安的事。"

"说这样的话。"

"我很羡慕你们,最终都做了老师,有的去深圳做了老师,有的去海南做了老师,有的去藏区支教,只有我,考进公安系统,做了一名警察。"

"多少人盼望着做警察哦。"

外景 市场 日

从另外一个角度拍摄,因此我们能清楚看见紫色的黄杨球下藏着一只极为鼓囊的黄色信封。我们看见李伟朝这边走来。他停在这株黄杨球的那边,东张西望,并且转头看了一眼,而后才弯下身子来。我们看见他的右手抓着避孕套,同时有向信封探找的意思。

"举起手来。"

传来大队长的断喝。

内景 教导员办公室 日

"如果我们那大队长稍微控制下自己激动的情绪,晚那么一两秒钟再喊,我们就能看清楚李伟下一步要干什么了。后来我们向李伟暗示敲诈的细节,他只当不知道。他就是一遍遍强调,自己手里有一只装满精液的避孕套,丢哪里都不合适——这不最近还在创卫呢。他找来找去,就觉得丢在这儿合适。后来我们一想,从他家出发,确实也只有丢在这里合适。他还说,他当时是感触到一点异常的,他觉得平日这里会很嘈杂,这一天忽然很寂静,寂静得甚至有点瘆人。但是他一门心思就是想将这套子丢出去,处理掉。"蔡斌对不知名者说。

接着,蔡斌又说:"现在的情形是,我们想证明李伟是敲诈者,却缺少办法。我曾关注到一个细节。"

"什么细节?"

"也可以说是一条证据。但不是最有活力的证据。或者应该说,它只是一条提醒型证据。我去了盖靖华的单位,找到他们办公室,要求查找和打印盖靖华的工资条。就是这样一件简单的事,他们单位竟然让我去找他们局长签字。不过最终还是打印到了。现在我还没有把这个证据抖出来。我想,在没有遇见合适的、懂得将功劳及时匀出一部分给下级的上级之前,暂时不要将这个发现说出来。"

"你发现了什么?"

蔡斌看看那不知名者,站起来,用黑板擦擦掉小黑板上写的汉字,然后拿起粉笔,哗哗地演算起来。

$$\begin{array}{r} 3824 \\ \times\ 12 \\ \hline 45888 \end{array}$$

"这是盖靖华的年薪。"

$$\begin{array}{r} 45888 \\ \times\ 2 \\ \hline 91776 \end{array}$$

"这是本次敲诈的金额,恰好是盖靖华年薪的两倍。个位数是6,

十位数是7。敲诈的金额竟然不是整数。"

蔡斌在91776后下画了一根粗横线。

（剧终）